FINAL FLY VERLAG

Das Buch.

Ein geistig verwirrter Junge in einem verschlafenen englischen Dörfchen dreht vollkommen durch. Ein verzweifelter Goldsucher gräbt in der Wüste des Wilden Westens nach seinem Glück. Eine Berliner Obdachlose versucht ihre verlorene Jugendliebe neu zu erobern. Ein junges Pärchen fährt über die Semesterferien in den Westen Kanadas. Ein Schottischer glücksspielsüchtiger Versicherungsmakler lernt seinen Meister kennen. Ein französischer Ritter macht sich auf, um in den finsteren Wäldern Osteuropas die gottlosen Heiden zu richten. Eine Gruppe junger Leute im traumhaften Süden Italiens feiert ihren Abschied von einander. Alle Protagonisten agieren an verschiedenen Orten dieser Welt, teilweise sogar in verschiedenen Jahrhunderten. Doch im Angesicht des bevorstehenden Endes verbindet sie alle eines:

Er kommt, um sie zu bitten einzusteigen.

Der Autor.

Fidibus Rex wurde vor ein paar hundert Jahren in irgendeinem Kaff, irgendwo am Arsch der Welt geboren.

Hauptberuflich ist er Kutscher, den die Hölle gelegentlich anheuert, um bestimmte Personen kurz vor ihrem Tode in seiner Kutsche abzuholen. Er lässt die Todgeweihten die schlimmsten Momente ihres Lebens noch einmal durchleben, bevor sie endgültig zur Hölle fahren.

Früher war er ein gutaussehender Hurensohn, aber seitdem er für den Boss der Hölle höchstpersönlich arbeitet, verändert sich sein einstmals für die Frauen- und Männerwelt unwiderstehliches Antlitz zunehmend. Er trägt eine Maske, weil er seine grässliche Visage selbst nicht ertragen und auch niemand anders zumuten kann.

In seiner Freizeit ergreift er Besitz von den abgefucktesten Autoren und zwingt sie, das Ganze zu seiner Selbstverherrlichung niederzuschreiben.

FIDIBUS REX

Der Kutscher.

IRGENDWANN, SIND WIR ALLE

DORT, WO WIR JETZT NICHT SIND.

Ungekürzte Auflage im Final Fly Verlag.

Erste Auflage Dezember 2016.

Umschlag- und Buchgestaltung,
inklusive Cafe & langer Nächte:

style-base.de

Druck: CL-Druckzentrum GmbH, Nürnberg

FINAL FLY VERLAG

9 783000 543593

Schnee auf meinen Schultern.

Langsam und schwerfällig fallen die Schritte meiner Stiefel zwischen die zahllosen Schneeflocken.

Der Himmel, so klar wie kühles Mineralwasser.

Der Kragen meines Mantels bis zu den Ohren hochgesteckt.

Der brennende Absinth in meinem Kreislauf lässt mich leicht taumeln und erwärmt zugleich mein trübes Gemüt.

Einen Moment lang bleibe ich stehen, lasse mich von der kalten Winterluft berieseln und ziehe an meiner, mit Opium gestopften Zigarette, bis der verkohlte Filter anfängt meine Finger anzuschmoren. Trotz des glühenden Schmerzes genieße ich jeden Zug, bevor ich meinen Weg zwischen den kahlen und verschneiten Bäumen fortsetze.

Wie viele Menschen sind schon vor mir gegangen? Welche Geschichten hatten diese Menschen zu erzählen? Und wie viel zu verbergen? Wie viele Gesichter, Geschichten, Freuden und Kummer, meine lieben Bäume, habt ihr schon gesehen oder gehört?

All diese Gesichter mit der Zeit vergessen, wie auch ich einst vergessen sein werde.

Ich stelle mich neben eine große, Jahrhunderte alte Eiche und drücke meine Wange an das mit Eis bedeckte Holz. Trotz des Eises spüre ich das Leben in diesem einzigartigem Baum nur so sprühen.

Ach, wie gerne würde ich die Welt wieder mit den Augen eines Kindes sehen. Mich auf die Schultern eines Erwachsenen setzen und versuchen nach den Sternen zu greifen.

Weiter schreite ich meinen Weg und die Schneeflocken tanzen einen wunderschönen Tanz um meine dunkle Gestalt. So viele Abermillionen von ihnen, dennoch jede Einzelne so einzigartig.

Ja, so gerne würde ich die Welt mit den Augen eines Kindes betrachten. Doch die Uhrzeiger ticken nur in diese eine Richtung. So gerne würde ich all die Lasten von meinen Schultern wischen, wie den Schnee von meinen Schultern.

Obwohl du so weit entfernt bist, fühle ich was du fühlst, denke was du denkst. Doch denkst du wirklich, dass du mich brauchst?

Ich falle zwischen Millionen von Schneeflocken auf die Knie.

Mit Rasierklingen schneide ich in mein Fleisch voller Sünden tiefe Wunden und reibe sie mit gesalzenem Schnee ein.

Ich wische mir den Schnee von den Schultern, bedecke mit grauem Nebel die bunten Farben des Lebens.

Der Schnee stürzt auf die Blasphemie meiner Seele. Das Blut rinnt durch die Maske, die mein Lächeln bedeckt. In einem anderen Leben würde ich vielleicht die Flamme in dir entzünden. Doch in diesem, vergib mir, ich fühle nichts. Mein Herz ist aus Stein, deswegen sterbe ich allein.

In ewiger Schizophrenie, dein Fidibus Rex.

Der Glückspenny.

Kevin saß in seinem Zimmer und bestaunte die Briefmarken, die er von den neuesten erhaltenen Briefumschlägen seiner Mutter ergattert hatte. Ein paar Exemplare klebten noch auf den Umschlägen. Er schnitt sie langsam und sehr sorgfältig vom Kuvert ab, legte sie dann in eine Suppenschüssel mit heißem Wasser, damit sie sich vom Papier lösten und vom Klebstoff befreit wurden. Er verschränkte die Arme und schaute auf die Suppenschüssel um das Geschehen ganz genau zu beobachten.

Draußen vor seinem Fenster strahlte die Sonne und eine Amsel sang fröhlich und munter ein Frühlingslied.

„Kevin, bist du zu Hause?“ Es war die Stimme seiner Mutter, die nach ihm rief.

Sein Vater verstarb vor vier Jahren an einem Herzinfarkt. Mit gerade mal vierundfünfzig Jahren. Seitdem kümmerte sie sich allein um Kevin. Es ist gottverdammt gar nicht so einfach, sich um einen siebenundzwanzigjährigen, geistig verwirrten Jungen wie Kevin zu kümmern.

Er lebte in einer Welt voller Glücksseligkeit, was einem auf den ersten Blick schön vorkam Doch für seine Mutter war es sehr anstrengend. Vor allem, weil Kevin auf der Suche nach dem großen Glück bereit war, alles zu tun. Er interessierte sich schon in ganz jungen Jahren dafür woher das Glück kam und welches Schicksal es damit auf sich hatte. Zum Beispiel, als er in einem Buch gelesen hatte, dass Hufeisen Glück bringen sollten, fing er an exzessiv zu recherchieren wo man Hufeisen bekommen konnte. Oder wie damals, als er gerade vierzehn Jahre alt geworden war und seine Eltern ihm einen Hasen schenkten. Der Psychologe, der Kevin damals behandelte war der Meinung, dass es ihm gut tun würde, wenn er ein kleines, kuscheliges Hoppel Häschen zum Knuddeln und Sprechen, als eine Art Bezugsperson hätte. Das würde seine Wutausbrüche mildern.

„Ja Mama, ich bin hier.“ Kevin riss seine Mutter aus ihren Gedanken.

„Schau doch mal wie schön meine neuen Briefmarken sind. Sie sind doch wunderschön, oder?“

Kevin starrte seine Mutter mit weit aufgerissenen blauen, vor Freude erfüllten Augen an.

„Ja, mein Schatz. Sie sind wirklich wunderschön." Sie strich dabei zärtlich über sein verstrubbeltes Haar.

„Was meinst du Mama, bringen sie mir Glück? Solch schöne Briefmarken können nur Glück bringen!"

Er wandte seine Augen von seiner Mutter ab und richtete sie voller Faszination und Fesselung auf die Marken, die er dann sogleich aus dem Dampfbad holte.

„Aber natürlich, mein Schmetterling. Du bist ein echter Glückspilz."

Kevin hielt sich manchmal selber für einen Schmetterling. Deswegen verlangte er von seiner Mutter, dass sie ihn hin und wieder so nannte. Außerdem hatte er einen getrockneten Schmetterling neben seinem Briefmarkenbuch auf dem Schreibtisch liegen. Seine Mutter sah auf den Blumentopf. Dort wuchs ein Steinpilz, der Kevin als Glückspilz diente. Ihr Gesichtsausdruck war geprägt von Kummer und Besorgnis. Sie war müde, sehr müde.

Auf jeden Fall hatte sich Kevin eine Woche lang mit seinem Hoppelhasen vergnügt. In dieser Woche war er sogar ziemlich ruhig. So, wie der Psychologe es vorhergesagt hatte. Kevin spielte mit dem Hasen, hoppelte mit ihm durchs Wohnzimmer, fütterte und streichelte ihn und erzählte ihm sogar Gute-Nacht Geschichten. Alles schien perfekt zu sein.

Bis zu dem Zeitpunkt als Kevin herausfand, dass auch Hasenpfoten Glück bringen sollten. Seine Eltern mussten das arme Tier am nächsten Tag einschläfern lassen, nach dem sich die offene Wunde des unglücklichen Tieres entzündet hatte. Es war schon schwer genug Kevin davon abzubringen die Hasenpfote als Halskettenanhänger zu benutzen. Als jedoch der Zeitpunkt gekommen war die Pfote zu entsorgen, weil sie zu faulen und zu stinken begann, hätte Kevin sie wahrscheinlich umgebracht, wenn ihr Mann nicht gewesen wäre. Sie ging seufzend in die Küche um das Abendessen vorzubereiten.

„Was magst du heute essen, Kevin? Magst du Spinat?"

„Ich bin nicht Kevin. Ich bin ein Schmetterling. Das weißt du doch, Mum!" Er sagte das in einem freundlichen Ton. Wenigstens, so dachte sie, war er heute gut gelaunt.

Als Kevin damals herausfand, dass Hufeisen an den Hufen von Pferden zu finden waren, nahm er die Holzfälleraxt seines Vaters und zog los. Direkt zum Pferdestall des Nachbarn, der einen Bauernhof besaß.

Die ganze Nachbarschaft wurde von dem Gewieher des Pferdes aufgeschreckt. Unfassbar, dass Kevin es schaffte einem Pferd den Huf mit einer Axt abzuhaken. Das Tier tat ihr leid. Am Schlimmsten war jedoch, dass Kevin ausgerechnet ein Zuchtpferd erwischt hatte. Ein sehr wertvolles und somit sehr teures Tier. Das musste sie bis heute noch abbezahlen und mit ihrem Job in der einzigen örtlichen Bäckerei als Kassiererin, würde dies auch noch eine ganze Weile dauern.

Sie taute den Spinat auf und rauchte zur Beruhigung in der Küche eine Zigarette. Kevin hatte dann neben seinem neuerworbenen Glücksbringer, dem Hufeisen, ein vierblättriges Kleeblatt gefunden. Das trocknete er nun neben seinem Schmetterling. Obwohl es den ganzen Tag stürmisch regnete, war Kevin draußen unterwegs.

Er kam vollkommen durchnässt und voller Erde und Schlamm am ganzen Körper wieder. Es war bereits vier Uhr morgens als er das Haus betrat. Seine Mutter öffnete ihm die Tür und er hielt ihr mit einem leeren Gesichtsausdruck, der einem Zombie glich, das Kleeblatt vors Gesicht. Er begann daraufhin zu lächeln, doch das Lächeln schien anormal und verstörend.

„Wo hast du meinen Briefumschlag hin?", fragte Kevin nervös.

„Welchen Briefumschlag, Schatz?"

„Na, der auf meinem Schreibtisch lag!"

„Ach so, der Briefumschlag. Du hattest die Marke abgetrennt und da hab ich ihn heute Vormittag in den Müll geschmissen."

Kevin war nicht gerade ein Putzteufel. In seiner eigenen Welt, in der er lebte, fanden sich zwar viele Bedürfnisse. Sauberkeit zählte jedoch nicht dazu.

„Du hast was?" Kevin schrie wie am Spieß und rannte zu seiner Mutter in die Küche, die gleichzeitig von ihrem Stuhl aufsprang.

„Aber Schatz! Ich dachte ...."

„In dem Umschlag befand sich mein Glückspenny", brüllte er wie ein Wahnsinniger seine Mutter an.

Ach, der Glückspenny. Sie konnte sich noch genau erinnern. Als Kevin sechs Jahre alt war gingen sein Vater, sie und Kevin in einem Park spazieren. Es war Herbst und sie sammelten die bunten Blätter, die von den Bäumen fielen und Kastanien. Aus den Kastanien bastelten sie mit Streichhölzern kleine Figuren.

Von denen hatte Kevin immer noch ein paar auf seinem Regal stehen. An diesem Tag fand er auch einen Penny, der unter den Blättern auf dem Boden lag.

Sein Vater sagte daraufhin zu ihm: „ Bewahre ihn gut auf, mein Junge. Denn er wird dir immer Glück bringen.“

Bis heute verfluchte sie diese Worte, denn möglicherweise weckte dieser Fund in Kevin das Verlangen Gegenstände zu sammeln, die angeblich Glück bringen sollten. Dieser Glückspenny lag seitdem immer auf seinem Schreibtisch. Warum er ihn auf einmal in einen dieser Briefumschläge steckte, dafür hatte sie, wie für vieles was Kevin tat, keine Erklärung.

„Aber ich, ich ....“ Sie kam nicht dazu den Satz auszusprechen. Kevin packte sie am Kragen und schlug ihr mit der Faust ins Gesicht.

„Du dumme, nutzlose, verdammte Schlampe!“ Er trat auf sie ein als sie bereits blutend auf dem Boden lag. Seine Gefühle zu ihr waren mit einem mal so kalt, wie die weißen Fliesen auf die nun ihr Blut tropfte.

„Wo ist er? Wo ist mein Penny? Hörst du? WO IST ER?!“

Auf jedes Wort folgte ein Tritt. Doch mehr als ein Wimmern brachte seine Mutter nicht mehr heraus.

Kevin raste, als wäre der Teufel persönlich hinter ihm her gewesen, durch das Haus, riss die Türe auf und rannte direkt zur Mülltonne. Verflucht! Die Müllabfuhr war schon hier gewesen. Die Tonne war bereits leer. Er wurde panisch und nervös. Seine Hysterie, die über ihn kam, kannte, nein sie hatte keine Grenzen.

„W-w-was s-s-soll i-i-ich b-b bloß t-t-tun?“, stammelte er und verlor sich in seiner wirren Gedankenwelt. Er verlor die Fassung.

Er kniete am Bordstein und kaute an seinen Fingernägel. Seine Augen starrten in die grenzenlose Leere. Wenn sein Penny weg war, dann hatte sein Leben keinen Sinn mehr. Sein Glück hatte ihn verlassen und wahrscheinlich musste er auch sterben. Das waren die Gedanken, die ihm in diesem Moment durch den Kopf schossen.

Nein, nein! So durfte das nicht enden. So konnte es nicht enden! Er musste etwas unternehmen.

Das würde er auch tun. Ganz sicher sogar. Er stand auf und fixierte die Straße um sich herum. Die Stadt, in der er wohnte war nicht besonders groß. Folglich musste der Müllwagen hier noch irgendwo sein.

Er lief so schnell er konnte die Straße entlang. Dabei schauten ihn die Nachbarn, die ihn eh nicht sonderlich mochten, mit spöttisch Blicken hinter her. Ihm war das egal. Schließlich mochte er sie auch nicht. Sie hatten keinen Platz in seiner Welt und er nicht in ihrer.

„Dieser verdammte Blödmann“, kläffte ein älterer Mann zu seiner Frau, die gemeinsam vor ihrem Haus auf einer Bank saßen.

„Der spinnt sich doch schon wieder was in seinem kranken Hirn zusammen, so wie er hier rumrennt. Aber eins sag ich dir ....“ der Mann hob seinen Zeigefinger auf Schnurbarthöhe. „Wenn er auch nur einen Fuß auf unser Grundstück setzt, dann knall ich ihn ab!“ Seine Frau nickte zustimmend.

Ah, na endlich. Da war ja endlich der Müllwagen. Kevin rannte so schnell er konnte auf den Müllwagen zu. Schließlich erreichte er den hinteren Teil des Wagens und sprang auf. Die beiden Müllmänner blieben geschockt stehen und starrten sich zunächst gegenseitig und dann ihn verwundert an.

„Äh, ist das nicht dieser Verrückte? Na, du weißt schon, der mit Äxten auf Pferde los geht?“

„Keine Ahnung“, antwortete sein Kollege.

Beide schauten, wie vom Donner gerührt auf Kevin, der wie verrückt begann den Müll aus dem Wagen zu schmeißen.

„Mein Glückspenny? Wo ist er?“, brüllte er die beiden an.

„Dein Glücks ... was? Glückskeks?“

Die beiden verfielen in schallendes Gelächter und der Fahrer des Wagens erkundigte sich durch das Fenster was denn da hinten los sei. Kevin beruhigte sich immer noch nicht und schrie weiter.

„Mein Glückspenny! Verdammt, ihr müsst ihn doch gesehen haben! Er lag doch ganz oben auf unserer Mülltonne in einem Briefumschlag!“ Kevin wühlte weiter verzweifelt in dem Müllwagen.

„So wie ich ihn verstanden habe sucht er irgendetwas, was ihn glücklich macht“, rief der eine Müllmann dem Fahrer zu.

Sein Kollege stimmte dem nur mit einem Achselzucken zu.

„Etwas was ihn glücklich macht? Das können nur Drogen, eine Gummipuppe oder die letzte Playboy Ausgabe sein“, rief der Fahrer nach hinten. Dabei brachen die Männer wieder in schallendes Gelächter aus.

„Okay, das reicht jetzt. Komm raus, du Spinner!“ Einer der Müllmänner packte ihn am Kragen und zog Kevin aus dem Wagen.

„Hey Junge, hier ist kein Glückspenny. Schmeiß den scheiß Müll wieder rein und verzieh dich, okay?“

„Wie lange fahrt ihr denn schon hier rum?“, fragte Kevin.

„Seit etwa einer Stunde. Aber was tut das jetzt hier zur Sache? Los, räume die Schweinerei hier weg, sonst werden wir ungemütlich!“

Kevin sah ein, dass er so nicht weiterkam. Er musste warten bis der Wagen auf der Deponie war.

Er stieß den Müllmann, mit dem er geredet hatte, zur Seite und lief davon.

„Hey, wo willst du denn hin? Räume den Mist hier auf!“

Kevin reagierte nicht auf das was ihm zugerufen wurde und rannte hastig weiter. Gott sei Dank war die Deponie nicht allzu groß und nicht allzu weit weg. Er musste sich beeilen, wenn er seinen wertvollen Glückspenny nochmal wiedersehen wollte. Er kannte sich auf der Deponie gut aus, denn er hatte bereits öfter seine Mutter dort hin begleitet um alte Möbelstücke und Gartenabfälle zu entsorgen. Er rannte schnell nach Hause.

Seine Mutter lag immer noch blutend und bewusstlos auf dem Boden, doch das interessierte ihn nicht. Vielmehr interessierte er sich für den kleinen Waffenschrank, der unter der alten Wanduhr seiner Oma stand.

Mist! Er war abgesperrt. Seine Mutter musste noch den Schlüssel haben. Zum Suchen hatte er jetzt jedoch keine Zeit. Deshalb entschied er kurzer Hand, die Glastür mit der bloßen Hand einzuschlagen. Dabei verletzte er sich und es tropfte etwas Blut auf den alten Perserteppich des Wohnzimmers.

Doch das bemerkte Kevin nicht und es wäre ihm auch egal gewesen. Die Flinte seines Vaters in den Händen, ohne Wissen ob diese überhaupt funktionstüchtig und geladen war, verließ er das Haus und lief die Straße entlang, in Richtung Mülldeponie. Die Welt vor seinen Augen stand am Abgrund, der Himmel müsste schon bald über ihm entflammen und abstürzen. Er bekam Seitenstechen, seine Augen tränten, dennoch lief er unermüdlich und keuchend zu seinem Ziel. Wie durch ein Wunder bemerkte ihn niemand mit der Waffe in den Händen, außer Charly, dem stadtbekannten Trinker. Charly döste vor ”Randys Dinner“ auf einem Aluminium Stuhl mit einer Flasche ”London Pride” in der Hand und freute sich über die willkommene Abwechslung in ihrem beschaulichem kleinen Städtchen.

Endlich war mal was los. Er prostete Kevin mit der Bierflasche zu. Doch Kevin bemerkte ihn nicht einmal.

Kevin erreichte endlich die Mülldeponie und lief sofort ins Büro.

„Hey, ihr seid jetzt meine Geiseln und tut genau das was ich sage!", rief er und versuchte seine Verzweiflung dabei runter zu spielen. Wild und nervös fuchtelte er dabei mit dem Gewehr vor den anwesenden Leuten rum. Kevin blinzelte. Sein Gesicht war von Schweiß getrübt.

„Ganz ruhig, Junge. Ganz ruhig!" Der Deponieleiter stand langsam von seinem Stuhl auf und versuchte mit den Händen beruhigende Gesten zu simulieren.

„Nein, ich bin nicht ruhig!", schrie Kevin.

Als der Deponieleiter wieder etwas sagen wollte feuerte Kevin einen Schuss ab.

Eine Schrotsalve traf die Kasse, die daraufhin in mehrere Stücke zersprang. Die Geldscheine flogen durch die Luft und das Kleingeld klirrte auf dem Boden.

Zwei Müllmänner, der Deponieleiter, die Sekretärin und ein Kunde, der gerade seine Gartenabfälle entsorgen wollte, hielten sich die Ohren zu. Die Sekretärin fing hysterisch an zu schreien und zu weinen. Kevin rannte zu ihr und verpasste ihr einen Tritt. Genauso, wie noch vor kurzem bei seiner Mutter. Dabei schrie er immer wieder: „Halt die Fresse, halt die Fresse! Ihr haltet jetzt besser alle die Fresse!"

Die Sekretärin kauerte am Boden, stöhnte und hielt sich die Hände schützend über den Kopf.

Einer der Müllmänner faselte was von „Ich habe Frau und Kinder", doch das beachtete Kevin gar nicht. Er zeigte auf den Deponieleiter und forderte ihn auf das Tor zu schließen, damit niemand mehr rein oder raus kam.

Der folgte seinem Befehl und bereute es, dass er es versäumt hatte dem Geiselnehmer mitzuteilen, dass man das Tor angeblich nur manuell schließen konnte. Das wäre die Gelegenheit gewesen sich aus dem Staub zu machen. Stattdessen drückte er den Knopf, der das schwere Tor elektrisch ins Schloss fallen ließ. Kevin rieb sich den Schweiß aus seinem Gesicht und blinzelte in die Runde.

„Okay, kommt alle mit in den Hof! Na los, bewegt euch", brüllte er die Geiseln an.

In der Mitte des Hofes waren nun vier Fahrer, fünf Hilfsarbeiter, der Kunde, der seine Gartenabfälle entsorgen wollte und der Deponieleiter.

Alle kauerten verwirrt und ängstlich auf dem Boden, denn sie alle verstanden nicht was hier eigentlich vor sich ging. Was wollte dieser Geiselnehmer von ihnen? Kevin strich sich mit der rechten Hand, die er sich beim Zerschlagen des Waffenschranks verletzt hatte, durch sein Gesicht. Dabei bemerkte er nicht einmal, dass sich sein Blut mit dem Schweiß vermischte und seinem Gesicht das Aussehen eines wild bemalten Kriegers verlieh.

„Wer von euch holte heute Vormittag bei uns in der Nolan Street den Müll ab?“

Die Männer bekamen panische Angst und noch mehr Verwirrung zeichnete sich in ihren Gesichtern ab. Als hätte Kevin gesagt, dass sie seinen Hamster missbraucht hätten und jetzt deshalb alle sterben müssten. Der Deponieleiter wurde dabei nervöser als die anderen. Er strich sich mit der einen Hand über seinen dicken Bierbauch und mit der anderen zeigte er auf zwei seiner Fahrer.

„Die beiden waren das. Sie sind heute in der Nolan Street gefahren“, sagte er zu Kevin. Er kam sich in diesem Moment wie ein Verräter vor. Doch der Überlebensinstinkt lies jegliche Moral vermissen.

Es kam schließlich nicht jeden Tag vor, dass ihn jemand mit einer Schrotflinte bedrohte und er hatte nicht die Absicht heute zu sterben. Dazu schmeckte der Schweinebraten seiner Frau viel zu gut.

Was für ein abstruser Gedanke in einer solchen Situation an einen Schweinebraten zu denken. Die ruckartigen Bewegungen des Jungen mit der Schrotflinte unterbrachen seine Gedanken.

„Okay, wo habt ihr euren Müllwagen entleert?“, wollte Kevin von den beiden Männern wissen.

Die beiden sahen sich ratlos an.

Kevin wurde mittlerweile hysterischer als die Sekretärin vor ihm und schrie: „Na los, sagt schon! Wo habt ihr ihn entleert?“

Einer der Männer deutete schließlich mit dem Finger auf einen mittelgroßen, verrosteten Müllcontainer.

„Okay, in unserer Mülltonne, die ihr heute entleert habt, war mein Glückspenny.“ Bei dem Wort Glückspenny brach Kevin kurz in Tränen aus, aber er besann sich und riss sich ganz schnell wieder zusammen.

Das musste er einfach. Schon allein um nicht die Kontrolle über die Situation zu verlieren. Dafür war ihm sein Glückspenny viel zu wichtig.

„ Also, ihr klettert jetzt alle in den Container und sucht nach meinem Glückspenny und zwar solange bis ihr ihn gefunden habt! Habt ihr das verstanden?“

„Du willst uns doch verarschen, Junge!“, sprach einer der Fahrer und lachte kurz auf, als er den Satz ausstieß.

„Nein, ihr geht jetzt da rein und sucht ihn! Oder schau ich aus als ob ich Witze machen wollte?“

Dabei fuchtelte Kevin mit dem Gewehr wild vor ihrer Nase rum.

Langsam begriffen sie alle, dass mit dem Kerl nicht zu spaßen war. Die Fahrer und die Hilfsarbeiter machten sich gleich auf den Weg und begannen mit der Suche. Der Deponieleiter und der Kunde zögerten einen kurzen Augenblick, folgten aber schließlich den anderen. Sie stampften voller Ekel durch den Müll und taten so als ob sie darin rumwühlen würden, ohne eigentlich genau zu wissen was sie nun tun sollten.

Elf erwachsene Männer liefen in einem Haufen Scheiße rum, zwischen benutzten Tampons, benutzter Kondome, Tütensuppen, leeren Yoghurtbechern und Kaffeefiltern und sahen dabei wie die größten Vollidioten aus.

„Der Junge ist völlig übergeschnappt. Der hat vor ein paar Jahren dem Pferd unseres Nachbarn mitten in der Nacht das Bein abgehakt, nur weil er ein Hufeisen wollte“, warf der Kunde in die Runde.

„Was? Einfach so?“, fragte der Deponieleiter.

„Ja, einfach so. Deswegen tun wir am besten das, was er sagt. Sonst schießt er uns noch über den Haufen.“

„Na, der hat doch nur noch einen Schuss übrig“, entgegnete ein Fahrer.

„Wenn du dich für uns opfern willst, dann nur zu“, antwortete ein Anderer.

Sie beschlossen weiter wie Vollidioten im Container rumzustampfen.

„Verdammt! Ich habe doch tatsächlich die Sekretärin vergessen“, sagte Kevin zu sich selber, als er auf dem Weg zum Büro war.

Sie hatte sich in der Zwischenzeit wieder aufgerappelt und griff nach dem Telefon, das auf dem Schreibtisch ihres Chefs stand.

„ Die kleine verräterische Schlampe“, raunte Kevin und lies seine Schritte immer schneller werden.

Die Männer im Container blieben wie angewurzelt stehen. Das Einzige, was außer dem Fliegensummen noch zu hören war, war das Geschrei das aus dem Büro drang.

Klar, sie hätten jetzt eingreifen oder wegrennen können. Eine weitere Möglichkeit wäre es gewesen die Polizei zu rufen. Aber nichts von alledem taten sie. Sie waren wie paralysiert. Kevin riss der zierlichen Frau den Telefonhörer aus der Hand und schlug ihr damit mehrmals ins Gesicht. Dabei fluchte er wie verrückt. Er trat noch ein paarmal auf sie ein. Diesmal noch härter als beim ersten Mal. Danach verließ er wieder das Büro, um nach der Suchbrigade zu sehen. Die Männer standen immer noch wie ein paar gelähmte Pfosten bis zu den Knien im Müll rum.

„Na los, sucht weiter!", brüllte er sie an.

Alle hörten sofort auf Kevins Kommando und wühlten wieder im Müll.

Die Frau im Büro war ohnmächtig und bewegte sich nicht mehr. Kevin hatte Angst sie getötet zu haben. Spuren verwischen, na klar! Das war es, er musste seine Spuren verwischen. Aber mit was sollte er das am besten tun?

Wie ein Tiger in seinem Käfig, der auf Beute aus war, lief er vor dem Müllcontainer nachdenklich auf und ab.

„Hey, hat keiner von euch nen Penny? Damit wir es ihm als seinen Glückspenny verkaufen können?", fragte der Deponieleiter die anderen und schaute dabei hoffnungsvoll in die Runde.

„Verdammt, ich habe mein Kleingeld im Auto gelassen. Wenn ich gewusst hätte, dass ich es heute so gut gebrauchen könnte, hätte ich mich wohl anders entschieden." Diese Antworten gefielen dem Deponieleiter überhaupt nicht. Verdammt, dachte Kevin. Wieso kam er nicht gleich darauf. Feuer! Das war die Lösung für sein Problem. Feuer ließ alle Spuren sprichwörtlich in Rauch aufgehen.

Kevin schnippte mit den Fingern und sein Blick ähnelte dem einer Zeichentrick Glühbirne, die gerade über seinem Kopf angegangen war. Bei dem großen Rolltor der Lagerhalle standen ein paar Fässer mit irgendeiner brennbaren Flüssigkeit. Unweit des Containers, indem immer noch fieberhaft nach seinem Glückspenny gesucht wurde. Er würde einfach das Gelände verbrennen, dachte Kevin bei sich. Somit wäre die Leiche der Sekretärin auch weg. Die Männer würde er dann auch verbrennen, sobald sie seinen Penny gefunden hatten. „Was tut er da?" Die Männer flüsterten und starrten ihrem Geiselnehmer entsetzt hinterher. Dieser stand nun vor den Fässern und betrachtete sie genauer. Dann las er: Altöl, Kühlerfrostschutz, Waschverdünnung und Gemisch.

Er wusste nicht genau um was es sich hier im Einzelnen handelte. Er wusste nur, dass diese Stoffe irgendwie mit Autos zu tun hatten und die waren brennbar. Das wusste er. Im Übrigen klebten auf allen Fässer so ein schöner Totenkopf auf dem Deckel und ein Aufkleber mit einer Flamme. Es würde funktionieren. Dessen war er sich sicher.

Kevin fing an das Fass mit der Aufschrift "Waschverdünnung" zu öffnen. Die Männer im Container verfolgten Kevin mit ihren Augen ganz genau und konnten nicht glauben was sie da sahen. Kevin stieß das Fass um.

„Ha, ich habe einen Penny." Ein Arbeiter kramte aus der Innentasche seiner Arbeitsjacke ein paar Münzen. Darunter eben auch einen Penny. Kevin nahm das Feuerzeug, das zwischen ein paar alten Schraubenziehern und einer Rohrzange lag und wandte sich dabei, mit einem dicken Grinsen im Gesicht, seinem Suchtrupp zu.

In diesem Moment vernahm er das Freudengeschrei.

„Wir haben deinen Penny gefunden. Schau her!"

Richard, der Dorfpolizist, war bereits seit drei Stunden zu Hause. Er schälte die Kartoffeln, die seine Frau ihm hingestellt hatte. Sie kam gerade mit frischen Tomaten und Gurken aus ihrem kleinen Gemüsegarten ins Haus.

„Ah, hallo Liebling. Wie ich sehe bist du schon fleißig, sehr schön!"

Im Vorbeigehen gab sie ihm einen flüchtigen Kuss auf die Wange.

„Tja, ich habe es heute geschafft mir meine Krawatte selber zu binden, ein paar kiffende Jugendliche im Park zu verhaften und die Kartoffeln zu schälen!", gab er stolz von sich.

„Das ist mein Mann!"

Als Richard die Kartoffeln gerade auf den Herd stellen wollte bekam er einen Anruf auf seinem Privathandy.

Larry, sein Arbeitskollege war am anderen Ende der Leitung.

„Hey Rich, du musst sofort kommen. Auf dem Gelände der Mülldeponie läuft ein Irrer mit einer Schrotflinte rum."

„Bitte was?", Richard hielt es für einen schlechten Scherz.

„Ja, ein paar Müllmänner wollten gerade von ihrer Tour zurück zur Deponie und sahen auf einmal in Mitten des Geländes, wie dort ein Mann mit einer Schrotflinte rumwedelt und die Mitarbeiter in einer Reihe vor ihm standen. Wahrscheinlich ein Überfall oder ähnliches. Aber auf jeden Fall eine Geiselnahme."

„Eine Geiselnahme? In unserem Dorf? Auf der Mülldeponie?“ Richard verstand das alles nicht. Ebenso seine Frau, der das Gespräch nicht entgangen war.

„Ja, Rich. Eine Geiselnahme. Eine Streife ist bereits vor Ort und hat gemeldet, dass die Müllkippe brennt.“ „ Sie tut was?“. Richard begriff überhaupt nichts mehr.

„Ja, sie brennt und die Geiseln stehen jetzt alle in einem Müllcontainer.“

„Was zum Teufel…“, aber Richard wurde von Larry unterbrochen.

„Nun frage nicht so viel und beweg endlich deinen Arsch hierher!“ Mit diesen Worten beendete er das Gespräch und legte auf.

Mit einem kurzen „Ich muss los“, und einem Kuss verabschiedete sich Richard von seiner Frau und verschwand durch die Haustür. Das waren nun drei Küsse, dachte er sich. Aller guten Dinge sind drei. Seine Frau rief ihm noch ein besorgtes „ Pass gut auf dich auf“, hinterher. Doch das hörte er nicht mehr. Sein Puls schoss schlagartig in die Höhe.

Auf der Fahrt zur Mülldeponie starrte er in den Rückspiegel und verpasste sich selber ein paar Ohrfeigen. In seiner zwanzigjährigen Laufbahn als Polizist waren seine gefährlichsten Einsätze Ruhestörung, betrunkene Jugendliche und ab und an mal eine Dorfschlägerei.

Okay, der Tankstellenkaffee, den er jeden Morgen mit seinem Kollegen Larry trank, konnte man in gewisser Weise auch als gefährlich bezeichnen, so stark wie der war. Bestimmt hatte schon der eine oder andere seiner Amtsvorgänger von diesem verdammten Kaffee einen Herzinfarkt bekommen. Aber wo sollten sie sonst einen trinken? Beim Randys Dinner bestimmt nicht, nach dem sie herausgefunden hatten, dass Randy seinen Kaffee mit altem Frittier Fett und schwarzem Tee panschte. Richard parkte seinen Wagen direkt hinter dem von Larry. Zwei Streifen und Larry waren bereits vor Ort. Mehr Personal hatten sie auch nicht zur Verfügung. Zwei von ihnen schien Larry aus dem Schlaf gerissen zu haben, so müde wie die aussahen.

„Hübsche Familienkutsche, Rich. Wo sind Mutti und die Kleinen?“ Larry schaute dabei den VW Sharan von Richard an.

„Halt die Klappe, Larry! Warum rufst du mich überhaupt auf meinem Privathandy an?“

„Weil du an dein Diensthandy nach Dienstschluss nicht rangehen würdest.“ Da hatte Larry ohne Zweifel Recht.

„Wo ist die Feuerwehr?"

„Kommt gleich."

Alle sechs Beamten starrten auf die Rauchwolken, die in der Mülldeponie immer dichter wurden.

„Scheiße Larry, was machen wir jetzt?"

„Sieh doch!", schrie Larry.

Mehrere Männer, die vermeintlichen Geiseln, tauchten aus den dichten Rauchschwaden auf. Sie rannten hustend und total verstört auf die Polizisten zu.

Larry begann zu zählen: „sieben, acht …elf. Hm Mist. Daisy ist noch da drin. Bestimmt hält er sie als letzte Geisel."

„Stimmt, scheiße. Die kleine war immer so nett und ziemlich flott an der Kasse", steuerte Richard bei.

„Wir sollten im Büro anrufen und herausfinden was der Typ will."

„Habe ich schon versucht, keine Chance. Er hat wohl die Leitung gekappt damit uns keiner rufen kann. Wenn die Feuerwehrleute mit dem löschen fertig sind müssen wir den dichten Rauch nutzen und versuchen an Daisy ranzukommen. Uns bleib nichts anderes übrig."

Kevin merkte sofort, dass der Penny, den die Männer ihm vorhielten nicht sein Glückspenny war. Sie versuchten ihn zu verarschen, ihn auszutricksen. Aber warum? Warum machten sie so etwas? Kevin stellte sich immer wieder diese Frage.

Innerlich wurde er immer aggressiver. Seine Nerven lagen blank und er rastete schließlich aus. Er zündete die Flüssigkeit, die er vorher am Boden verteilt hatte, an. Es dauerte nicht lange bis er die Blaulichter der Polizei sah. Ihm wurde schlagartig klar, dass er an diesem Ort nicht länger bleiben konnte. Er musste fliehen. Im Schutz des schwarzen Rauches floh er in den Wald. Seine Geiseln flohen aus dem Container, Richtung Ausgang. Aber das konnte er nicht mehr verhindern. Würden sie ihn verraten? Eigentlich wußten sie ja nicht wer er war. Schließlich hatte er sich ja nicht vorgestellt. Er war sich sicher seinen Namen und seine Adresse nicht genannt zu haben, also würden sie auch nicht wissen wer er ist und wo er wohnt. Er wiederholte diesen Gedanken immer wieder bei seiner Flucht durch die Büsche und war sich dessen sicher, dass nichts auf ihn deuten würde. Das wichtigste war jetzt nicht von der Polizei gesehen zu werden.

Aus sicherer Entfernung und gut versteckt konnte er beobachten, wie zwei Streifenwagen und zwei Privat PKWs vor der Deponieeinfahrt parkten. Bestimmt würden sie ihn jetzt mit Panzern und Helikoptern suchen. So hatte er es einmal in einem TV-Film gesehen. Doch ein Gefühl von Unmut und Gleichgültigkeit breitete sich in ihm auf. Es brauste herauf wie ein dunkler tiefer Strom der lange Zeit im Verborgenem lauerte.

Ein bittersüßer Fluss aus Melancholie und Depression durchströmte langsam aber stetig seine Venen und würde schon bald das Herz erreichen um es aufzuwühlen. Sein Leben war sinnlos geworden. Sein Glückspenny war sein größter Glücksbringer und nun war er für immer fort. In den Müllbergen dieser merkwürdigen Menschen. Wie sollte sein Leben ohne diesen Penny weitergehen? Aber Moment! Kevin dachte einen Moment scharf nach. Es hieß doch, jeder ist seines Glückes Schmied. Also kann man sich sein Glück selber schmieden. Natürlich! Das war es! „Wieso war es mir nicht gleich eingefallen!", schnaubte er.

Der Deponieleiter ächzte und krächzte wie eine Dampflokomotive.

„Meine Sekretärin! Ist sie noch in dem Büro?"

„Wo ist der Geiselnehmer?", wollte Richard zuerst wissen.

„Der ist dort hinten über den Zaun in den Wald geflüchtet."

Richard und Larry sahen sich mit ernster Miene an. Richard sah nun seine letzte Chance gekommen beweisen zu können, dass er ein echter Mann, ein echter Bulle war. Er nahm das Sweatshirt seiner Frau aus seiner Familienkutsche, wie Larry sie immer nannte, hielt es sich vor sein Gesicht und rannte auf das Deponiegelände.

„Hey Rich! Rich! Was machst du da?", brüllte Larry seinen langjährigen Kollegen und Freund hinterher. Richard nahm die besorgten Worte seines Kollegen nicht mehr wahr. Er rannte direkt ins Büro und kam kurze Zeit später mit einer stark hustenden und völlig erschöpften Frau auf den Armen wieder heraus.

„ Also, Ashley und Jones, ihr begleitet die Opfer ins Krankenhaus und nehmt ihre Aussagen auf. Und ihr zwei Anderen begleitet Larry und mich", befahl Richard kurz und knapp.

Larry wandte sich an Richard, als dieser seinen VW Sharan in Richtung Stadtzentrum lenkte.

„Also, der Typ ist psychisch labil, verhaltensgestört und geistig verwirrt."

„Und bewaffnet“, fügte Richard hinzu.

„Das ist doch der, der dem Pferd das Bein abgehakt hat“, warf einer der beiden anderen Polizisten ein.

„Ja, genau der. Wie gesagt, der Junge ist vollkommen durchgeknallt.“

Richard wollte seinen Partner gerade fragen wo sie anfangen sollten zu suchen, als er einen Anruf bekam.

Ein Kollege der Streife war am anderen Ende. „Hey Chef, wir haben gerade einen Anruf eines Anwohners aus der Halm Street erhalten. Irgendein verrückter Bewaffneter ist zum alten Winsley in die Schmiede gestürmt. Es scheint da etwas Ärger zu geben.“

„Ihr Idioten!“, schnauzte Larry. „Das ist unser Mann. Ihr müsst sofort dahin. Wir treffen uns dann dort. Unternehmt nichts auf eigene Faust, ist das klar! Hört ihr? Umstellt das Haus und wartet bis wir da sind!“

„Wie sollen wir das Haus umstellen Chef? Wir sind nur zu zweit!“

„Ihr Idioten. Ihr wisst was ich meine. Legt euch auf die Lauer und schaut das keiner rein oder raus kommt.“

„Und wenn der Geiselnehmer rauskommt?“

„Dann macht ihr gar nichts, solange er keine Passanten angreift oder wild um sich schießt. Ihr folgt ich unauffällig und sagt mir Bescheid wo ihr seid.“

„Alles klar Chef.“

Der alte Winsley schürte das Feuer in seiner Schmiede. Dabei ließ er den Jungen, der ihm gegenüber auf einem Stuhl saß und ihn mit einer Schrotflinte anvisierte nicht aus den Augen.

„Also Junge, was soll der Scheiß? Wenn du jetzt einfach aufstehst und verschwindest könnten wir doch so tun als ob…“.

Jedoch wurde er schon unterbrochen, noch ehe er dem jungen Kerl seinen Vorschlag unterbreiten konnte.

„Jeder ist seines Glückes Schmied“, raunte Kevin ihm zu. „Nur, mein Problem ist, dass ich nicht schmieden kann. Aber du alter Mann, du kannst schmieden.“

Die Polizisten hatten sich um die alte Schmiede positioniert. Wie genau die Aktion nun aber ablaufen sollte wusste niemand so genau.

Alles was sie in einer solchen Situation beachten mussten, haben sie auf einem Lehrgang in der Polizeischule in London gelernt. Aber das lag gefühlte zwanzig Jahre und mindestens zweihundert Bierkästen zurück.

Kurz gesagt, sie besaßen keinen blassen Schimmer.

„Kevin, wir wissen, dass du da drin bist!“ Richard ergriff schließlich die Initiative.

„Gib auf und wir versprechen dir, dass es für dich nicht so schlimm werden wird!“

Schweigen, keine Reaktion. Einfach nichts. Larry hingegen erfreute die Tatsache, dass sein Partner und Jugendfreund Richard allmählich versagte. Er unterdrückte die Schadenfreude so gut er konnte. Im Grunde genommen gab es keine relevanten Aufstiegsmöglichkeiten in ihrem Kaff und der einzige der Larry im Wege stand Polizeichef zu werden war Richard. Larry erkannte die Möglichkeit Richard abzusägen. Im Grunde genommen musste er nichts weiter tun, als abwarten und nicht einzugreifen sobald Richard dabei war einen Fehler zu begehen. Freundschaft ist ja schön und gut, aber die Karriere geht vor. Plötzlich hörten sie ein Rumpeln, das zweifellos aus der Schmiede kam. Es hörte sich an, als würden schwere Möbelstücke umfallen. Der Krankenwagen stand bereits einsatzbereit hinter ihnen. Doch alle hofften insgeheim, dass sie ihn nicht brauchen würden. Richard und Larry entschieden, die alte Schmiede zu stürmen. Besser gesagt, Richard war sich nicht sicher ob er das Kommando dafür geben sollte, doch Larry bekräftigte ihn darin, dass er das richtige tue.

„Meinst du nicht wir sollten Profis aus der Stadt rufen?“, meinte Richard vorher.

„Der Gedanke ist sicherlich nicht verkehrt Rich, jedoch bedenke das der bekloppte den armen Winsley in der Gewalt hat. Was ist wenn er durchdreht und ihn abknallt? Oder stell dir vor er fackelt die Schmiede an, wie er es zuvor bereits mit der Deponie getan hat?

Schau dich um, hier sind überall Wohnhäuser und der einzige Feuerwehrwagen den wir haben ist noch in der Deponie beschäftigt. Naja, egal wie du dich entscheidest ich gebe dir Rückendeckung Kumpel.“ Larry zwinkerte Richard zu um ihm Mut zu machen. Innerlich jedoch rieb er sich die Hände. Richard wischte sich hastig den Schweiß von der Stirn. Entschlossen blickte er in die Gesichter der uniformierten Polizisten.

„Also gut. Du hast recht Larry. Lass uns reingehen. Ich gehe voran.“

Richard nahm Anlauf und trat die Eingangstür ein, die keinen Widerstand leistete.

In dem stockfinsteren Flur gab Richard Larry ein Zeichen, das dieser jedoch nicht verstand. Er nahm nur einen Schrei von Kevin wahr und das jemand mit schweren Schritten auf der anderen Seite der zweiten Korridortür in seine Richtung marschierte. Die Tür sprang auf. Richard hob aus Reflex die Hand, in der sich seine Dienstwaffe befand und drückte ab. Der Getroffene stürzte zu Boden ohne dabei einen Ton von sich zu geben. Richard sprang über den Körper des am Boden liegenden und lief in den Hauptteil der Schmiede. Zu seiner Verwunderung saß Kevin vor ihm auf einem eingebrochenen Stuhl, von zerbrochenen Tellern und Tassen umgeben. Auf seinem Oberschenkel lag die Schrotflinte und in seiner rechten Hand lag ein glühendes, rundes Stück Metall. So groß wie ein Penny. Das Metall musste sich tief in sein Fleisch eingebrannt haben, so wie das glühte. Tatsächlich waren die Fingerkuppen von Kevin auch leicht verkohlt. Doch trotz der höllischen Schmerzen, die er in diesem Moment verspüren musste, schien er glücklich zu sein. Das spiegelte sein Gesichtsausdruck wieder, der einem Drogensüchtigen im allerschönsten Rausch glich.

Die Erkenntnis, dass er den alten Winsley erschossen hatte, tat Richard gar nicht gut. Während seiner ganzen Laufbahn als Polizist musste er noch nie von seiner Schusswaffe Gebrauch machen. Geschweige denn jemanden damit erschießen. Er lief nach draußen, an seinen beiden Kollegen vorbei. Larry kümmerte sich um Kevin. Die zwei Streifenbeamten nahmen ihn fest und führten ihn in Handschellen zum Krankenwagen damit seine Hand untersucht werden konnte. Dann verließen sie die Schmiede.

Richard rannte auf die Straße, blickte nach links, blickte nach rechts und versuchte dabei nach Luft zu ringen. Er kotze mitten auf die Straße und fiel dabei auf die Knie. Er hatte soeben einen unschuldigen Mann erschossen.

„Hey Rich! Rich! Komm steh auf, verdammt nochmal!“

Larry packte ihn an den Schultern und zog ihn hoch.

„Reiß dich zusammen, man!“

„Larry, ich habe soeben einen Menschen erschossen. Einen völlig unschuldigen noch dazu“, brachte Richard gerade noch heraus. Larry ohrfeigte ihn.

„Man Rich, das war ein Unfall. Ein gottverdammter Unfall! Du kannst doch nichts dafür, dass der alte so durch die Tür rauschte!“

„Oh Gott, Larry.“ Richards Augen füllten sich mit Tränen und er zitterte am ganzen Körper.

„Los Rich, jetzt reiß dich aber zusammen. Wir müssen zu Kevins Mutter und ihr alles erklären.“ Larry zwang seinen Partner mit ihm in das Auto zu steigen. Nach einer kurzen Fahrzeit standen sie vor Kevins Haus. Einen psychologischen Betreuer für Richard zu kontaktieren, daran dachte Larry erst gar nicht.

„Also Rich, wir klingeln jetzt. Vielleicht weiß sie ja noch gar nicht was geschehen ist.“ Richard nickte.

„Hm. Macht keiner auf. Vielleicht hat der Verrückte auch seine eigene Mutter angefallen und wir müssen ihr helfen.“

Sie klingelten noch einmal. Sollte dann keiner im Haus reagieren, beschloss Larry das Haus zu stürmen.

Kevins Mutter kam wieder zu Bewusstsein. Das wiederholte Klingeln trällerte scharf in ihren Ohren. Sie tastete sich an der Wand entlang um zu ihrer Haustür zu gelangen. Sie brachte keinen Ton heraus. Als sie an ihrer Tür war, wurde diese in diesem Moment eingetreten und traf die Frau genau am Kopf. Sie fiel nach hinten und schlug mit dem Hinterkopf an der Treppenkante auf.

„Oh Gott, scheiße Larry! Oh Gott.“ Richard überfiel eine Panikattacke. Larry bückte sich über Kevins Mutter und tastete nach ihrem Puls.

„Ist sie tot?“, fragte Richard hysterisch.

„Scheiße Rich, du hast ihr das Genick gebrochen.“ Larry versuchte das so unscheinbar wie möglich zu betonen.

Er wusste sein alter Polizeichef würde sich in drei Jahren in die Rente verabschieden und er stellte sich bereits bildlich vor, wie er die hässlichen alten Tapeten von dem verwirrten alten Sack in dessen Büro abreißen würde. In seinem Büro abreißen würde.

„ Oh nein!“ Richard stürmte erneut auf die Straße. Diesmal jedoch nicht so hysterisch wie noch vor einer Stunde an der alten Schmiede, sondern still und mit einem leeren Blick. Dabei biss er sich in die Faust.

„Hey Partner, das war ein Unfall!“, wiederholte Larry. Doch seine Worte waren kein Trost für Richard. Er ging an den Straßenrand und setzte sich auf die Bordsteinkante.

Währenddessen telefonierte Larry. Richard blickte neben die Mülltonne und sah dort einen Briefumschlag, bei dem die Briefmarke fein säuberlich abgetrennt wurde.

Als die Müllmänner heute Morgen hier ihrer Arbeit nachgingen musste dieser Umschlag wohl aus der Tonne rausgefallen sein. Nun lag er da. Völlig unversehrt und sauber, bis auf die Stelle wo einst die Briefmarke klebte. Er nahm ihn in die Hand und betrachtete ihn genauer. Dabei fiel ein Penny heraus. Fast musste er lachen. Der eigentliche Täter war er und nicht der verwirrte Junge. Er wurde zum Mörder. Zum zweifachen sogar. Er tötete den alten Schmied und Kevins Mutter. Tränen flossen über sein Gesicht und er biss sich abermals in die Faust, bis sie zu bluten anfing. Aber es kam noch schlimmer. Larry beendete sein Telefonat und wandte sich ihm zu.

„Du Rich, schlechte Neuigkeiten. Die Frau, die du eben aus den Flammen gerettet hast. Du weißt schon, die Daisy aus dem Büro…"

„ Ja, was ist mit ihr?", wollte Richard ungeduldig wissen. „Na, wie soll ich es sagen? Sie ist gestorben."

„Wie? Sie ist gestorben? Warum?"

Richard war einfach nur noch entsetzt.

„Sie hatte ein Herzproblem, oder so. Als du sie getragen hast atmete sie den giftigen Rauch ein."

„Ich verstehe", war alles was Richard jetzt noch sagen konnte.

„Das Üble an der Sache ist aber, dass, wenn du sie im Büro liegengelassen hättest sie überlebt hätte. Der Rauch kam nicht bis zum Büro durch und auch die Flammen waren zu weit weg. Ich war mir nicht sicher ob ich es dir jetzt sagen soll oder später. Aber ich dachte ich sage es dir besser gleich, dann haben wir es hinter uns."

Sobald er diese Tatsachen ausgesprochen hatte, wurde Larry schlagartig klar mit dieser Neuigkeit etwas zu warten wäre besser gewesen.

„Larry, lass mich bitte für einen Moment alleine, okay!"

„Okay, Partner. Wir reden später nochmal darüber." Er klopfte Richard auf die Schultern.

Das Richard in so kurzer Zeit drei Menschenleben auf dem Gewissen hatte, obwohl er nicht der Gejagte war, grenzte schon an Wahnsinn. Drei Menschen, dachte Richard nochmal bei sich. Aller guten Dinge sind drei. Er starrte den Penny an als er sich die Pistole in den Mund steckte, schaute in den blauen Himmel, lauschte dem Gesang der Amseln, wohl wissend, dass es für ihn wohl das letzte Mal sein würde. Dann legte er den zitternden Zeigefinger seiner rechten Hand an den Abzug und drückte ab.

Willkommen in der Familie.

Der Frühling näherte sich bereits dem Ende, als ich Frank dabei half, den Kofferraum seines Firebirds mit hauptsächlich meinen Taschen vollzustopfen. Den ganzen Sommer würden wir Harvard den Rücken kehren. Wir kannten uns seit fast drei Jahren und fast genauso lange waren wir jetzt schon zusammen. Ja, man konnte es als Liebe auf den ersten Blick bezeichnen.

Es war Anfang September 2011 als ich mit meinen Freundinnen mal wieder meine Lieblingscafeteria betrat und mein Blick genau auf Frank fiel. Er saß ganz alleine und schüchtern an seinem Tisch, trank seinen Milchshake und kaute dazu an einem Müsliriegel. Er war ganz schlicht gekleidet und praktisch ohne Frisur. Seine dunkelbraunen Haare waren komplett zerzaust. Genau in diesem Moment trafen sich unsere Blicke. Ich stand einfach nur da und starrte in seine Augen.

Meine Freundinnen liefen weiter. Es fiel ihnen gar nicht auf das ich stehen geblieben war. Frank hörte auf zu kauen und erwiderte meinen Blick. Seine vollen Hamsterbacken verhinderten ein Lächeln. Eine dünne Milchträne ran aus seinem linken Mundwinkel an seinem stark ausgeprägten Kinn herunter. Eigentlich hätte ich erwartet, dass so ein schüchterner Typ auf keinen Fall den Blick einer hübschen Cheerleaderin erwidern würde. Doch ich irrte mich.

Die Milch tropfte von seinem Kinn auf die Tischplatte und ich begann zu lachen. Nein, nein, nicht weil ich mich über ihn lustig machen wollte oder ich ihn verhöhnen wollte sondern einfach nur so. Keine Ahnung. Aber ja, irgendwie war es doch lustig. Er musste sogar selber anfangen zu lachen. So heftig, das sein Müsli drohte aus seinem Mund zu fallen. Er hielt sich die Hand vor seinen Mund. Meine Freundinnen hatten bemerkt, dass ich stehen geblieben war und riefen jetzt nach mir. An diesem Tag hatten wir noch nicht miteinander gesprochen, aber das war er dieser eine Augenblick. Der Wichtigste im Leben eines Menschen. Das wussten wir Beide. Ja, das war sie, die Liebe auf den ersten Blick. Jeder Mensch erlebte es, aber nicht jeder bemerkte es oder aber erst viel zu spät.

Bei Frank und mir war das Gott sei Dank anders. Wir hatten es sofort bemerkt und dafür werde ich meinem Schicksal ewig dankbar sein.

Ich verstand bis heute nicht, wieso Frank so ein Außenseiter war oder es immer noch ist und ich seine erste Freundin war. Wenn ich ihn das fragte sagte er nur:

„Ich habe mein Leben lang auf dich gewartet, Josy." Das ist ja voll lieb, so etwas von einem Mann zu hören.

Frank ist groß, hat breite Schultern, starke Arme und ein schönes Gesicht. Dazu ist er noch voll witzig, kann gut zuhören und ist total verständnisvoll. Ich fragte ihn warum er nicht aktiver Footballspieler wird, er wäre sicher einer der Besten. Von den Muckis konnte dort keiner mit ihm mithalten und dabei ging er nicht mal ins Fitnessstudio. Frank war anderen Menschen gegenüber misstrauisch, höflich aber auch distanziert. Das respektierte ich und ich konnte ihn auch ein bisschen verstehen. Manche Menschen konnten echt miese Arschlöcher sein. Auf jeden Fall wusste ich, dass Frank mein Mann für's Leben war und der Vater meiner Kinder. Er kam übrigens aus Kanada. Aus einem kleinen verschlafenen Örtchen in British Columbia. Seit er ein kleiner Junge war hat er seinem Vater beim Holz fällen geholfen. Das war mit ein Grund, weshalb er so gut gebaut war.

Diesen Sommer sollte es soweit sein. Wir wollten seine Familie besuchen. Zum ersten Mal durfte ich mit und das war auch der Grund, warum ich so aufgeregt war. Ich hoffte, dass mich seine Familie gut aufnehmen und akzeptieren würde, denn wir hatten eine Überraschung für sie.

Frank und ich hatten uns verlobt und wollten bald heiraten. Er hatte noch drei Geschwister, zwei ältere Brüder und eine jüngere Schwester.

Jacob, der Älteste war nicht sehr gesprächig deshalb sollte ich mir um ihn keine Gedanken machen. Er lebte in seiner eigenen Welt und arbeitete achtzehn Stunden am Tag, was in Kanada anscheinend nichts Ungewöhnliches war. Aber sein anderer Bruder Randy und seine Schwester Melissa würden mich bestimmt mögen.

Oh man, ich hoffte so sehr das alles gut ging. Ich war so aufgeregt, denn dazu bin ich auch noch nie im Ausland gewesen

Ach ja, ich hatte auch eine kleine Schwester. Sally, aber wir hatten kaum noch Kontakt und meine Mutter war damit beschäftigt, sich ständig neue Männer zu suchen. Mein Vater war Alkoholiker und war schon lange nicht mehr bei uns. Das Letzte, was ich von ihm gehört hatte war, dass er irgendwo in Chicago lebte.

Im Grunde genommen hatte ich keine Familie mehr. Umso mehr hoffte ich, dass mich Franks Familie in ihr Herz schloss, so wie ich sie bereits ins Herz geschlossen hatte. Nur Anhand von Franks Erzählungen.

„Jo! Josy? Kriegen wir den Koffer mit den Zelten noch hinten in den Kofferraum? Oder müssen wir sie auf die Rücksitzbank schmeißen?“

Frank kam mit dem Koffer, dem Zelt und einem Schlafsack aus dem Studentenwohnheim gestürmt. Der Ärmste war den ganzen Vormittag damit beschäftigt den Wagen zu beladen. Bitte nicht falsch verstehen. Ich war keine faule Socke oder so und ich hätte ihm ja gerne geholfen, aber er wollte das nicht. Das war einer der Punkte warum ich ihn so liebte. Egal wie oft ich ihm bei etwas meine Hilfe anbot, er nahm sie nie an. Er sagte immer: „Ach, lass das Baby. Ich mach das schon.“

Den letzten Koffer und den Schlafsack mussten wir dann doch auf den Rücksitz legen. Frank hatte mir viele Bilder von seiner Stadt und der Natur in Kanada gezeigt. Es war einfach traumhaft schön dort und in Wirklichkeit sah es bestimmt noch tausend Mal schöner aus. Das versprach er mir. Deshalb freute ich mich auch ganz besonders darauf, draußen in der freien Natur zu zelten. Ich konnte es kaum erwarten los zu fahren.

Auf uns wartete eine mehrtägige Autofahrt, aber das machte mir nichts aus. Endlich sollte ich in den Genuss kommen, etwas vom Land zu sehen. Bisher kannte ich nur Philadelphia, Washington und New York und das war ja nichts besonders viel. Ich lernte nun ein bisschen die Welt kennen, so kam es mir vor.

Ich verabschiedete mich noch von meinen Freundinnen, die mir eine gute Reise wünschten und dann fuhren wir los.

Die meisten von ihnen verstanden nach wie vor nicht wieso ich auf so einen verschlossenen Typen wie Frank stand. Am allerwenigsten verstanden es die Jungs vom Footballteam.

Sie meinten nur: „Ey, wie kann so ein heißes Stück wie du eins bist mit einem Typen zusammen sein der noch dazu ein Landsmann von Justin Bieber ist?“

Sie machten sich oft lustig über ihn, aber nur hinter seinem Rücken. Keiner hatte sich jemals getraut, Frank etwas ins Gesicht zu sagen. Genau wegen diesem Verhalten wollte ich nie mit einem dieser großmäuligen Arschlöchern zusammen sein. Große Klappe nichts dahinter.

Die ersten Tage unserer Reise waren ziemlich cool. Wir hörten Musik, sangen und grölten mit, blieben öfters stehen, um uns die Gegend anzuschauen. Abends saßen wir auf der Motorhaube Arm in Arm tranken ein Bier, schauten in die Sterne und hörten dabei von Stone Sour den Song Taciturn.

Für die meisten Menschen begann der Urlaub ja erst wenn sie am Urlaubsziel angekommen waren, nicht so bei uns. Wir genossen ihn von der ersten Sekunde an. Frank drehte den Zündschlüssel und trat aufs Gaspedal und wir beide bekamen ein Lächeln im Gesicht.

Es war eine gute Entscheidung nicht mit dem Flugzeug geflogen zu sein. Wir hätten eine Menge verpasst. Das Einzige was im Nachhinein nicht so gut war, war die Entscheidung in Michigan den Highway zu verlassen um in einer Kleinstadt eine Tankstelle zu suchen. Das an sich hätte mich ja nicht gestört. Wir hatten das schon öfters gemacht. So sahen wir auch mehr von der Gegend. Doch in Michigan war das ein großer Fehler.

Zunächst verlief alles ganz normal, doch der Tank wurde immer leerer und eine Stadt war weit und breit nicht in Sicht. Geschweige denn eine Tankstelle. Dazu wurde die Straße immer enger, die Bäume rückten immer näher an uns ran und ihre langen Äste hingen traurig in die Straße, so als ob sie uns in die Arme nehmen wollten, um uns nie mehr loszulassen.

„Frank, wir fahren schon seit Stunden und noch immer ist nicht ein Hauch von Zivilisation zu sehen."

„Ja schon, aber in Amerika ist das doch ganz normal." Er lächelte kurz auf.

Ich war mir nicht sicher ob er das nur tat damit ich mir keine Sorgen machte oder ob er wirklich immer noch so gelassen war wie sonst auch.

„Ja, mag sein. Nur der … !"

„Was? Wieso?"

„Halt einfach mal an!"

„Ja, ist ja schon gut. Aber was ist denn los?"

„Wie viele Meilen sind wir gefahren seit wir von dem Highway runter sind?"

Frank schaute auf seinen Tacho.

„Hm, so genau kann ich dir das nicht sagen, aber ich schätze mal so dreißig bis vierzig. Warum?"

Ich senkte die Landkarte die ich in meinen Händen hielt.

„Weil laut Karte muss zwanzig Meilen nach der letzten Ausfahrt eine Stadt kommen. Hier schau mal. Kilmarnock, oder wie sie heißt.“

„Ach, komm schon Jos. Das kann nicht sein. Wir sind bestimmt längst durchgefahren. Na los, gib mir die Karte. Du hast einen Orientierungssinn wie ein toter Schwan. Die Stadt muss irgendwo vor uns sein. Zwanzig Meilen kann einfach nicht sein.“

Frank machte den CD Player aus, wo Mick Jagger gerade sein Bestes gab und darüber sang wie er eine rote Tür am liebsten schwarz färben wollte. Dann sah er sich die Karte genauer an.

„Was ist?“, fragte ich schließlich nach einer Weile.

„Verdammt, du hast Recht. Wir hätten die Stadt Kilmarnock vor gut zehn, fünfzehn Meilen passieren müssen, aber das ist doch einfach unmöglich.“

„Ja, das sage ich doch die ganze Zeit, aber wir haben nur Wald um uns rum.“

„Hm, ich kann mich nicht erinnern, dass wir ein Schild oder eine Abzweigung übersehen hätten.“

„Stimmt, da war nichts.“

Es wurde allmählich dunkel.

Der Tag dämmerte und zwischen den dicken Ästen, die in die Straße ragten, konnten wir oben am Himmel bereits die ersten Sterne sehen.

Für gewöhnlich fand ich sowas sehr romantisch, doch die besonderen Umstände sorgten dafür das mir immer mulmiger zu Mute wurde.

„Aber sieh mal her!“ Frank zeigte mit seinem rechten Zeigefinger auf einen winzigen Punkt auf der Karte.

„Small Village“, murmelte ich.

„Der Name sagt doch schon alles, wahrscheinlich haben die nicht mal eine Tankstelle.“

„Aber das ist unsere einzige Chance. Da wird doch wohl jemand etwas Benzin für uns haben.“

„Naja, so sicher wäre ich mir da nicht, aber was sollen wir sonst machen.“

„Also gut, fahren wir weiter. Aber ich sage dir gleich, ich werde dort nirgendwo übernachten.“

„Wir schlafen im Auto.“

„Okay, abgemacht.“

Wir gaben uns einen Kuss und fuhren weiter.

Es wurde sehr schnell dunkel und die Nacht fiel über uns herein. Darüber, wohin das Städtchen Kilmarnock verschwunden war, redeten wir nicht. Frank erklärte mir lediglich, dass der Name gälisch war und vermutlich mal von irischen oder schottischen Aussiedlern gegründet wurde. Ansonsten schwiegen wir und hörten die Klassiker von den Stones, Led Zeppelin und Deep Purple.

Ab einem gewissen Punkt wurde die Straße so eng, dass wenn uns ein Fahrzeug entgegen gekommen wäre, es für beide Parteien ziemlich eng werden würde. Als ich schon dachte, dass es nicht mehr schlimmer kommen konnte, wurde ich schnell eines Besseren belehrt.

Die asphaltierte, löchrige Straße hörte abrupt auf, wie abgehackt und wir fanden uns auf einem Schotterweg wieder. Die Äste der Bäume schlugen von allen Seiten gegen das Fahrzeug. Frank stieß ein Dankesgebet aus dafür, dass er seinen Firebird bis jetzt noch nicht tiefergelegt hatte. Allmählich verspürte ich am ganzen Körper Gänsehaut. Es schien so als wären wir in ein schwarzes, tiefes Loch gefahren oder besser gesagt gefallen, umringt von sattem Grün das uns immer mehr verschluckte und uns nach unten zog. Zu allem Übel sank die Tanknadel ihrem absoluten Minimum entgegen. Ich betete innerlich, dass das verdammte Small Village endlich vor uns auftauchen würde. Mittlerweile war ich soweit, dass ich dort auch übernachtet hätte. Doch Meile für Meile schwand meine Hoffnung, dass dieses Städtchen wie eine Oase in der Wüste vor uns auftauchen würde.

Ich konnte Franks Gesichtsausdruck in der Dunkelheit zwar nicht erkennen, doch ich war mir ziemlich sicher, dass seine sonst so selbstverständliche Gelassenheit längst verschwunden war.

Gott sei Dank war er bei mir. Ohne ihn hätte ich mir hundertprozentig in die Hose gemacht und wäre an einem Herzinfarkt gestorben. Kein schöner Tod.

Unser Wagen fing das Ruckeln an. Kein gutes Zeichen. Ein letzter Meter und dann blieben wir stehen.

„Nein, bitte nicht. Sag, dass das nicht wahr ist."

„Doch Baby, es ist wahr. Der Sprit ist alle", erwiderte Frank.

„Oh Mann, so eine Scheiße. Das kann doch alles nicht wahr sein!"

Ich weiß, so etwas gehört sich nicht für ein großes Mädchen und obwohl ich versuchte, tapfer zu sein, fing ich an zu schluchzen.

„Nein, nein. Nicht weinen, pscht....“Frank nahm mich in den Arm, küsste mich auf den Kopf und streichelte mich ganz sanft.

„Hey, wir schaffen das schon. Du brauchst doch keine Angst haben.“

„Ich weiß nicht. Es ist einfach so... Gott verdammt, wir sitzen hier am Arsch der Welt fest und das auch noch mitten in der Nacht.“

„Ist schon okay.“ Frank gab mir noch einen dicken Kuss. Er wollte mich beruhigen. Doch ich wollte mich nicht beruhigen. Ich konnte einfach nicht. Frank brauchte eine Weile, aber schlussendlich schaffte er es doch.

„Und? Was machen wir jetzt?“, wollte ich wissen.

„Na ja, wir sind jetzt ungefähr sechzig Meilen gefahren seit wir von dem Highway ab sind. Das heißt Small Village kann nicht mehr weit sein. Wahrscheinlich ist es gleich da vorne irgendwo.“

„Ja, irgendwo und das irische Kaff ist hinter uns... Irgendwo...“

„Schottisch. Ich glaube es war schottisch, Liebes.“

„Frank, das ist überhaupt nicht witzig.“

Ich wusch mir die Tränen aus dem Gesicht und war heilfroh mich heute Morgen nicht geschminkt zu haben. Wobei das jetzt sowieso keine Rolle mehr spielte.

Frank entschuldigte sich bei mir. „Ich schlage vor wir laufen der Straße nach, holen uns in Small Village bei irgendwem Benzin, tanken damit unser Auto und verschwinden wieder.“

„Du schlägst was vor? Spinnst du? Ich setzte hier keinen Fuß in diese Wildnis.“

„Josy, jetzt hör doch mal zu!“

„Nein Frank, du hörst mir jetzt mal zu! Ich habe die Nase voll von dem Mist hier! Wir sitzen hier, Gott weiß wo, mit leerem Tank fest. Ich habe Hunger, mir tut der ganze Körper vom rumsitzen weh, ich bin müde und ich muss seit Stunden aufs Klo. Außerdem will ich gar nicht wissen was für wilde Tiere da draußen rumlaufen!“

„Wilde Tiere? Jetzt wo du es sagst. Wieso ist mir das schon nicht früher aufgefallen.“

„Was aufgefallen?“

„Na, die Tiere.“

„Was ist mit den Tieren?“

„Hier gibt es keine.“

„Wie, hier gibt es keine? Woher willst du das wissen? Frank, hör endlich auf mich zu verarschen. Das ist langsam nicht mehr witzig. Ich bin für heute mit meinen Nerven ziemlich am Ende, also lass es!“

„Nein, nein. Ich verarsche dich nicht. Hör doch mal genau hin.“ Er kurbelte sein Fenster runter. Absolute Stille.

Verdammt, Frank hatte Recht. Da war absolut nichts, aber rein gar nichts zu hören. Kein Rascheln, kein Kriechen oder Zirpen. Da war nicht mal ein Insekt zu hören.

„Oh Mann, jetzt machst du mir doch Angst.“

Wilde Tiere wären schon schlimm gewesen, aber in diesem Urwald eigentlich auch zu erwarten, aber dass hier gar nichts zu hören war, war schon mehr als seltsam. Wir lauschten noch einen Moment. Stille.

„Lass uns in das Dorf gehen so lange es noch nicht zu spät ist.“

„Noch nicht zu spät? Für was?

Wahrscheinlich werden dort schon um fünf die Bürgersteige hochgeklappt.“

„Ach komm schon. Was bleibt uns denn anderes übrig? Du willst doch genauso schnell weg von hier wie ich, oder?“

„Na klar. Was für eine Frage. Ich halte es trotzdem für eine dumme Idee. Wer weiß was uns da erwartet. Lass uns lieber im Auto übernachten.“

„Ach, was soll denn schon sein?“

Frank konnte wieder lachen. Das beruhigte mich ein bisschen, wenn auch nicht allzu viel.

„Geister? Monster? Du bist doch ein großes Mädchen.“

„Na schön, wenn du unbedingt willst, kannst du ja gerne das Dorf suchen. Das große Mädchen bleibt jedenfalls hier.“

„Also gut, dann gehe ich mal und wenn du aufs Klo willst, na ja du kannst ja die Flasche nehmen.“

Ich konnte auf Grund der Dunkelheit zwar nichts erkennen, aber ich wusste genau, dass Frank jetzt grinste. Am liebsten hätte ich ihm eine geschmiert. Frank zwängte sich zwischen der Tür und den überhängenden Ästen aus dem Auto. Ich konnte es nicht fassen. Er ließ mich hier tatsächlich allein zurück. So ein Mistkerl. Aber mein Gott, ich liebte ihn einfach. Ich beschloss mich auch aus dem Firebird zu zwängen und mit ihm zu gehen, auch wenn ich das nach wie vor für eine Schwachsinns Idee hielt.

„Frank, Frank, warte auf mich!“, rief ich ihm hinterher. Nach der langen Fahrt waren meine Beine weich wie Gummi und im Wald war es so dunkel, das man nicht mal seine eigene Hand vor Augen sehen konnte.

Frank kam zu mir und nahm mich an die Hand. Mit vorsichtigen Schritten tapste ich hinter ihm her.

„Wie kannst du hier nur irgendetwas sehen?“, wollte ich von ihm wissen.

„Na ja, meine Augen gewöhnen sich ziemlich schnell an die Dunkelheit.“

Frank lief durch den Wald, so als ob es Taghell gewesen wäre und er gerade auf einer Fußgängerzone unterwegs.

Manchmal musste ich ihn sogar bitten, etwas langsamer zu machen, sonst wäre ich noch über eine Wurzel gestolpert.

„Da, siehst du es?“, rief er nach einer Weile.

„Was? Was soll ich sehen?“

„Na, das dort hinten.“

„Frank, ich sehe nicht mal dich, obwohl du direkt vor meiner Nase stehst.“

Die Äste der Bäume waren so dicht, dass nicht mal der Mond die Straße, wenn man sie dann so nennen konnte, beleuchten konnte.

„Da, das Licht. Da hinten brennt doch ein Licht.“

„Sag mal Liebling, hast du heimlich gekifft? Ich kann hier nirgendswo ein Licht sehen.“

Er zog mich weiter hinter sich her und befahl mir einfach mitzukommen. Nach ein paar Minuten fing er wieder an, mir von einem Licht zu erzählen und von einem Haus am Ende des Waldes.

„Frank, jetzt höre auf, mir so nen Mist zu erzählen.“

„Okay, warte nur. Gleich wirst du es selber sehen.“

Tatsächlich. Nach weiteren, geschätzten zehn Minuten konnte ich die Lichter sehen, die Frank gemeint hatte. Wir kamen näher und sahen die ersten Umrisse eines Hauses. Franks Sicht in der Dunkelheit war einfach beeindruckend, wenn nicht sogar beängstigend. Vor dem Haus stand ein Schild. Wir stellten uns direkt davor und lasen „Kilmarnock“.

„Wie ist das nur möglich? Das Nest müsste doch eigentlich gute vierzig Meilen hinter uns liegen!“

„Oh mein Gott, Frank. Hier stimmt etwas nicht. Lass uns bitte von hier weg gehen. Meinetwegen laufen wir nach Vancouver, aber ich will hier weg.

„Das gibt es nicht. Dafür muss es eine logische Erklärung geben.

Vielleicht ist es ja ein Fehldruck in der Karte."

„Es ist mir egal. Lass uns einfach von hier verschwinden, okay? Bitte!"

„Jetzt warte doch mal. Wo sollen wir denn hin ohne Benzin? Wir klingeln an dem Haus und schauen was passiert. Sieh mal, da steht ein Auto, also muss hier auch jemand Benzin haben. Logisch, oder?"

Ich muss schon sagen Frank war tapfer und mutig. Ich dagegen hatte voll Schiss und in dem Moment war ich stolz, so einen Freund zu haben. Ich schmiegte mich ganz fest an ihn und folgte ihm. In Kilmarnock gab es vielleicht gerade mal zehn Häuser. Die heruntergekommene Bruchbude, bei der Frank anklopfte war das einzige Haus bei dem Licht brannte. Im Schein des Verandalichtes erkannte ich einen uralten, verrosteten Pick Up, der wahrscheinlich seit zwanzig Jahren von keiner Menschenhand mehr angerührt worden war. Ich fragte mich sogar ganz kurz, ob die dunkelrote Farbe tatsächlich Farbe oder Rost war.

„Hallo, hallo? Ist jemand zu Hause?" Frank klopfte mittlerweile zum siebten oder achten Mal an.

„Komm Frank, lass uns zurück zum Auto gehen und wir kommen morgen nochmal. Vermutlich schlafen die Leute schon und haben nur vergessen das Licht auszumachen."

Ich sagte das nicht nur weil mein mulmiges Gefühl im Bauch immer stärker wurde, sondern auch, weil mir langsam aber sicher kalt war. Eigentlich wollte Frank aufgeben, sich umdrehen und gehen, aber in dem Moment hörten wir etwas.

„Warte! Hörst du das auch? Da kommt jemand die Treppe runter."

Im selben Moment ging die Tür auf. Frank konnte gerade noch so seinen Kopf weg ziehen und freundlich lächeln. Ein großgewachsener Mann, Ende fünfzig stand vor uns. Silbernes Haar, eisblaue Augen und trotz seiner tiefen Augenringen schienen sie hellwach und wesentlich jünger.

„Guten Abend, was kann ich für sie tun?"

Der Mann schaute von Frank zu mir und lächelte freundlich. Ich weiß nicht wie ich es erklären sollte, aber dieses Lächeln war irgendwie viel, viel zu freundlich.

Es machte mir Angst, so unter uns Pastorentöchtern gesprochen. Mein Gefühl hier weg zu wollen verstärkte sich und ich zupfte an Franks Arm. Doch er reagierte nicht.

„Entschuldigung, dass ich erst so spät runtergekommen bin, aber ich musste meiner Frau beim Aufräumen in der Küche helfen."

Wir schauten ihn nur an. Seine Augen fingen an mich verrückt zu machen und ich sah plötzlich meinen eigenen Tod.

„Nun lassen sie mich mal raten? Sie haben sich verfahren, richtig?"

„Nein, nicht ganz. Uns ist der Sprit ausgegangen. Wir dachten eigentlich, dass Kilmarnock nur zwanzig Meilen vom Highway entfernt ist, aber es stellte sich heraus, dass das ein Irrtum war."

„Was? Kilmarnock ist auf einer Karte verzeichnet? Nun, das würde mich aber wundern, wenn sich der Rest von Amerika auf einmal für uns interessiert."

Er lachte laut auf.

„Na ja, egal. Auf jeden Fall kann ich euch helfen, Kinder. Ich habe Benzin. Ihr habt doch einen Benziner, oder?"

„Ja, ich habe einen Benziner. Einen Firebird.", verkündete Frank stolz. Männer und ihre Autos. Sogar in Anbetracht unserer misslichen Lage hatte ein Mann nur sein Auto im Kopf, unglaublich.

„Nun kommt doch erstmal rein, Kinder! Da draußen ist es ziemlich kalt."

Ich zögerte, doch Frank stieg bereits über die Türschwelle und zog mich hinterher und in der Tat begann die Nacht ziemlich mild zu werden.

„Sonst haben wir hier nur selten Besuch, aber heute scheint es einen richtigen Touristenstrom zu geben."

Der Hausherr versuchte wieder mal kameradschaftlich zu lachen.

„Wie meinen sie das?", fragte Frank.

„Ihr seid das Zweite Paar, das uns heute besuchen kommt. Vor ein paar Stunden hat mein Sohn Dennis zwei Rucksacktouristen im Wald aufgegabelt, die auch bei uns übernachten. Morgen Früh bringe ich sie dann zum Highway."

Wir gingen in den Korridor. Links und rechts befand sich jeweils eine Tür. Wir folgten dem Hausherrn die Treppe nach oben. Seltsamerweise war das Haus innen komplett sauber, wie abgeleckt. Ganz im Gegenteil zur äußeren Fassade. Was mir auch auffiel war, dass der Hausherr gar nicht wie ein heruntergekommener Hinterwäldler aussah. Er war frisch gekleidet, hatte eine saubere Jeans, Pantoffeln und ein frisch gebügeltes Holzfällerhemd an. Dazu trug er ein angenehm riechendes Aftershave.

Trotzdem wurde mein Unbehagen nicht weniger. Mitten auf der Treppe blieb er stehen und wir knallten dabei fast zusammen. Er drehte sich um, warf einen verdutzten Blick auf mich und Frank und schnupperte an uns rum.

„Habt ihr etwa noch einen Hund bei euch im Auto?"

Frank und ich tauschten verwunderte Blicke aus.

„Hä, nein. Eigentlich nicht. Wie kommen sie darauf?"

Ich traute mich jetzt auch zu sprechen.

„Hm, Verzeihung. Das habe ich mir dann wohl eingebildet."

Im oberen Stockwerk war links von uns die Küche und rechts das Wohn- und Esszimmer. Die Schlafräume waren dann wohl unten. Ziemlich seltsam, dass die Bewohner es hier genau umgekehrt machten, aber gut. Es gibt durchaus größere Probleme auf der Welt als die Anordnung der Zimmer in einem Haus.

Am Esstisch saßen ein Mann und eine Frau. Beide hielten eine große Tasse in den Händen, aus denen ein angenehmer Geruch strömte. Vom Optischen passten die beiden überhaupt nicht hierher. Das mussten die Rucksacktouristen sein.

„Das ist meine überaus liebenswerte Frau Nancy." Er zeigte auf eine Frau die sich links von uns befand und an der Spüle einen Teller abtrocknete. Die Frau drehte sich um und lächelte sofort. Dieses angsteinflößende, viel zu freundliche Lächeln, das wir schon von ihrem Mann kannten.

„Ha, das gibt es doch gar nicht. Noch mehr Gäste. Was für eine freudige Überraschung!", trällerte sie.

„Ach, wo bleiben meine Manieren. Ich bin übrigens Francis." Der Mann reichte erst mir und dann Frank die Hand. Sein Handgriff war sanft, jedoch eiskalt wie ein Grabstein an einem milden Novemberabend.

„Also Kinder, setzt euch doch!", drängte uns Nancy, huschte herbei und zog zwei Stühle unter dem Tisch hervor. Nach kurzer Widerrede nahmen wir gegenüber den beiden Touristen Platz, die uns freundlich und müde zulächelten.

„Den Beiden ist im Wald der Sprit ausgegangen, Schatz und die Ärmsten sind dann durch den Wald zu uns gelaufen."

„Ach Herrje, das ist ja schrecklich. Euch muss ja sehr kalt sein.

Die Abende und Nächte hier sind immer sehr kalt. Wartet, ich gebe euch auch eine Tasse heiße Tomatensuppe.

Das ist mein Spezialgericht und hat bisher jeden wieder aufgewärmt." Nancy zwinkerte uns zu und machte sich daran, aus einem Hängeschränkchen zwei Tassen hervorzukramen.

„Oh Mann, Sprit ausgegangen. Das ist echt mies", sagte der Tourist und prostete uns mit seiner Tomatensuppe zu.

„Ich bin übrigens Rich und das ist meine Freundin Ann."

„Hi", sagte Ann schlicht und einfach. Man sah ihr an, dass sie einen langen Tag hinter sich hatte und nur noch ins Bett wollte. Rich erzählte uns, wie sie von einem Trucker am anderen Ende des Waldes abgesetzt wurden. Sie wollten zum Highway, Richtung Boston und verliefen sich. Zum Glück hatte sie Francis gefunden der sie dann netterweise mitnahm.

Mit Richs und Anns Anwesenheit ging es mir auf einmal ein bisschen besser. Vielleicht war die Familie hier ja doch nicht so schlimm wie ich mir anfangs eingebildet hatte und sie waren einfach nur froh mal ein paar Gäste zu haben. Immerhin waren sie nett, gastfreundlich und nicht irgendwelche versoffenen, wild um sich schießende Psychopathen, wie man sie oft im Süden antrifft.

„Habt ihr vielleicht Hunger? Ihr seht so aus, Kinder. Ich habe noch etwas Auflauf übrig."

„Oh, den müsst ihr probieren. Nancys Hackfleischauflauf ist legendär", fügte Francis hinzu. Rich und Ann nickten zustimmend.

Ich musste zugeben, dass ich praktisch ausgehungert war und nach der leckeren Suppe konnte der Auflauf nicht schlechter sein. Wir aßen und unterhielten uns eine Weile und vergaßen dabei völlig die Zeit. Francis erzählte uns, dass Kilmarnock von Schotten gegründet und nach einer schottischen Stadt benannt wurde. Seine Familie kam ursprünglich aus Frankreich, die sich in Quebec angesiedelt hatten. Vor einigen Jahren zog er hierher, weil man hier seine Ruhe hatte und der Natur sehr nahe war. Warum er das nicht in Kanada gemacht hat fragten wir nicht.

„Also Kinder", sagte er schließlich und gähnte. „Es ist schon sehr spät. Frank, ich schlage vor wir schnappen uns einen Kanister, gehen dein Auto holen damit es die Straße nicht blockiert und ihr übernachtet einfach hier bei uns. Dann seid ihr morgen ausgeruht.

Ihr könnt dann auch die beiden anderen mit zum Highway nehmen. Ist ja der gleiche Weg."

Frank überlegte kurz und sprach dann die Worte, für die ich ihn am liebsten erschlagen hätte.

„Ja klar, wieso nicht? Das ist eine gute Idee, aber wirklich nur, wenn wir euch damit keine Umstände machen."

Frank schien meinen Blick verstanden zu haben und fügte noch hinzu: „Es ist schon sehr spät und ich kann wirklich nicht mehr so weit fahren. Dazu bin ich zu müde."

Rich und Ann mitzunehmen war kein Problem. Die Zwei schienen ganz nett zu sein, aber hier übernachten? Nein, auf gar keinen Fall! Deswegen warf ich Frank auch einen bissigen Blick zu. Von der anderen Seite konnte ich ihn aber auch verstehen. Er fuhr jeden Tag so viele Meilen und hatte es sich verdient, mal richtig auszuruhen. Ich selbst konnte kein Auto fahren. Ich war froh wenn ich es schaffte mich anzuschnallen ohne mir dabei den Arm auszukugeln. Also willigte ich wohl oder übel ein.

„Ach nein, ich macht uns doch keine Umstände. Wir sind sehr froh, dass ihr unsere Gäste seid. Es kommt vielleicht einmal im Jahr ein Fremder durch unser Städtchen. Heute haben wir gleich vier Gäste."

Ihr Lächeln machte mir immer noch Angst.

„Heute seid ihr nicht nur Gäste. Nein, heute seid ihr ein Teil der Familie. Also Willkommen!"

Francis und Nancy standen Arm in Arm vor uns und grinsten. Das war schon irgendwie krank, aber außer mir schien das niemanden aufgefallen zu sein.

„Also dann!" Francis klatschte in die Hände.

„Rich, Ann, ihr wisst ja wo euer Zimmer für heute Nacht ist und dir, Josy, zeigt meine Frau wo du heute mit Frank schlafen kannst."

Frank, Denis und Francis holten den Kanister und machten sich auf den Weg.

Rich und Ann nickten zustimmend und waren dann auch gleich verschwunden. Man konnte es ihnen auch nicht verübeln. Ich begleitete Frank noch nach unten, wo ich dann noch Denis kennenlernen durfte. Der typische Streber Spießer Sohn. Mit Hemdkragen über dem Pulli und Lesebrille auf der Nase. Wenn ich so einen in Harvard getroffen hätte wäre es ja nichts Besonderes, aber hier im Wald. Ich gab Frank noch einen Kuss und ließ mich dann von Nancy in unser Zimmer führen.

Es lag direkt hinter dem Wohnzimmer. Obwohl ich hundemüde war konnte ich kein Auge zumachen. Die Leute sahen zwar harmlos aus, aber irgendwie konnte ich ihnen einfach nicht trauen. Vielleicht hätte ich Frank nicht alleine lassen sollen. Vielleicht war ich auch einfach nur übermüdet und dadurch etwas gestresst und paranoid. Es war immerhin ein ziemlich beschissener Tag. Ich beschloss, mich auf das Klappsofa zu legen und es nochmal mit Schlafen zu probieren. Vorher blätterte ich noch ein bisschen in der Landkarte. Als ich an die Stelle kam die uns in diesen Schlamassel geführt hatte, stockte mir der Atem und das Blut in meinen Adern gefror.

Dort, wo vor ein paar Stunden Kilmarnock und Smallvillage eingezeichnet waren stand auf einmal nichts mehr. Nur dunkelgrüne Stellen, die den Wald markierten. Ich schaute nochmal genauer nach, um ganz sicher zu gehen. Aber ja, da war nichts neben dem Highway. Absolut nichts. Dann fielen mir noch Francis Worte ein, dass es ein Wunder gewesen wäre, wenn Kilmarnock auf einmal auf einer Karte verzeichnet gewesen wäre. Der ganze Raum fing an sich vor meinem geistigen Auge zu drehen und mir wurde schwindelig. Ein Hauch von Übelkeit überkam mich und mein Puls spielte verrückt.

Wie war denn das nur möglich? Frank und ich hatten doch die ganze Zeit über die beiden Ortschaften auf der Karte gesehen und nun waren sie weg. Einfach weg. Dabei saß ich doch hier in Kilmarnock in einem Haus. Und Smallvillage? Wahrscheinlich existierte das gar nicht.

Rich und Ann hatten auch nichts davon erwähnt, obwohl sie von der anderen Seite des Waldes kamen und es nur eine Straße gab, die durch den Wald führte. Logischerweise hätten sie dann Smallvillage durchquert haben müssen. Mir war als ob ich verrückt geworden wäre. Ein heiserer Schrei einer weiblichen Stimme holte mich aus meinem Gedankenchaos zurück in die Realität.

Frank, ich musste Frank anrufen. Verdammt, mein Handy war ja noch im Auto. Fuck! Vielleicht hatte ich mir den Schrei ja auch nur eingebildet. So wie alles andere hier. So musste es sein.

Ich beschloss einfach zu schlafen und morgen früh war es dann nur ein schlechter Traum. Plötzlich hörte ich wieder einen Schrei. Immer noch gedämpft durch die Wände, aber schon etwas lauter. Ich zwickte mich um sicher zu stellen, dass ich nicht schlief. Das Ergebnis war erschreckend.

Ich war hellwach und das alles passierte wirklich. Ich stand auf, öffnete die Tür und lauschte vorsichtig. Es war für eine kurze Zeit still. Die Lichter in der Küche und im Wohnzimmer waren bereits aus. Ich wartete bis sich meine Augen an die Dunkelheit gewöhnt hatten. Da war er wieder, der Schrei. Das war doch Ann. Der Schrei kam von unten und ich konnte hören wie jemand ein lautes „Nein, nein Bitte nicht!" ausrief.

Eigentlich wollte ich gar nicht wissen was hier passierte. Ich wusste nur eins. Ich wollte hier raus und Frank finden. In diesem Moment schwor ich mir, Frank nie wieder alleine zu lassen und schlich durch das Wohnzimmer zur Treppe. Noch ein Schrei. Diesmal war es Rich. Oh Gott, ich hoffte nur das Frank lebte. Er musste einfach leben. Er war doch groß und stark.

Mit Francis und seinem Sohn wäre er schon fertig geworden. Aber was wenn die beiden Frank doch überwältigen konnten und sich nun über Rich und Ann hergemacht haben. Ich gab mir geistig selber eine Ohrfeige, verwarf die negativen Gedanken und tapste so leise ich konnte die Treppe runter. Die Schmerzensschreie hatten aufgehört und es war nur noch ein undefinierbares Gestöhne zu hören. Diese Geräusche kamen nicht vom unteren Stockwerk, nein sie kamen aus dem Keller. Anstatt durch die Haustür raus in die Freiheit zu laufen, lief ich um die Treppe herum und fand noch eine Tür. Die musste in den Keller führen. Mein Bauchgefühl schrie zwar ganz laut und deutlich, dass ich meine Beine in die Hände nehmen sollte, doch mein Herz sagte etwas anderes.

Was war, wenn Frank da unten war und meine Hilfe brauchte? Ich hätte es mir nie verziehen wenn ich Frank hier zurückgelassen hätte. Ohne ihn, so war mein Gefühl, wäre ich hier aus diesem Ort eh nicht lebend raus gekommen. Wenn, dann wollte ich mit ihm zusammen sterben.

Ich machte die Türe auf. Eine Steintreppe führte weiter runter. Der Fuß der Treppe wurde von Kerzenlicht beleuchtet. Ohne zu wissen, ob dies ein gutes oder schlechtes Zeichen war, stieg ich die Treppe runter.

Rich und Ann saßen in der Mitte des Raumes, auf zwei Stühlen gefesselt. An ihren Hälsen und Armen klebte Blut. Sie schienen ohnmächtig zu sein oder sogar tot, denn sie gaben keinen Laut mehr von sich. Mir wurde schlecht. Schließlich hörte ich auf meine innere Stimme und ging wieder nach oben, auch wenn ich mir dabei ziemlich schäbig vorkam nicht genauer nach den Beiden gesehen zu haben. Aber meine Angst um mich und Frank siegte.

Die Türe oben an der Treppe fiel ins Schloss. Der Knall der Tür löste einen kräftigen Stich in meiner Brust aus und die Luft blieb mir kurzzeitig im Hals stecken. Hätte ich etwas sagen wollen, so hätte ich keinen Laut rausgebracht. Zwischen Rich und Ann tauchte Nancy wie aus dem Nichts auf.

„Ach Josy, dummes Mädchen. Du hättest nicht hier runter kommen dürfen. Du bist nämlich noch nicht an der Reihe. Aber gut, wenn du schon mal da bist. Lindsay, schnapp sie dir!"

Starke Arme packten mich von hinten und schleuderten mich quer durch den Raum. Ich blickte auf. Über mich gebeugt standen Nancy und ihre Tochter Lindsay. Lindsay war kleiner und schmächtiger als ich. Woher nahm sie diese Kraft, mich so rumzuschleudern?

Doch dann dämmerte es mir. Meine Weltsicht und Weltverständnis wurde auf den Kopf gestellt. Lindsay und ihre Mutter machten ihre Mäuler auf und was ich da sah erklärte einiges und verstärkte zu gleich den stechenden Schmerz in meiner Brust. Sie hatten lange, scharfe Eckzähne. Ich verlor mein Bewusstsein und wurde ohnmächtig.

Ich weiß nicht wie lange ich weg war, ob es ein paar Minuten oder Stunden waren, aber ich lebte noch. Mein ganzer Körper schmerzte und mein Herz schlug immer noch schneller als normal. Ich saß nun selber auf einem Stuhl, ebenfalls gefesselt. Neben mir saugte Lindsay an Rich rum, während Nancy Ann aussaugte. Am liebsten wäre ich wieder ohnmächtig geworden, doch jetzt war ich hellwach und musste das Grauen mit meinen Augen ansehen.

„Ihr seid Vampire", stammelte ich.

„Aber das geht doch nicht. Es kann einfach nicht sein!"

Ich schluchzte los wie ein kleines Mädchen, dass soeben sein eigenes neues Kleid mit Erdbeereis vollgekleckert hatte.

„Doch Schätzchen, wie du siehst kann es sein."

Nancy wischte sich Anns Blut von den Lippen und leckte anschließend genüsslich an ihren Fingern.

„Wir sind Vampire und leider habe ich Denis versprochen, dass er dich bekommt, obwohl mir das sehr schwer fällt mich zurück zu halten, den du riechst so gut."

Nancy roch an meinem Hals und streichelte mir durch das Haar. Denis, oh nein. Verdammt.

Bestimmt hatten sie Frank bereits getötet und waren nun auf dem Weg hierher. Oh Gott. Wieso nur? Aus lauter Verzweiflung schrie ich Franks Namen so laut ich eben konnte. Immer und immer wieder. Nancy lachte nur.

„Naives, dummes Ding. Er kann dich nicht hören. Er wird dich nie wieder hören können. Ha, ha, ha!"

Oben ging die Kellertüre auf. Jemand hatte sie eingetreten. Obwohl ich genau wusste, dass es Francis und Denis waren um mich nun auszusaugen, rief ich nochmal mit letzter Kraft:

"Fraaank!"

„Josy? Josy, bist du das?", schrie Frank zurück. Oh Heiland, ich konnte es nicht fassen, aber Frank hatte es irgendwie geschafft.

„Ja Frank, ich bin es. Vorsicht hier sind noch zwei von ihnen!"

„Sei still!", schrie Nancy und verpasste mir eine Ohrfeige. Die fühlte sich so stark an das fast mein Kopf davon geflogen wäre.

„Na los, schnappen wir uns diesen Mistkerl!"

Die beiden Frauen rannten die Treppe hoch.

„Los, kommt und holt mich!", hörte ich Frank brüllen. Es waren nur noch eklige Schmatzgeräusche zu hören, die so klangen wie wenn ein Raubtier seine Beute zerfleischt. Kurz darauf stürmte Frank, vollkommen blutüberströmt, die Treppe herunter.

„Oh Frank! Du bist da!"

„Mach dir um mich keine Sorgen. Es ist nicht mein Blut. Ist mit dir alles okay? Haben sie dich gebissen?"

„Nein, nein. Ich glaube nicht. Alles okay."

Frank prüfte meinen Hals und meine Arme und riss die Seile, die mich fesselten durch als wären sie aus Papier gewesen.

„Was ist los? Wie konntest du sie besiegen?"

„Keine Zeit für Erklärungen. Los, komm! Die Tochter konnte entkommen. Sie wird wahrscheinlich gleich mit Verstärkung zurückkommen."

Frank zog mich hinter sich her. Er hielt mich so fest, dass mir mein Handgelenk wehtat, doch ich sagte nichts. Ich wollte hier so schnell wie nur möglich weg.

„Los Jos, schneller! Wir haben keine Zeit!"

Am Hauseingang schnappte Frank den Benzinkanister und lief weiter in den Wald. Mich in der einen Hand und den Kanister in der anderen.

„Verdammt Frank, ich habe solche Angst. Ich will nicht sterben!"

„Wenn ich bei dir bin brauchst du keine Angst haben und du wirst auch nicht sterben, versprochen. Hörst du! Fuck, sie kommen näher."

„Wer?" „Na die Vampire. Lauf schneller. Das Auto ist gleich da vorne. Jos, steige ein und verriegle die Türe. Ich fülle schnell das Benzin in den Tank."

Ich beobachtete Frank dabei im Rückspiegel. Aus dem Nichts tauchte eine Gestalt hinter ihm auf. Frank haute ihn mit einem Fausthieb einfach um.

Er ließ den Kanister fallen. Ein Vampir schlug die Seitenscheibe ein, packte mich an den Haaren und wollte mich aus dem Wagen ziehen. Ich schrie laut auf und wehrte mich so gut es ging. Plötzlich ließ die Hand mich wieder los. Frank hatte meinen Angreifer mit einem gezielten Schlag ausgeknockt. Er sprang über das Autodach, riss seine Tür auf und hielt wenige Sekunden später das Lenkrad in den Händen.

„Nun komm schon", knurrte er als der Wagen nicht anspringen wollte. Zwei, drei Versuche später sprang er dann endlich an und wir konnten losfahren.

„Verdammt, wir können hier in diesem Scheißwald nicht wenden. Dazu müssen wir zurück in die Stadt."

Wie ein Wahnsinniger raste Frank über den Schotterweg durch den Wald. Kurz vor dem ersten Haus in Kilmarnock zog er die Handbremse, riss das Lenkrad rum und drehte den Wagen um hundertachtzig Grad.

Als der Firebird kurzzeitig stehen blieb schmiss sich eine Gestalt an meine Türe und versuchte sie aufzureißen. In diesem Moment drückte Frank das Gaspedal durch. Der Wagen zischte wie ein Pfeil zurück in den Wald. Der Vampir an meiner Tür klammerte sich jedoch stur an dem Wagen fest und versuchte mit seiner freien Hand ins Wageninnere zu tasten. Ein weiterer sprang auf unser Dach. Diese Ausgeburten der Hölle waren nicht nur sau stark sondern auch noch verdammt schnell.

Unser Wagen holperte auf dem löchrigen Schotterweg und wir fühlten uns dabei wie ein Cowboy beim Rodeo. Nur mit dem kleinen, unbedeutenden Unterschied, dass wir es hier mit Vampiren zu tun gehabt hatten. Der Vampir, der scheinbar an meiner Türe klebte, trat gegen einige dicke Äste die dem Geräusch nach zerbrachen. Dabei wurde er glücklicherweise vom Wagen gerissen. Sein Artgenosse auf dem Dach blieb dagegen hartnäckiger. Er fing an wie wild auf das Dach einzuhämmern.

Ich versuchte zu schreien, doch meine Stimme versagte und ich brachte keinen Ton heraus.

Plötzlich schlug jemand Franks Fenster auf, eine große Hand packte ihn am Hinterkopf und schlug seinen Kopf gegen das Lenkrad. Frank packte die Hand. Ich hörte wie Knochen brachen, schließlich jauchzte der Vampir und sprang ab. Vollkommen unangekündigt legte Frank eine Vollbremsung ein. Ich knallte gegen das Handschuhfach. Der Vampir vom Dach flog nach vorne und landete unsanft auf der Straße. Einige Sekunden sah ich in seine ausdruckslosen, eisblauen Augen, die sich im Scheinwerferlicht zu reflektieren schienen. Dann traf ihn der Kühlergrill des Firebirds als Frank das Gaspedal wieder durchdrückte. Blut spritzte auf die Scheibe und der Aufprall des Vampirs übertönte sogar den heiß brüllenden Motor.

Der Weg wurde immer ebener, doch die Jagd auf uns schien noch nicht beendet zu sein. Die Heckscheibe klirrte. Im Rückspiegel sah ich einen weiteren Vampir mit einem sehr hungrigen Gesichtsausdruck, als er durch die kaputte Scheibe auf den Rücksitz krabbelte. Diesmal schrie ich mir die Seele aus dem Hals.

Frank kramte schnell etwas unter seinem Sitz hervor. Ich begriff noch nicht mal was los war, schon gab es einen höllischen, ohrenbetäubenden Knall. Jetzt brannte mir nicht nur die Stirn, nach der Bekanntschaft mit dem Handschuhfach, nein, jetzt waren da eine ganze Horde kleiner Männchen wie aus Gullivers Reisen, die mit Hämmern und Meißeln neben meinem Trommelfell eine Party feierten. Ich schrie noch lauter, blickte zurück. Der Vampir war weg. Frank hielt eine Knarre in seiner Hand. Er ließ sie sofort unter seinem Sitz verschwinden.

„Sie sind weg. Ich spüre es", sagt er nur.

Wir fuhren langsam auf eine asphaltierte Straße und ich erholte mich allmählich. Die Bäume entfernten sich immer weiter von dem Straßenrand. Es konnten sogar schon wieder zwei Autos nebeneinander fahren. Trotz der blutverschmierten Windschutzscheibe sahen wir schon am dunklen Himmel den Mond scheinen. Auch wenn das etwas krank und unpassend war gab es ein merkwürdig schönes Bild ab. Blutverschmiertes, kaltes Glas auf der einen Seite und auf der anderen die Finsternis und der Mond.

Meine Sinne waren wieder bei mir. Mein Kopf schmerzte noch aber ich konnte wenigstens wieder klar denken.

Ich beschloss erstmal zu schweigen und begriff immer noch nicht ganz, wie Frank die Vampire einfach so besiegen konnte. Nur mit seinen Händen. Ich sah die Leichen von Denis, Francis und auch Nancy. Sie waren zerfleischt wie von einem wilden Raubtier. Es fehlte mir an der Vorstellungskraft, wie Frank zu so etwas im Stande war. Okay, er war groß und kräftig, aber so was.

Es faszinierte mich noch mehr, wie er in dieser Situation so locker und gelassen geblieben war. Das richtige Wort hierfür wäre eiskalt gewesen. Jeder normale Mensch wäre in Panik geraten, so wie ich auch und hätte sich in die Hose gemacht.

Nicht so Frank. Es kam mir vor, als ob das für ihn eine fast alltägliche Sache gewesen wäre, im Wald mit Vampiren zu kämpfen. Es hatte den Anschein, dass er sowas nicht zum ersten Mal gemacht hatte. Ich schaute ihn an.

Er lenkte seinen Firebird ganz ruhig und gelassen die Straße entlang, die Augen fest auf den Weg gerichtet.

Das andere Erschreckende war seine Waffe. Ich wusste nicht mal dass er eine hatte, geschweige denn mit einer umgehen konnte. Hatte er sie schon immer unter dem Fahrersitz und warum hatte er sie mir verschwiegen? Jedes Mal wenn wir rumfuhren, im Autokino waren, Arm in Arm saßen, Popcorn aßen, Jack Nichelson dabei beobachteten, wie er mit einer Axt durch ein Hotel lief und wir auf dem Fahrersitz eine Nummer schoben, immer war diese Waffe dabei. Ich wusste einfach nichts davon.

Ich war ihm zwar dankbar, dass er mich gerettet hatte, aber jetzt sah ich eine Seite an ihm, die ich bisher noch nicht kannte. Da dachte, man kennt einen Menschen und dabei kannte ich ihn gar nicht. Irgendwie machte es mit sogar ein bisschen Angst. Vielleicht gab es aber auch für alles eine plausible Erklärung.

Bestimmt war es so, es gab doch immer für alles eine Erklärung. Bestimmt auch eine dafür, wie es möglich ist das es solche Monster wie Vampire tatsächlich gibt und wie sie biologisch dazu im Stande sind zu überleben. Ich drehte den CD Player auf, in dem gerade „Bad Moon Rising“ lief, schloss meine Augen und versuchte endlich mal ein bisschen zu schlafen.

Goldfieber.

Zwei Wochen. Zwei Wochen ist es nun her, dass die letzten Siedler diese Stadt verlassen hatten. Seit zwei gottverdammten Wochen saßen John und ich alleine in diesem verlassenen Nest.

Die Nahrungsvorräte gingen zur Neige und das Trinkwasser auch. Johns Pferd hatten wir bereits erschossen und gegessen. Folglich mussten wir auch einem Pferd weniger zu trinken geben.

Wir hatten unten am Fluss immer noch keine Nuggets gefunden, aber wir gaben nicht auf. Jetzt, wo die Anderen weg waren, hatten wir Ruhe und konnten ungestört graben. John und ich hatten uns geschworen, diese Vorpforte zur Hölle als reiche Männer zu verlassen oder gar nicht. Versprechen mussten eingehalten werden.

Nur die Little Rock Mine hatte zu Recht geschlossen. Selbst solch hartnäckige Goldsucher wie John und ich es waren, mussten einsehen dass es in dieser Mine nichts zu holen gab. Aber unten am Fluss, dort musste es einfach etwas geben. Es war nun circa drei Jahre her, als ein junger Bursche mehr durch einen Zufall dort unten ein paar Nuggets fand. Von da an brach eine wahre Goldrauschwelle los. Die Menschen strömten in Massen an diesen Ort. Nach nicht mal zwei Monaten begrüßte man den zweitausensten hier. Sofort wurden ein Bürgermeister und ein Sheriff gewählt und das Örtchen, das den Bewohnern eine goldene Zukunft versprach, erhielt den Namen „Little Heaven". Natürlich trafen neben den Goldsuchern auch ein Dutzend anderer Leute aus sämtlichen Schichten zusammen.

Handwerker, die tagtäglich den Goldsuchern ihr Werkzeug reparierten. Zimmerer, die jeden Tag ein neues Haus aus dem sandigen Boden stampften. Wirte, die die Menschen bewirtschafteten und Neuankömmlingen eine Unterkunft boten. Natürlich gab es auch einen Pfarrer, der auf seine kleine Kirche bestand und viele Kaufleute, die den Ort mit allerlei Material und Nahrung versorgten. Aber natürlich trieben sich dort auch dunkles Gesindel, Abenteurer und Glücksritter herum.

Ganz Little Heaven schwebte förmlich im Goldrausch. Sogar der Priester Jeremy verfiel eines Tages dem Goldrausch, auch wenn er es nie zugegeben hätte. Der Ärmste. Gott sei seiner Seele gnädig.

Die ersten dreieinhalb Jahre war die Stimmung in unserem kleinen Örtchen mehr als hoch. Obwohl eigentlich niemand auf irgendeine Weise einen Erfolg verbuchen konnte, war der Saloon jeden Abend brechend voll und der Whisky floss in Strömen.

Doch dann, als den Ersten die finanziellen Mittel ausgingen und sie Little Heaven verlassen mussten, kamen auch immer weniger Reisende und Kaufleute zu uns. Von da an verwandelte sich Little Heaven in Little Hell.

Die Leute wurden mürrisch. Viele fingen an, alles Jimmy, unserem Gastwirt vom Saloon, in die Schuhe zu schieben. Er hätte die Geschichte von den Goldnuggets im Fluss nur erfunden, um die Menschen herzulocken und um sie dann auszunehmen.

Lance, der Sheriff hätte ihn zusammen mit Gregory, unserem Bürgermeister unterstützt. Angeblich diente das Ganze dazu, dass kein zweiter Saloon eröffnet wurde und die beiden davon dick profitierten. In welcher Art und Weise auch immer. Daraufhin gab es im Saloon eine heftige Schießerei, bei der es viele Verletzte gab. Lance und Jimmy wurden dabei sogar erschossen. Der Bürgermeister konnte zwar noch fliehen, erhängte sich aber noch in derselben Nacht in seinem Haus.

Zum ersten Mal wurde in Little Heaven auch ein Totengräber benötigt. Später dann verlor sogar unser Priester den Verstand. Er war so besessen davon Gold zu finden, dass er unten am Fluss seine Hände in den Steinen blutig grub in der Annahme, dass es Goldnuggets waren. Armer Irrer!

Billy, ein Halsabschneider der den Bürgermeister und den Sheriff auf dem Gewissen hatte, bekam hingegen Probleme mit dem Gesetz. Einige Soldaten, denen Kaufleute von den Geschehnissen erzählt hatten, kamen um Billy zu verhaften. Der vergnügte sich nichtsahnend mit einer Hure in der Wirtschaft. Völlig überrascht wollte er sich dem Ganzen aber nicht kampflos ergeben und es gab ein riesiges Gemetzel. Billy hatte es geschafft drei der Soldaten zu töten ehe er selber praktisch in Stücke gehackt wurde.

Melinda, die Hure fiel dem Gemetzel auch zum Opfer. Seit diesem Zeitpunkt geschahen immer wieder seltsame Dinge bei uns in Little Heaven und immer mehr Leute verließen fluchtartig die Stadt. Man konnte es ihnen nicht verübeln. Manche bösen Zungen behaupteten sogar, dass dieser Ort verflucht sei und die Geister der Toten seien immer noch hier und würden ihr Unwesen treiben.

Einige erzählten, dass sie den Bürgermeister nachts in seinem Zimmer hängen sehen würden. Andere wiederum sahen angeblich den Priester nach Gold schürfen. Dumme Geistergeschichten. John und mir war nichts der Gleichen wiederfahren. Wir waren erwachsene Männer und mit den Geschichten hätten sie allerhöchstens Kinder erschrecken können.

Unsere Energie steckten wir in die Suche nach Gold. Auch wenn wir immer noch nicht fündig geworden waren. Manchmal hatte ich das Gefühl, dass John von einer gewissen Skepsis befallen war, was den Erfolg nach Gold betraf. Obwohl er es nie offen sagte und mir immer wieder beteuerte, dass er solange mit mir graben würde bis wir fündig geworden wären. Gott sei Dank. Denn ohne John würde ich es hier nicht aushalten.

Emma, meine Frau, hatte die Hoffnung wie viele andere bereits aufgegeben. Sie sagte ich habe den Verstand verloren und mich würde das gleiche Schicksal wie unser Pfarrer erwarten. Sie verließ mich irgendwann und zog mit unserem Sohn zurück nach New York. In die Zivilisation, wie sie meinte. Sie machte mir auch unmissverständlich klar, dass sie nicht auf mich warten würde und ich wegen ihr nicht zurückkehren bräuchte. Wie nett.

Doch ich weiß ganz genau, dass John und ich noch Gold finden werden und dann werde ich als reicher Mann zurückfahren. Werde zu meiner Frau und meinem Sohn zurückkehren um sie in die Arme nehmen zu können. Falls doch etwas schief gehen sollte habe ich vorgesorgt und angefangen dieses Tagebuch zu schreiben. Ich bin Alan Stretcher und das ist meine Geschichte. Wir haben den vierten Juni, vielleicht auch schon den fünften. Sicher bin ich mir nicht. Auf jeden Fall schreiben wir das Jahr 1874.

Alan steckte seinen Stift in seine Brusttasche und legte sein Tagebuch auf das kleine Metallkästchen neben seinem Bett. Dort hatte Emma, seine Frau bis vor kurzem noch jeden Abend eine Kerze angezündet und sie ausgepustet, wenn sie sich zum Schlafen hinlegte. Oh verdammt. Er vermisste sie und seinen Sohn. Es kam ihm wie eine halbe Ewigkeit vor seit sie ihn verlassen hatte.

Doch es gab Momente im Leben eines Mannes da musste ein Mann eben tun was er tun musste und das war nun mal so ein Zeitpunkt. Er zog sein Halstuch etwas enger, rutschte den Hut tief in sein Gesicht und ging nach draußen. John saß auf der Veranda und rauchte mehr aus Gewohnheit als aus Genuss seine Pfeife.

Alan setzte sich zu ihm und spuckte einen abgenutzten Brocken seines Kautabaks auf den staubigen Boden.

„Also, mein Freund. Auf ein Neues!" „Wie jeden Tag, mein Freund", antwortete John kurz und knapp. Die Männer sprachen ohne sich dabei anzuschauen. Aus reiner Routine schmissen sie sich ihren Rucksack auf den Rücken und marschierten los. John pfiff einmal in die Finger und sofort kam ein Husky um die Hausecke gesaust. „Brav Lincoln!" John tätschelte den Kopf seines Hundes und trabte weiter hinter Alan her. Sie waren schon ein eingespieltes Gespann.

Das Wasser wurde knapp und sie mussten sparen. Das bekam auch Lincoln zu spüren, der nach dem gleichnamigen Präsidenten benannt wurde. Es fehlte ihnen irgendwie alles an allen Ecken und Enden. Die Nahrungsmittel gingen ihnen langsam aber sicher aus und geregnet hatte es schon seit Wochen nicht mehr. Der Sommer brannte sich tief in ihre Kehlen. Seit Wochen schon kamen keine Händler mehr vorbei und selbst wenn, sie hatten ja kein Geld um auch nur das Notwendigste zu kaufen.

Sie mussten sich mit dem Gedanken vertraut machen, dass sie sich früher oder später auch von dem Pferd und Lincoln trennen mussten. Am Fluss angekommen schmissen sie ihre Rücksäcke auf den Boden. Wie jeden Tag. Seit der Pfarrer an dieser Stelle auf seltsame Weise umkam erzählte man sich, dass das Wasser hier verflucht sei. Deshalb würden sie hier angeblich auch nie Gold finden. Alan und John beschlossen deshalb sicherheitshalber nicht von dem Wasser zu trinken. Auch wenn sie im Grunde nicht abergläubisch waren und auf den Humbug nichts gaben. Seltsam war nur, dass auch Lincoln beschlossen hatte nichts davon zu trinken. Egal wie durstig er auch war. Die Männer holten ihre Sickertrogs aus den Rücksäcken, krempelten ihre Hosenbeine hoch und gingen am Flussufer in die Hocke um ihre mühsame Arbeit aufzunehmen.

Lincoln setzte sich in der Nähe eines kleinen Felsens in den Schatten. Er wedelte mit dem Schwanz und hechelte dabei unüberhörbar. John hatte ihn aus Canada mitgebracht. Dort hatte er als Holzfäller gearbeitet bevor er in dieses Nest kam und auch dem Goldrausch verfiel.

In Little Heaven lernten sich John und Alan kennen und wurden schließlich Freunde. Sie schürften nun schon seit fast drei Jahren tagtäglich zusammen.

Immer und immer wieder holten sie vorsichtig ihre Sickertrogs aus dem trüben Wasser und schwenkten sie vorsichtig, in der Hoffnung endlich auf den langersehnten Fund zu stoßen. Ihre Hände begannen zu zittern. Vor Müdigkeit und fehlender Kraft. Aber aufgeben kam für sie nicht in Frage, auch wenn der Erfolg bisher ausblieb.

Selbst Lincoln vergrub seine Schnauze im Sand und jaulte resigniert. Noch ein Versuch und noch einer und noch einer. Nichts! Es war zum verrückt werden. Irgendwo und irgendwann müssten sie doch auf das langersehnte Gold stoßen. John und Alan wussten nicht wie oft sie es an diesem und an den vergangenen Tagen versucht hatten. Es wurde zur Routine. Das Einzige was sie wussten war, das sie hier bald zu Grunde gehen würden. Doch ohne ihr Pferd würden sie aus dieser elenden Wüste ohnehin nicht entkommen können. Es war jetzt schon zu schwach um nur einen von ihnen in die nächstgelegene Stadt zu bringen. Daran wollten sie aber nicht denken. Als die Sonne langsam am Horizont verschwand machten die beiden sich auf den Heimweg nach Little Heaven.

Wie jeden Abend entfachten sie ein kleines Feuer direkt vor dem Saloon um etwas getrocknetes Fleisch zu grillen, damit sie wenigstens ein bisschen warmes Essen zwischen die Zähne bekamen.

Alan spielte für gewöhnlich auf seiner Mundharmonika. Doch selbst dazu fehlte ihm langsam aber sicher die Kraft. Sie starrten nun noch ins lodernde Feuer.

„Hast du noch nie daran gedacht, dass Rothäute unser Feuer sehen und dann hierher kommen, um sich unsere Skalps zu holen?", fragte John.

„Meinst du wirklich?" Alan hatte sich darüber noch nie Gedanken gemacht.

„Ja, wieso nicht. Die Armee ist im Osten mit den Südstaatlern beschäftigt. Da bietet sich doch sowas geradezu an."

„Hm.", erwiderte Alan und starrte weiter in die tanzenden Flammen.

„Hast du dir wirklich noch nie darüber Gedanken gemacht?"

„Und wenn schon. Ist doch sowieso egal, sollen die doch kommen." Alan hatte keine Lust mehr auf diese Diskussion und somit herrschte wieder Stille. Alan holte noch einmal seine Mundharmonika raus. John und Lincoln schauten ihn erwartungsvoll an, so als ob jetzt gleich jemand einen besonderen Zaubertrick mit Karten vorführen wollte.

Eine wunderschöne Melodie durchbrach die Stille der Nacht und für einen Moment vergaßen sie ihre ausweglose Lage. Da war plötzlich etwas anderes und Alan hörte sofort auf zu spielen. „Ein Lachen. Da lacht doch jemand." John sprang auf.

„Meinst du es sind die Händler?", fragte er Alan mit einem seltsamen Ton. Alan zog seinen Revolver und rannte auf die Straße, gefolgt von seinem Freund und dessen Hund. Aber da war niemand und auch das von John bemerkte Lachen war nicht mehr zu hören.

„Verdammt, aber ich schwöre Alan. Ich habe da gerade jemanden lachen gehört. Ich bin doch nicht verrückt." Da war es wieder. Dieses seltsame Lachen. Sie drehten sich um. Denn auch Alan hatte es jetzt gehört. Lincoln lief plötzlich in die entgegengesetzte Richtung. Geradewegs auf den Fluss zu.

„Lincoln, Lincoln. Bleib stehen!" John rannte seinem Hund hinterher, so schnell er eben konnte.

„Hey, hey. Wartet doch auf mich!"

Alan folgte seinen Freunden.

Er hätte es nie für möglich gehalten, aber mittlerweile zählte er auch Lincoln zu seinem Freund.

„Da, siehst du es?" John zeigte zum Fluss, von dem Lincoln nur noch wenige Meter entfernt war und lauthals bellte.

„Was ist nur mit ihm los?", wollte Alan wissen.

„Weiß ich doch auch nicht! Vielleicht drehen wir alle einfach durch!"

Sie hörten wieder ein Lachen. Diesmal lauter und deutlicher. Es schien direkt aus dem Wasser zu kommen. Es war kein normales, menschliches Lachen. Irgendwie klang es teuflisch, fast schon psychopatisch. Lincoln hörte auf zu bellen. Er knurrte nur noch, während er sich mit langsamen Schritten rückwärts seinem Herrchen und Alan näherte.

„Gütiger Gott. Was ist da nur los?", fragte John, allen voran sich selber.

Alan entsicherte seinen Revolver und ging langsam und vorsichtig zum Flussufer.

„Hallo! Hallo! Ist da jemand?"

John versuchte seinen Hund zu beruhigen, aber irgendwie wollte das nicht so richtig klappen.

Nochmal rief Alan ein Hallo in Richtung Fluss. Wieder passierte nichts.

„Hey Alan, siehst du was? Lincoln ist einfach nicht zu beruhigen.

Da muss was sein. Verdammt“

„Ich habe keine Ahn … .“ Alan hörte ein lautes Lachen nun hinter sich. So laut, das er auf dem linken Ohr kurzzeitig taub wurde. Er drehte sich um. Was zum Teufel war das? Ein heftiger Schlag traf ihn direkt in seinem Brustkorb. Alan verlor den Halt und sein Revolver fiel ihm aus der Hand. Er fiel rücklings in das schwarze Wasser.

„Alan, Alan. Alles okay?“ John rannte besorgt zum Wasser um seinem Freund zu helfen. Lincoln blieb weiter wie angewurzelt stehen und bellte wie verrückt. Alan tauchte aus dem Wasser auf und rang verzweifelt nach Luft. Eine dürre, drahtige Hand packte ihn und zog ihn aus dem kalten Nass.

„Alan, was ist denn los? Was ist passiert?“ John starrte ihn fragend und voller Entsetzen an.

„Ich, ich…“ Alan schnappte nach Luft.

Sein Herz raste so schnell, das er das Gefühl hatte es würde jeden Moment aus seiner Brust springen.

„Ich habe keine Ahnung. Wer hat mich geschlagen?“ Alan schien verwirrt.

„Dich geschlagen? Dich hat niemand geschlagen. Da war wieder dieses Lachen und dann bist du ins Wasser gefallen“, klärte ihn John auf.

„Was? Das kann nicht sein.“ Alan musste laut husten und dabei spuckte er Wasser.

„Du, du hast das Wasser doch nicht getrunken, oder?“ John ließ seinen Freund abrupt los und wich ein paar Schritte zurück.

„Nein, ich hab nichts davon getrunken. Bist du verrückt. Verdammt, wo ist mein Revolver?“

Das Wiehern eines Pferdes, oben aus der Stadt, unterbrach sie. Lincoln drehte sich um und rannte, wie von der Tarantel gestochen, in die Stadt. „Was war hier bloß los?“ Wieder schrie John seinem Hund hinterher und wieder reagierte er nicht. John wollte ihm hinterher rennen aber Alan bremste ihn aus.

„Man John, bleib verdammt nochmal hier und hilf mir erstmal meinen Revolver zu finden.“

Die beiden Männer tasteten wie zwei Irre in dem trüben Wasser, bis Alan schließlich triumphierend den Revolver in die Höhe riss. Oben in der Stadt konnte man immer noch das Wiehern des Pferdes und das Bellen Lincolns hören.

Alan und John rasten zur Stadt. Hinter ihnen konnten sie wieder das unnormale Lachen vernehmen. Doch keiner der beiden wagte es einen Blick zurück zu werfen. Sie konnten galoppierende Schritte hören. Lincoln stand vor dem Saloon, direkt neben dem Lagerfeuer an dem sie bis vor kurzem noch saßen und bellte immer noch wie von Tollwut angefallen.

„Beruhige dich mein Kleiner. Alles ist gut. Wir sind ja da." Vergeblich versuchte John seinen vierbeinigen Gefährten zu beruhigen.

„Scheiße John. Wo ist das Pferd?" „Wie, wo ist das Pferd?"

„Na unser Pferd. Es ist weg."

In der Dunkelheit konnten sie das Wiehern hören. Es klang gequält und auch die Galoppschritte wurden leiser.

Was sollten sie tun, wenn das Pferd wirklich weg war. Sie würden von hier niemals wegkommen. Das kam einer lebendigen Beerdigung in diesem Loch gleich. Alan versuchte verzweifelt seinen Revolver zu trocknen.

Dann ging im Saloon Musik an. „Auch das noch", murmelten sie gleichzeitig. Alan und John starrten sich an. Beide konnten sehen wie dem Anderen das Blut in den Adern gefror. Stille. Irgendjemand musste diese Musikbox im Saloon doch drehen. Aber wer?

„John, hol sofort dein Gewehr!", forderte Alan ihn auf.

Eigentlich wollte John seine letzten beiden Patronen für etwas anderes benutzen. Er wollte ihnen damit einen leckeren Braten schießen, aber er traute sich nicht zu widersprechen und so tat er was Alan ihm aufgetragen hatte. Gemeinsam gingen sie mit langsamen Schritten und äußerster Vorsicht zurück zu Johns Haus.

„Los, beeil Dich. Mach schon!", forderte Alan.

„Ja, ja ,ja. Nur nicht in Panik geraten Kumpel!"

„Im Saloon ist bestimmt einer der Idioten, die unser Pferd geklaut haben."

„Meinst Du? Und wer hat mich unten am Fluss ins Wasser geworfen?"

„Man, du bist gestolpert. Was denn sonst."

„Willst Du mich verarschen? Ich werde doch wohl wissen wenn mich jemand in die Brust tritt."

John spuckte ihm darauf einen dicken Klumpen Kautabak vor die Füße.

„Was willst Du damit sagen? Das es hier Geister gibt?", fragte er.

„Ja, keine Ahnung. Der Fluss, dieser Ort, die Toten und jetzt noch das. Alles schon ein bisschen seltsam, oder?"

„Ich habe gerade keine Nerven für sowas."

Sie beschlossen ihre Cowboystiefel auszuziehen um möglichst keine Geräusche auf dem alten Holzfußboden im Saloon zu machen.

„Vielleicht sind es ja auch diese verdammten Rothäute", flüsterte John.

„ Ha, ha. Meinst du, das sie intelligent genug sind um eine Musikbox zu bedienen?" Alan deutete mit seinem Revolver in die obere Etage, aus der die Musik kam. Sie stiegen so vorsichtig wie sie nur konnten die knarzigen Holzstufen hinauf. Die Musik war nun laut und deutlich zu hören. Dieselbe Musik zu der sie vor noch nicht allzu langer Zeit auf den Tischen tanzten und dabei mit ihren Revolvern Löcher in die Decke schossen. Da waren sie noch glücklich und ihre Welt war noch in Ordnung.

Jetzt lief ihnen beim Klang der Töne ein kalter Schauer über den Rücken. Je höher sie die Treppe stiegen desto mehr spürte Alan wie sich seine Nackenhaare aufstellten. Er spähte durch die Dunkelheit und konnte dennoch erkennen wie Johns Kiefermuskeln arbeiteten. Sein Freund kaute nervös auf den Resten seines Kautabaks rum.

Oben angekommen zuckten die beiden Männer zusammen und hätten sie nicht ihre Waffen fest umklammert wären sie sich wahrscheinlich in die Arme gefallen. Zur Musik kam jetzt auch noch eine Frauenstimme, die anfing die Melodie schauderhaft mit zu summen. Wasser plätscherte. Bei genauerem Hinhören stellten sie fest, dass es aus dem gleichen Raum kam.

Irgendwie kam es Alan vor als ob zwei Personen dort wären. Eine, die die Musikbox bediente und eben eine Frau, die mit summte und sich dabei badete. Er wollte mit John darüber reden, aber seine Kehle war so trocken, das er keinen Ton herausbrachte.

Zwischen der Tür und Johns Gewehr lagen nur wenige Meter. Links von ihnen konnten sie über das Geländer in den Saloon blicken. Die Bar musste sich direkt unter ihnen befinden. Rechts von ihnen befand sich eine Tür an der Alan vor Angst förmlich klebte. An der Wand hing noch ein Foto von Jimmy, dem ehemaligen Saloon Besitzer. Neben ihm ein erlegter Büffel. Das war wohl sein größter Jagderfolg. John wagte sich langsam vorwärts, dicht gefolgt von Alan. Um seiner Angst zu entfliehen stellte sich Alan vor, wie es wohl wäre, wenn hier ein Bild von ihm hängen würde. In der Hand ein paar dicke, fette Goldnuggets. Als sie an der vorletzten Tür des Gangs ankamen hörten sie dahinter einen lauten Knall.

John zuckte zusammen und machte einen Satz zurück.

Die Spitze seines Gewehrkolbens traf Alans Knie. Alan knickte ein und fiel unsanft auf den Rücken. Dabei stieß er einen Schrei aus. John erschrak dabei selber so sehr, dass er mit schrie und sich vor lauter Angst mit dem Rücken ganz fest an die Wand presste. Die Musik verstummte. Ein weiterer dumpfer Laut hinter der Tür ließ sie erstarren.

„Was verdammt nochmal geht hier vor?", flüsterte John. Es hörte sich an wie ein menschlicher Körper, der gerade auf eine Matratze fiel. Alan fasste sich an sein Knie, in dem er immer noch einen stechenden Schmerz spürte. Er konnte sich darin erinnern wie ihm ein Arzt erklärte, dass, wenn man mit einem kleinen Hammer eine ganz bestimmte Stelle der Kniescheibe traf, das Bein automatisch zuckte. So stellte man fest ob die Körperfunktionen noch intakt waren. Der Arzt vollzog diese Prozedur damals bei seinem Sohn. Alan hielt von dieser Art der Medizin nicht viel. Durch den Schlag von Johns Gewehrkolben wusste er jetzt auf jeden Fall, dass bei ihm alles in bester Ordnung war. Zumindest was seine körperliche Funktionsfähigkeit betraf. Bei seinem geistigen Zustand sah das schon ganz anders aus. Der ließ langsam aber sicher nach. Seine Gedanken wurden jäh unterbrochen als er hinter dieser Tür wieder ein Geräusch wahrnahm. Diesmal klang es so, als ob jemand eine Backpfeife bekommen hätte, denn die Frau schrie vor Schmerzen.

„Na, wer ist der Sheriff? Wer ist der verfickte Sheriff in dieser Stadt? Du Miststück antworte endlich!"

„Lance, du bist der Sheriff in dieser Stadt!" Die Stimme der Frau klang als ob ihr jemand die Kehle zudrücken würde.

John und Alan erstarrten und guckten sich verwundert und entsetzt an.

„L….Lance? A….aber das kann doch gar nicht sein. Er ist doch tot. Ich habe es mit eigenen Augen gesehen", wimmerte Alan mit einer Piepsstimme.

Wieder hörten sie die Stimmen. „Na los, mach dein scheiß Maul auf, du Hure."

Sie vernahmen ein Röcheln. John rappelte sich auf, lud sein Gewehr und fing an die Tür einzutreten. Mit einem lauten Knall flog Johns Bein, mit dem Cowboystiefel voran, gegen die Tür. Besser gesagt durch sie hindurch.

„Fuck, mein Bein steckt fest."

„Wie…., was…?"

Alan schaute zu wie sein Freund das Gewehr fallen ließ, auf einem Bein hüpfte und mit beiden Armen krampfhaft versuchte sein Bein aus der Tür zu befreien.

„Nun schau doch nicht so blöd! Komm endlich her und hilf mir!“ John schrie seinen Kumpel an.

Gerade, als Alan aufstehen und John zu Hilfe eilen wollte, rutschte sein Bein ruckartig bis zum Oberschenkel durch die Tür. So, als ob ihn jemand von der anderen Seite aus am Bein gezogen hätte. John fuhr herum, schrie und ruderte wie verrückt mit seinem Armen in der Luft. Sein anderes Bein verlor den Halt und er befand sich kurzzeitig in der Luft, nur durch den Oberschenkel in der Tür gehalten.

„Aaah, hilf mir, verdammte Scheiße. Hilf mir endlich!“, schrie John verzweifelt.

Wie vom Geistesblitz getroffen rappelte Alan sich auf und zog mit einem Ruck Johns Bein aus der Tür. Der Cowboystiefel blieb dabei in der Tür stecken und machte einen Blick in den dahinterliegenden Raum unmöglich.

„Verdammter Mist. Irgendetwas hat mich an meinem Bein gezogen. Das gibt es doch gar nicht. Was ist denn hier los?“ John war wirklich verzweifelt und glaubte langsam irre zu werden. John hatte sein Gewehr in der Hand, richtete es auf die Tür und feuerte einen Schuss ab. Das Projektil donnerte ein großes Loch in die Tür. Doch außer Finsternis war immer noch nichts zu sehen. John bemerkte erst jetzt die Holzsplitter in seinem Bein und fing wieder an panisch zu brüllen.

Alan konnte ihn gerade noch so darin hindern seine letzte Patrone abzufeuern.

„Warte, warte! Ich mache die verdammte Tür auf!“, rief ihm Alan zu. John presste sich mit dem Rücken an die Wand und wartete gespannt darauf, dass Alan endlich diese gottverdammte Türe öffnete.

Vorsichtig lehnte Alan sich links neben die Tür. Die eine Hand legte er auf die rostige Klinke, mit der anderen hielt er den Revolver schussbereit.

Er musste kurz lächeln als er bemerkte, dass Johns Kautabak nun auf dessen Kinn verteilt war und er es nicht einmal bemerkt hatte. Er fasste sich aber schnell wieder und riss die Tür auf. Den beiden Männern fiel das Kinn runter. In dem Raum war nichts. Absolut nichts. Ein leeres Bett ohne Matratze, ein Schrank, ein umgeschmissener Stuhl neben einem Tisch.

Das war alles was sie hier vorfanden.

„Aber mich hat doch jemand an meinem Bein gezogen. Das kann doch gar nicht sein.“ John klang durcheinander. Alan konnte den Rest von Johns Gestotter nicht mehr verstehen. Keine Frau, kein Sheriff. Einfach niemand, der hier war.

Eine Weile starrten die beiden fassungslos in den dunklen, leeren, leblosen Raum. Ein Stich ins Herz, einen Ruck durch seinen Körper. Genauso fühlte sich Alan, als plötzlich wieder diese verdammte Musikbox anfing zu spielen.

Alan und John starrten sich an und jeder konnte bei dem anderen die blanke Angst in den Augen seines Gegenübers erkennen. Die Frauenstimme war auch wieder da und lachte. Sie schien sich über die Männer lustig zu machen. Alan gefror sein Blut in den Adern. Sein ganzer Mut hatte ihn plötzlich verlassen.

Er wollte rennen, er wollte fliehen, aber seine Beine gehorchten ihm nicht. Wie angewurzelt stand er nun da und starrte auf John, der anscheinend den gleichen Kampf mit seinen Beinen hatte wie er augenblicklich. Wenn sie jetzt so jemand sehen konnte. John schaffte es nach gefühlten 5 Minuten einen Schrei loszulassen, der dann auch Alan langsam aus seiner Trance erwachen ließ.

Wie von der Tarantel gestochen rannten die beiden los. Sie liefen zur Treppe und fast wären sie übereinander gefallen. Sie stürzten aus dem Saloon und bemerkten erst gar nicht, dass sie in entgegengesetzte Richtungen liefen. Der eine rechts und der andere nach links. Es dauerte nicht lange bis sie das bemerkt hatten, auf dem Absatz kehrt machten und dabei fast zusammenstießen.

Außer Atem und laut schnaufend standen sie vor dem Saloon Eingang, ohne zu wissen was sie jetzt genau tun sollten. Ein Bellen. Das war Lincoln. „Er ist in deinem Haus.“

John zeigte mit seinem Gewehr in Richtung Alans Haus, wo auch Lincoln stand und wie verrückt bellte. Sie rannten so schnell sie konnten zu ihm. Vor dem Eingang blieben sie stehen. Die Musikbox und die Frauenstimme waren immer noch leicht zu hören. Sie gingen hinein, verriegelten die Tür und stellten einen Stuhl unter die Klinke. Lincoln versteckte sich unter einem Tisch und winselte. John guckte aus dem Fenster und musste feststellen, dass sein Cowboystiefel wohl immer noch in der Tür steckte.

„Verdammt Alan. Mein Stiefel ist immer noch da drin. Ich muss ihn holen."

„Na dann, viel Spaß!"

John blickte flehend zu seinem Freund.

„Du musst mitkommen!"

„Willst du mich verarschen. Einen Teufel werde ich tun."

„Komm schon. Das sind meine besten Stiefel."

„Haha, das sind auch deine einzigen."

„Genau deshalb. Ich brauche meine Stiefel."

„Bist du lebensmüde. Du hast doch selber gesehen was da drin los war. Lass uns morgen früh gehen, wenn es wieder hell ist!"

„Was gesehen? Ich habe gar nichts gesehen und du hast auch nichts gesehen."

„Ja, okay. Aber ich habe es gehört und du auch. Verdammt John, etwas hat dein Bein durch die Tür gezogen und mich hat jemand in den Fluss gestoßen." Alan fiel erst jetzt auf das seine Klamotten immer noch nass waren.

„Das ist doch Schwachsinn, Alan. Das ist alles nur Einbildung."

„Was für eine Einbildung? Wir haben es beide gehört und gespürt. Der Fluss, die Geister, die die Leute gesehen haben."

John warf sein Gewehr auf den Boden, setzte sich unter das Fenster und vergrub sein Gesicht in den Händen. Alan setzte sich auf den Stuhl, der noch am Tisch stand und wollte John eigentlich das merkwürdige Verhalten seines Hundes erklären. Beschloss aber erstmal ruhig zu bleiben um sich selber noch ein bisschen zu sammeln.

Er merkte, wie sein Freund dabei war seinen Verstand zu verlieren. Also lag es an ihm genau diesen zu behalten.

Das Galoppieren des Pferdes war wieder aus der Ferne zu hören und es kam näher. John rappelte sich wieder auf.

„Das Pferd, hörst du es? Es kommt wieder näher."

„Alan, Alan.....was?"

„Das Pferd. Hörst du. Wir müssen es wieder einfangen!", rief John

„Nein, wir gehen da heut garantiert nicht mehr raus.", widersprach Alan seinem Freund.

John hob sein Gewehr auf.

„Okay, es reicht. Ich lasse mich nicht von ein paar Geistern verarschen.

Du kannst ja hier warten. Aber ich gehe jetzt da raus, hole meinen verdammten Stiefel und fange das verfluchte Pferd ein, damit wir morgen was zu essen haben oder von hier weg können. Mir reicht es!" „John, warte. John, nein. Bleib hier." Alan merkte, dass es vergebliche Liebesmüh war, seinen Freund aufzuhalten. John war ein Sturkopf und wenn er sich mal was in den Kopf gesetzt hatte, dann war er durch nichts und niemanden davon abzuhalten.

Er trat den Stuhl, der die Tür versperrte, beiseite, zog seinen Hut tiefer ins Gesicht und rückte sein Halstuch zurecht. Dann machte er sich auf den Weg. Alan schloss die Tür hinter ihm, boxte auf die Tür ein und fluchte laut. Schließlich sank er resigniert an der Tür entlang auf den Boden. Lincoln, der sonst sein Herrchen auf Schritt und Tritt begleitete, bevorzugte es weiterhin unter dem Esstisch zu liegen.

John umklammerte ganz fest sein Gewehr. Der Lauf seiner Waffe fühlte sich so kalt an, wie der Wind, der ihm ins Gesicht blies. Er biss die Zähne zusammen und ging mit gleichmäßigen Schritten auf den Saloon zu, aus dem immer noch die Musik aus der Musikbox zu hören war. Das Galoppieren des Pferdes und auch die Frauenstimme, die er eben noch gehört hatte, waren zu seinem Glück und seiner Beruhigung verstummt. Nur das Lachen unten am Fluss war hin und wieder zu hören. Doch davon ließ er sich nicht beirren.

Er blieb vor der Saloon Tür stehen und spürte plötzlich wie ihn die eben noch dagewesene Euphorie und sein Mut langsam verlassen hatten. Der Wind kühlte sanft seinen Nacken. Es war ein angenehmes Gefühl, das jedoch nur von kurzer Dauer war.

„Moment mal", dachte er bei sich. Der Wind in seinem Nacken fühlte sich wie die feuchten Lippen einer Frau an. Nicht wie die heißblütigen Lippen einer Lebendigen. Nein, es fühlte sich eher an wie von einer Toten. Kalt und eisig. Ruckartig drehte er sich um. Aber es war niemand da. Er war allein, doch plötzlich hörte er dieses Pferdewiehern wieder. „Verdammte Scheiße", knurrte er.

Auch die Frauenstimme erklang wieder und umspielte die sanfte Melodie des fröstelnden Windes. Verführerisch, verlockend, so wie sie nur einer wunderschönen Frau gehören konnte. Doch sie konnte unmöglich hier sein. Nein, sie durfte nicht hier sein.

Alan, John und sein Hund waren doch die Einzigen noch Verbliebenen in dieser Stadt, redete er sich immer wieder ein. Diese Stimme war direkt in seiner nächsten Umgebung. Obwohl die Nacht kühl war spürte er wie ihm der Schweiß die Stirn runterlief und in seinen Augen brannte.

„Komm John, komm!“ Die Stimme wisperte ihm ins Ohr. Immer und immer wieder. „Komm John, komm!“ Obwohl er auf der Stelle kehrt machen wollte zog ihn irgendetwas wie magisch zur Saloon Tür.

Alan verdammte sich selber. Sein Freund war da draußen und er versteckte sich hier in dem Haus. In Sicherheit, wie ein Weib. Er musste etwas unternehmen, das wusste er. Er konnte und durfte seinen Freund nicht alleine lassen. Er musste ihm beistehen.

Genau in dem Moment, als Alan gehen wollte, hörte er Johns Stimme. Alan rannte zum Fenster und sah wie John aus dem Saloon gestürmt kam und wie am Spieß schrie. Alan rannte zur Tür und ging auf die Veranda. Da war es wieder. Das Galoppieren des Pferdes. Es galoppierte direkt an ihm vorbei und John stürzte, direkt vor seinen Augen. Er spürte sogar einen leichten Luftzug. Aber er sah nichts. Kein Pferd.

„Alan, Alan. Hilf mir!“

Alan half seinem Freund auf, zog ihn ins Haus und versperrte die Tür wieder mit einem Stuhl.

„John, John, beruhige dich. Du bist jetzt im Haus. In Sicherheit. Was ist denn bloß passiert?“

John starrte jedoch nur mit weit aufgerissenen Augen in die Leere und schrie.

„John, hallo. Ich rede mit dir. Jetzt beruhige dich doch endlich.“ Alan schüttelte John. Ihm fiel auf, dass John seinen geliebten Hut und sein Gewehr verloren hatte.

„Alan? Alan?“

„Ja, John. Was ist denn?“

„Ich habe Lucifer gesehen.“

John starrte immer noch mit weit aufgerissenen Augen in die Leere.

„Du hast was gesehen?“ Alan schaute seinen Freund ungläubig an.

„Ich habe den Teufel gesehen.“

Okay, die Musikbox spielte, ein Pferd wieherte, am Fluss lachte jemand und eine Frau trällerte zur Musik mit.

Aber das ging ihm dann doch ein bisschen zu weit.

„John, komm zu dir!“ Alan fing wieder an John kräftig zu schütteln.

„Er ist hier, Alan. Er ist ganz sicher hier.“

John schaute nun zu Alan und fing laut an zu Lachen.

„Verdammt John. Was ist denn bloß los mit dir? Was ist da draußen passiert? Rede endlich!“

„Er wird uns holen, Alan. Er ist hier um uns zu holen. Der Teufel ist hier! Ich hab ihn gesehen!“

„Nein, das kann nicht sein John. Es muss..“

Abrupt brach eine Stille herein, die gespenstisch war. Draußen auf der Straße verstummten alle Geräusche.

Alan schaute zu John, der auf dem Boden lag. Ein metallisches Klacken durchbrach die kurz andauernde Stille.

„Was ist das jetzt für eine Scheiße?“ Alan rannte zum Fenster, konnte jedoch nichts erkennen. Es war einfach zu dunkel.

Klack, klack. Lincoln spitzte seine Ohren.

„Es ist der Teufel. Ich sag's dir doch.“

Und wieder…klack, klack.

Alan versuchte zu realisieren wo das Geräusch herkam. So viel konnte er sagen, es kam nicht von der Straße. Es musste irgendwo hinter dem Haus sein. Monoton ging das Klacken weiter. Klack, klack. Kaltes Metall traf auf kaltes Gestein und trieb Alan langsam aber sicher in den Wahnsinn.

Klack, klack.

„Das ist es“, entfuhr es Alan. „Es muss ein Spitzhack sein. Jemand muss in der Miene sein.“

„Genauso, wie jemand am Fluss und im Saloon ist. Es ist der Teufel, Alan. So glaub mir doch! Bitte!“

John atmete nach wie vor hastig und Alan konnte förmlich spüren wie Johns Herzschlag den Raum erfüllte. Zusammen in einem Takt mit dem geisterhaften klacken der Spitzhacke draußen in der alten Miene.

Kleine, laute Schritte unterbrachen ihr Gespräch. Die beiden Freunde starrten zur Decke. Lincoln lief zur Treppe und bellte wieder.

„Ich dreh noch durch.“ John fing zu lachen an.

„Psst, sei mal leise“, flüsterte Alan. Ganz langsam stellte sich Alan, den Revolver gezückt, hinter den bellenden Hund.

Wieder konnten sie hören wie oben kurze Schritte über den Boden rannten.

„Das muss ein Kind sein.“ Ein kurzes kindliches Lachen verstärkte seine Vermutung. Der Schweiß brannte Alan in den Augen als er die Treppe nach oben stieg. Johns Lachen und Lincoln Bellen versuchte er zu ignorieren. Ihm fiel die Dunkelheit im oberen Stockwerk auf. Seitdem seine Frau mit dem gemeinsamen Sohn ausgezogen war hatte er den Raum nicht mehr betreten. Die Vorhänge waren immer noch zugezogen. Er zündete eine Kerze an.

„Du kannst gegen den Teufel nichts ausrichten, Alan. Er wird uns holen“. Erneut ignorierte Alan das schreien seines Freundes. Er hörte wieder die Schritte, aber selbst im Schein der Kerze konnte er nichts erkennen.

„Hallo, ist da jemand?“

Sein Verstand sagte ihm, dass es ein Fehler war in dieses Zimmer zu kommen. Doch die Neugierde hat gegen den vernünftigen Verstand obsiegt.

„Sie will dich nicht mehr, Alan. Sehe das doch endlich ein“, flüsterte ihm eine Frauenstimme ins Ohr.

Ein Schauer ergriff ihn. Er spürte wie sein Herz aus purer Angst förmlich platzte. Im hinteren Zimmer, wo einst sein Sohn schlief, hörte er wieder eine kindliche Stimme. Alan stürzte auf die Knie, höllische Kopfschmerzen überkamen ihn. Er hielt sich die Hände an den Kopf und schrie. Das Kichern im Zimmer vermischte sich in seinem Kopf mit den Erinnerungen an seinen Sohn. Er hörte auf zu schreien und öffnete seine Augen. Er war nicht mehr in seinem Haus in Little Heaven. Nein, er war auf einer grünen Wiese und sein Sohn saß ihm gegenüber.

„Papa, warum hast du uns verlassen?“ Das Lächeln seines Sohnes war irgendwie nicht echt. Es war fremd und teuflisch finster. Alan wollte ihm antworten und seinem Sohn erklären, dass nicht er sie verlassen hatte, sondern dass seine Mutter ihn, Alan, verlassen hat.

Er versprach ihm, wenn er Gold gefunden hätte, würde er nach New York zurückkehren und ihm ein besseres Leben bieten können. Aber er konnte nichts sagen. Er wollte es laut in die Welt hinausschreien, dass er sie beide liebte. Doch er brachte keinen einzigen Ton heraus. Höllische Kopfschmerzen überkamen ihn wieder und er krümmte sich vor Schmerzen auf dem Boden zusammen. Langsam öffnete er die Augen. Die grüne Wiese und sein Sohn waren verschwunden.

Vor ihm lag wieder die zweite Etage seines brüchigen Hauses in Little Heaven.

„Sie will dich nicht mehr, Alan." Diese Worte in seinem Ohr, von der gleichen Frauenstimme ausgesprochen, ließen tausende von Ameisen über seinen Rücken laufen. Aus dem Nichts schoss ihm ein Gesicht entgegen, mit weit aufgerissenen Augen und Mund, begleitet von einem wahnsinnigen Geschrei. Alan schrak zurück. Auf allen Vieren krabbelte er zurück, Richtung Treppe.

„Ah, jetzt hast du ihn auch gesehen." John saß mit einem Flachmann auf dem Boden, machte eine Geste zum Anstoßen und nahm einen kräftigen Schluck.

„Es ist kein ER, es ist eine SIE". Alan biss vor Schmerzen die Zähne zusammen. Die Spitzhacke, die immer noch in der Miene klopfte, klang deutlich näher als sie in Wirklichkeit war.

Alans Rücken fühlte sich an, als ob die Spitzhacke ihm direkt in der Wirbelsäule rumhacken würde. Ihm wurde schwarz vor Augen.

„Emma, Emma bist du es?"

Zu verschwommen war die Silhouette vor ihm. Doch Alan war sich sicher, dass es Emma, seine Frau war, die vor ihm stand und sich langsam von ihm entfernte. Er versuchte ihr zu folgen, schrie dabei immer wieder ihren Namen. Jedoch ohne Erfolg. Es schien so, als ob er im absoluten Nichts stecken bleiben würde. Alles um ihn rum brach in sich zusammen.

Jemand schleckte sein Gesicht ab. Er riss die Augen auf. Es war Lincoln. Lichtstrahlen fielen durch das offene Fenster.

Es war wieder hell. John lag noch immer in der gleichen Ecke und schnarchte gleichmäßig. Alan hob den Flachmann auf, der neben John auf dem Boden lag. Er war leer.

Er schaute aus dem Fenster und wurde dabei von der aufgegangenen Sonne geblendet. Aber er genoss es. Sein Rücken schmerzte, seine Kehle war trocken. Doch das war ihm egal. Hauptsache diese verrückte Nacht war vorbei. Er konnte immer noch nicht begreifen was passiert war. Vielleicht war ja alles nur ein böser Traum. Zumindest hoffte er es. Seine Augen folgten der Treppe. Im zweiten Stock war es immer noch dunkel. Es hatte fast den Anschein, dass die Lichtstrahlen dort nicht hin wollten. So, als ob irgendetwas die Lichtstrahlen abhielt.

„John, John. Wach auf." Alan schüttelte ihn an der Schulter. Lincoln schleckte unterdessen das Gesicht seines Herrchens ab. Irgendwann musste er doch wach werden.

„Was? Was ist denn los?" John musste kräftig rülpsen und dann fiel er einfach wieder zurück auf den Boden. Ihm fehlte immer noch ein Stiefel und sein Gewehr war auch weg. Es war also alles wahr und kein Traum. Bei diesem Gedanken lief es Alan wieder eiskalt den Rücken runter. Er erkannte, dass es nicht mehr um die Goldnuggets ging, sondern einfach nur ums nackte Überleben.

Auf der anderen Straßenseite sah Alan Johns Gewehr, das vor dem Eingang des Saloons lag. Doch er traute sich nicht alleine rüber zu gehen um es zu holen. Er beschloss zu warten bis John aufgewacht war. Alan kramte sein Tagebuch und einen Stift hervor. Entschlossen fing er an alle Geschehnisse der letzten Nacht bis ins kleinste Detail aufzuschreiben. Alans Hand fing an zu zittern als er die Worte in sein Buch schrieb. Er sammelte sich, unterdrückte seine Angst und schrieb weiter. In einem Punkt war er sich nun jedoch sicher. Hier gab es nie Gold und hier wird es auch nie eins geben.

Er schrieb: Ich bereue es zutiefst das ich auf niemanden gehört habe und wie ein Narr nach diesen verfluchten Nuggets suchte. Ich habe meine Familie verloren, für nichts und wieder nichts. Es verletzt mich sehr, dass ich meiner Frau und meinem Sohn Jahre lang so weh getan habe. Jetzt geht es mir nur noch darum hier irgendwie lebend raus zu kommen. Doch bis zum nächsten Ort sind es noch mehrere Tagesmärsche und ohne Proviant und einem Pferd ist das glatter Selbstmord.

Alles ist aber besser als noch eine weitere Nacht in diesem verfluchten Ort zu bleiben.

Alan legte sein Tagebuch beiseite, denn John schien allmählich aufzuwachen.

„Oh Mann, mein Kopf, mein Kopf. Verdammte Scheiße mir tun alle Knochen weh."

Nur mit Mühe und Not schaffte John es sich aufzurappeln.

„Was ist denn nur letzte Nacht passiert?"

Alan konnte ihm darauf keine Antwort geben.

„Ich weiß es auch nicht. Ich weiß nur, dass wir hier weg müssen. So schnell wie möglich." Alan starrte John an.

Normalerweise war John der Skeptiker unter ihnen. Diese Worte aus Alans Mund zu hören hatte er nicht erwartet.

Ungläubig fragte er: „Wie weg? Wie meinst du das?"

„ Machen wir uns nichts mehr vor, John.

Was letzte Nacht geschehen ist war vielleicht nur der Anfang".

„Der Anfang von was?"

„Kann ich dir auch nicht sagen. Auf jeden Fall von nichts Gutem. Du sagtest doch selbst du hast den Teufel gesehen. Reicht das etwa nicht?" John starrte auf seinen nackten Fuß. Um sich wohl zu vergewissern, dass das was letzte Nacht passiert war auch der Realität entsprach.

„Mein Schädel brummt als hätte mich ein Messer der Rothäute skalpiert."

„Ich würde vorschlagen wir holen dein Gewehr und deinen Stiefel und dann ..."

„Und dann was?" „Dann sehen wir weiter." Mehr fiel Alan dazu nicht ein.

Vor dem Saloon Eingang blieben die beiden Männer und Lincoln stehen. Das seltsame Atmen des Hundes beschrieb die momentane Gefühlswelt aller Anwesenden ganz gut.

„Ruhig, mein Junge. Alles wird gut". John kniete neben seinem Hund und tätschelte ihn um ihn zu beruhigen, während Alan das Gewehr aufhob.

„Also, eine Patrone hast du noch mein Freund. Hebe sie dir für einen Notfall auf." Die beiden Männer betraten den Saloon und Lincoln machte es sich auf der Veranda bequem.

Obwohl es hell war befand sich irgendeine Energie in dem Gebäude, die die beiden mit Angst erfüllte. Mit langsamen Schritten und schnellem Pulsschlag stiegen sie die Treppe hoch. Es schien als wäre das Gebäude diesmal wirklich leer. Johns Stiefel steckte immer noch in der Tür, die er am Vorabend eintreten wollte. Rasch zog er den Stiefel heraus, warf einen prüfenden Blick hinein und zog ihn schließlich an. Das Zimmer war unverändert. Ihre Blicke wanderten zu der Türe am Ende des Ganges. Sie mussten nicht miteinander reden. Sie beide wussten, dass sie auf die Türe zugehen würden um sie dann zu öffnen. Hinter der Türe spielte die Musikbox und sie hörten die Frauenstimme. Es war dieselbe Stimme die Alan schon einmal gehört hatte.

Die Stimme die ihm sagte: „ Sie will dich nicht mehr!"

Ein Unbehagen ergriff ihn und machte ihn unsicher.

Er spürte, dass sie nicht mehr alleine waren. Sie kamen der Türe immer näher. Es fühlte sich an als würde sie eine fremde Macht führen. Da war sie wieder, diese Frauenstimme. Diesmal jedoch nicht hinter der Türe, sondern tief in Alans Unterbewusstsein. „Komm!" Verführerisch und erotisch verlangte die Stimme nach ihm. Er hörte diese Stimme nur in seinem Kopf. Aber irgendwie war er sich sicher, dass auch John sie hören musste.

Sie blieben vor der Tür stehen, verharrten einen Moment bevor John mit zitternden Händen die Türklinke drückte. Geschmeidig und ohne jeden Widerstand ließ sie sich öffnen, als ob das Schloss gerade frisch geölt worden wäre. Was Alan ziemlich seltsam fand, denn der Saloon wurde bestimmt seit einem Jahr nicht mehr besucht. Das ganze Zimmer war grau vor Staub und stellenweise komplett mit Spinnweben überzogen. Das Fenster war so verdreckt, dass es nicht mal ein Lichtstrahl schaffte es aufzuhellen. Dieses Zimmer glich einem Mausoleum. Links von ihm stand ein Bett. Ein Himmelbett, dessen Laken nicht gerade besonders waren. Auch das Regal daneben machte keinen hübschen Eindruck. Alles in diesem Raum war zentimeterdick mit Staub bedeckt. Hier war definitiv schon lange keiner mehr drin.

Und da stand sie. In der hintersten Ecke des Raumes stand die Musikbox. Als sie vor der Musikbox standen bemerkten sie erst, den ebenfalls von Staub bedeckten Spiegel. Die Bewegungen der Männer wühlten den Staub auf und sie mussten beide wie wild husten. Draußen fing Lincoln an zu bellen. Die Tür des Zimmers fiel ins Schloss und es wurde stockdunkel im Zimmer. Alan tastete sich zum Fenster, wischte den Staub und Schmutz etwas ab, damit wieder etwas Licht ins Zimmer kam.

„Wer zum Teufel war das? Wer hat die beschissene Tür zu gehauen?"

„Gestern hättest du gesagt, dass das der Teufel gewesen wäre!"

„Alan! Komm her. Verdammt nochmal, komm endlich her!" Zitternd stand John an der Musikbox und starrte auf den Boden.

„Was ist?"

„Schau auf den Boden", forderte John ihn auf. Im nächsten Moment blieb Alan ein Staubkloß im Hals stecken. Vor ihnen auf dem Boden konnten sie im Staub zwei Fußabdrücke sehen, die definitiv nicht von ihnen waren. Sie waren etwas kleiner und barfuß. Sie führten von der Tür zum Bett und dann zu John, wo sie stehen blieben.

Ohne nochmal nachzudenken stürzten die beiden Männer aus diesem, verfluchten, Zimmer. Keuchend und außer Atem blieben sie erst in sicherer Entfernung vor dem Saloon Eingang stehen.

„Verdammte Scheiße. Teufel oder nicht. Aber irgendetwas ist da drin", schnaufte John.

„Na, wenigstens haben wir deinen Stiefel und dein Gewehr wieder."

„Sehr witzig."

„Hier war nie Gold und wir werden auch nie eins finden. Das Einzige was wir hier finden werden ist der Tod."

„Ja, wir hätten wie die anderen auch, schon lange verschwinden sollen."

„Eigentlich hätten wir hier nie herkommen sollen. Aber dann hätten wir uns auch nicht kennengelernt."

Die beiden Männer konnten nach langer Zeit mal wieder lächeln.

„Wir brauchen erstmal Vorräte.

„Es wird ein langer Weg, aber vielleicht finden wir auch in der Wildnis was."

Nach einer guten halben Stunde in der Hitze, sie hatten schon eine ganz trockene Kehle, sahen die Männer zwei Kojoten an einem Kadaver sitzen.

„Warte John, Kojoten können gefährlich werden. Vor allem wenn sie fressen. Wir warten bis sie fertig sind."

„Schau ich aus als ob ich mich mit einem Kadaver zufrieden geben würde?"

„John!"

John war einfach unbelehrbar. Wie ein Soldat im Krieg kroch er auf dem Boden in Richtung der Tiere. Mit konzentriertem Blick und gezückten Revolver kroch Alan seinem Kameraden hinterher. Die Kojoten blickten auf einmal auf. Sie hatten bemerkt, dass sich ihnen Konkurrenz näherte. Ein lauter Knall durchbrach die Stille. Ein Kojote fiel um, der andere machte auf der Stelle kehrt und verschwand. John hatte getroffen. Einziger Wermutstropfen: Es war seine letzte Kugel.

„Hey Alan, das ist dein Pferd." John zeigte auf das tote Tier. Alan rastete aus und schrie seine Verzweiflung heraus.

„Essen sollten wir es jedenfalls nicht. So wie das riecht liegt das schon den ganzen Tag hier in der Sonne."

„Na klasse. Was essen wir dann?"

John schaute seinen Weggefährten eindringlich an.

„Oh nein, das tun wir nicht…“, warf Alan ein.

„Haben wir eine Wahl?“ Die beiden Männer beschlossen, die kommende Nacht in Little Heaven noch durchzustehen. Am nächsten Morgen wollten sie dann endgültig losmarschieren. Endlich weg von hier. Sie aßen etwas von dem Kojoten. Es war ungenießbar. Aber immer noch besser als nichts. Kurz darauf schliefen sie ein.

„Alan, Alan, Alan….Sie will dich nicht mehr!“ Das darauffolgende schelmische Lachen einer Frau riss ihn aus seinem tiefen Schlaf.

Er riss die Augen auf und sofort kam ihm der fade Geschmack des Kojoten wieder hoch.

Es dauerte einen Moment bis er realisierte, dass er in seinem Haus in Little Heaven war. Alan zündete ein Streichholz an. Er stand auf und eilte zur Tür. Da war es wieder, das leise Kichern eines Kindes. Bildete er sich alles nur ein? Eine unsichtbare Macht riss ihn zu Boden. Sein Rücken schmerzte.

Der Nachttisch, der einst seiner Frau gehörte, rutschte wie von Geisterhand vor die Türe und versperrte ihm den Weg nach draußen. Sein Herz begann wieder zu rasen. Sein Blick ging nach oben. Den Schrei, den er loslassen wollte blieb ihm im Hals stecken. Er begriff nicht wie er im Schlaf in das Schlafzimmer gekommen sein sollte.

Über ihm stand ein Kind mit leicht gesenktem Kopf. Das Kind sah aus wie der Tod persönlich. Aus seinen Augen tropfte Blut. Ein Tropfen traf Alans Wange. Alan rappelte sich sofort auf und sprang mit einem Satz auf sein ehemaliges Ehebett. Er überlegte einen kurzen Moment und, ohne über die möglichen Folgen nachzudenken, sprang er aus dem Fenster. Unsanft landete er auf dem Dach der Veranda. Er hatte einen stechenden Schmerz in der Seite und in seinem rechten Arm. Dann brach auch noch das Dach ein. Alan landete auf dem harten Holzboden der Veranda.

Einen Moment lang lag er regungslos da und blickte durch das Loch in dem Dach nach oben. Er konnte die Sterne sehen. Vielleicht hätte er damals auf seine Frau hören sollen. Sie wollte, dass er das Dach der Veranda stabiler baute.

„Hier in der Wüste regnet es eh nie und Windstürme haben wir auch nicht zu befürchten“, war damals seine Ausrede gewesen. Alan kam langsam zu sich. Er stand auf und wich gleich einen Schritt zurück. Doch es war nur Lincoln. Er gesellte sich zu Alan.

Er strich über das weiche, warme Fell des Tieres und spürte, dass auch Lincoln Angst hatte. Sie hätten besser gestern noch diesen verfluchten Ort verlassen sollen. Wieso hatten sie es nicht getan? Jetzt bemerkte er erst, dass eine kleine Glasscherbe in seinem Ellenbogen steckte. Irgendetwas pfiff und lachte zu der Musik, die mal wieder aus dem Saloon kam. Abgesehen davon, dass er ein bisschen blutete, schmerzte sein Körper vom Kopf bis in die Zehenspitzen. Er riss einen Teil seines Hemdes in Streifen, um seine Wunden so gut wie möglich zu verbinden.

Er trat auf die Straße und im Mondschein erkannte er, dass jemand auf dem Dach des Saloons fröhlich zur Musik tanzte und dabei pfiff. Bei genauerer Betrachtung musste Alan feststellen, dass das, was er sah, weit beunruhigender war als ein Geist.

„John, John. Haaallllooo John!"

Alles Rufen half nichts. John schien wie in Trance und tänzelte weiter auf dem Dach herum. Alan zündete ein Streichholz an und ging wieder in den Saloon um nach John zu sehen. Die Musikbox spielte immer noch. Alan fasste seinen ganzen Mut zusammen und stieg die Treppe hinauf. Fest entschlossen, allem zu trotzen was da kam. Er ging bis vor die Tür, aus der die Musik zu hören war. Einen Moment lang zögerte er und leckte sich mit der Zunge den Schweiß von der Oberlippe. Mit einem Ruck drückte er die Klinke nach unten, stieß die Tür auf und sprang hinein.

Für den Bruchteil einer Sekunde dachte er: „Scheiße, wo ist mein Revolver?" Ihm stockte der Atem.

Das Zimmer, das vor wenigen Stunden verstaubt und komplett verwahrlost war, präsentierte sich ihm jetzt romantisch, aufpoliert und sehr sauber. Auf dem Himmelbett lag purpurrotes Bettzeug, auf dem Boden ein Teppich aus dem Orient. Überall im Raum standen Kerzen, die ihn hell erleuchteten.

Auf dem mit roten Rosen verzierten Stuhl saß eine Frau, mit dem Rücken zu ihm. Ihr dunkelrotes Haar hing an ihren Schultern herab. Ihre Haut war so weiß wie Milch. Auch, wenn Alan sie noch nicht berührt hatte, wusste er, dass die Haut zart und weich war. Sie summte leise zur Melodie der Musikbox. Im Spiegelbild erkannte Alan die klaren blauen Augen, ihre blutroten Lippen, die zu dem Bettlaken passten. Es gab da nur ein Problem. Diese Frau war tot. Es war Miranda, die Geliebte von Billy. Sie wurden beide von den Soldaten auf grausame Art getötet.

„Hallo Alan, schön dich zu sehen. Was machst du hier zu so später Stunde?“ Ihre verführerische Stimme rief bei Alan eine Erektion hervor, obwohl er sich sträubte und wusste das es krank und pervers war, durch eine Tote einen Steifen zu bekommen. Doch etwas zu sagen, dazu war er nicht im Stande.

„Was ist Alan? Sag doch mal was!“ Sie schenkte ihm ein zauberhaftes Lächeln, holte den Lippenstift hervor und zog ihre Lippen nach. Noch roter, soweit das überhaupt noch möglich war. „Weißt du, es wird Billy überhaupt nicht gefallen das du hier bist.“ Miranda lächelte schelmisch.

„Du, du, du kannst doch überhaupt nicht hier sein. Du bist doch Miranda.“

„Ach ja, bin ich das?“

„Ich weiß nicht. Ich dachte.....“

Miranda drehte sich um, stand auf und blickte Alan in die Augen. Er fühlte sich sofort wie hypnotisiert. Ihr Gesicht war so noch schöner und verführerischer. Alan bemerkte erst jetzt das sie nackt war.

„So Alan, ich bin tot, sagst du? Sehe ich wirklich so tot aus?“

Mit der einen Hand knetete sie ihre großen, wohlgeformten Brüste. Mit der anderen streichelte sie ihren Schambereich. Ihre Fingernägel waren lang und ebenfalls rot.

„Findest du ich schaue wirklich tot aus?“ Alan brachte nur ein Stottern heraus.

„Komm her, Alan!“ Sie streckte ihm eine Hand entgegen. Ohne es zu wollen ging Alan auf Miranda zu. Dass er hier war um John zu retten hatte er vollkommen vergessen.

„Fühl mal, Alan. Fühlt sich so eine Tote an?“

Langsam führte sie seine Hand, von ihrem Hals abwärts, zu ihren Brüsten. Er konnte ihren Puls spüren.

Sie fühlte sich einfach unglaublich an und Alan bekam wieder eine Erektion. Von ihrem Busen führte sie seine Hand langsam über ihren Bauch, runter zu ihrem Schambereich. Er war weich, warm und feucht.

Jetzt verlor Alan seine Sinne endgültig. Miranda schmiss ihn auf das Bett und setzte sich auf ihn drauf.

„Nimm mich Alan“, flüsterten ihre Lippen.

Ihre Stimme schien so weit weg.

„Nimm mich!“

„Nein, ich kann nicht. Ich habe eine Frau."

„Doch, du kannst Alan, du kannst!", flüsterte ihm die Stimme ins Ohr, während er ihre Brüste knetete.

„Nein, meine Frau…"

Miranda lachte: „ Sie will dich nicht mehr. Wann begreifst du das endlich?"

Jetzt begriff er.

Es war dieselbe Stimme, die zu ihm in seinem Traum gesprochen hatte. Er wollte noch etwas sagen, doch Miranda drückte ihm einen Kuss auf die Lippen. Draußen, auf dem Flur waren plötzlich laute Schritte zu hören. Es waren Schritte in Cowboystiefeln.

„Oh nein, so ein Mist. Er kommt!"

Miranda sprang sofort von Alan runter.

„Hä? Wer Kommt?"

„Na wer wohl! Billy!"

„Was, Billy? Aber er ist doch …."

„Los, beeil dich!"

Unsanft zog Miranda Alan vom Bett. Er fiel auf den Boden und die Schritte kamen immer näher.

„Komm! Hier in den Schrank. Mach schon! Schneller!"

Miranda öffnete hastig die Schranktür und schupste Alan hinein. Im selben Moment ging die Zimmertüre auf und Billy kam rein.

„Hallo, Darling." Miranda versuchte liebreizend zu klingen, aber man konnte einen ängstlichen Unterton in ihrer Stimme wahrnehmen.

„Du billiges Flittchen!"

„Was, wieso sagst du so etwas?"

„Du weißt genau was ich meine. Also stell dich nicht so dumm."

Alan viel auf, das es in dem Kleiderschrank kein einziges Kleidungsstück gab. Es roch vermodert und Staub flog ihm in die Nase. Er musste den Drang zu Niesen unterdrücken. Er konnte hören wie eine Hand auf eine Wange klatschte und Miranda mit einem Schrei auf das Bett fiel.

„Wo ist er?" „Ich weiß nicht wen du meinst." Ein weiterer Schlag war zu hören. Diesmal nur viel kräftiger und lauter.

„Wo ist dieser Mistkerl mit dem du gevögelt hast?" Billys Brüllen war der Horror und Alan hoffte, dass er ihn nicht im Schrank entdeckte.

„Hier ist niemand. Das weißt du doch ganz genau!"

„Ich liebe doch nur dich." Miranda versuchte ihn zu besänftigen.

„Das will ich für dich auch hoffen, sonst muss ich dir leider dein schönes Gesicht wegpusten."

Alan versuchte durch das Schlüsselloch zu spitzeln. Aber der Schlüssel, der noch steckte, versperrte ihm die Sicht. Er verstand nicht was da draußen geschah. Beide Personen waren eigentlich tot. Waren es Geister?

Oder war er jetzt nur komplett durchgedreht und sein Verstand spielte ihm einen bösen Streich? Er war sich nicht mehr sicher. Warum beschützte ihn Miranda? Alan versuchte seine Gedanken neu zu sortieren. Die Frau aus seinen Träumen war definitiv Miranda, aber was genau wollte sie von ihm? Wer waren die Kinder in seinem Haus? Oder sollte er besser sagen die Geister der Kinder?

Das alles konnte erstmal warten. Das Wichtigste war, hier erstmal lebendig rauszukommen und John vom Dach runterzuholen. Die Geräusche im Zimmer wurden lauter. Miranda stöhnte lustvoll und Billy hechelte im Takt. Alan legte sein Ohr an die Schranktür. Irgendwie war das krank Geistern beim Sex zuzuhören. Alan überlegte kurz und stellte fest, dass die letzten Tage alle krank waren.

Billy und Miranda waren voll bei der Sache, doch plötzlich hörte Billy abrupt auf.

„Was in Gottes Namen ist das?"

„Was, was meinst du, Darling?"

Billy stand auf, ging zur Musikbox und machte die Musik aus.

„Na das. Hörst du das etwa nicht?"

„Nein, ich höre nichts, Darling. Komm wieder ins Bett!"

Alan verfolgte das Gespräch. Dann verstand er was Billy meinte.

„Da hüpft doch irgend so ein Arschloch auf dem Dach rum und johlt irgendwas."

„Ach, das wird ein Tier sein."

„Was für ein Tier soll das denn sein? Hä?" Alan hörte das Klicken eines Revolvers und ihm wurde schlecht.

„Kann man in diesem Drecksloch nicht mal in Ruhe ficken? Hey Arschloch. Ich rede mit dir. Du da oben! Ja, dich meine ich!"

John hörte nicht zu und tänzelte weiter auf dem Dach. Es fiel ein Schuss, ein zweiter und noch ein dritter. John schrie auf.

Alan spürte, dass in diesem Moment etwas Schreckliches passierte. John stürzte vom Dach in die Tiefe. Er konnte es nicht fassen. Waren Geister wirklich in der Lage Menschen zu töten?

Na ja, Mirandas Brüste fühlten sich auf jeden Fall ziemlich echt an. Er bemerkte, dass der Überraschungsmoment auf seiner Seite war. Er musste Billy überwältigen und ihm irgendwie die Waffe abnehmen.

Schon zu Lebzeiten war Billy sehr gefährlich. Er hatte eine Menge Soldaten mit in die Hölle genommen. Damals, als sie ihn hingerichtet hatten. Zumindest dachte er, dass er in die Hölle gekommen ist. Das war nun egal. Er musste handeln. Mit einem Ruck öffnete er die Schranktüre und er stand wieder in dem Zimmer. Zu seiner Überraschung war es wieder dunkel und nur der Mond schien durch das verstaubte Fenster. Die Farben, die Kerzen, alles weg. Selbst von Billy und Miranda fehlte jede Spur. Ohne groß zu überlegen rannte er aus dem Saloon, raus auf die Straße.

John lag, im Schein des Mondlichtes, auf dem Boden. Blut rann ihm aus ihm aus den Ohren, Mund und Nase. Alan kam zu spät. Sein Freund war tot. Lincoln stand neben dem leblosen Körper seines Herrchens und jaulte. Alan war schockiert. Sein einziger Freund und treuer Wegbegleiter in den letzten Jahren war gestorben. Er hielt Johns Kopf in den Händen und schrie seine Verzweiflung hinaus in die Nacht.

Langsame Schritte näherten sich Alan von hinten. Lincoln fing an zu knurren und wich einen Schritt zurück. Alan war sich sicher, dass es Billys Geist sein musste, der nun gekommen war um auch ihn zu erschießen. Aber er hatte keine Angst mehr. Es war ihm mittlerweile scheißegal. Er stand auf, drehte sich um und starrte seinem Widersacher direkt in die toten, kalten Augen. Zu seiner Verwunderung war es nicht Billy, der sich ihm genähert hatte, sondern Gregory, der Bürgermeister. Aber der war ja ebenfalls tot. Erhängt in seinem eigenen Büro.

„Was willst du?“

„Ich bin der Bürgermeister, Alan. Was werde ich wohl in meiner Stadt wollen?“

„Du bist tot!“

„Ach, bin ich das?“

„Ja und ihr habt John getötet.“

„Wir?“

„Ja, ihr.“

Gregory musterte Alan einen Moment lang und fing dann laut zu Lachen an.

„John hat auf dem Dach getanzt und ist dann blöd gestürzt.“

„Blöd gestürzt nennst du das?“ Alan fing an zu schreien.

„Ich werde euch alle töten, ihr verdammten Schweine.“

„Was? Uns töten?“ Der Bürgermeister lachte verwegen. Das Lachen eines alten Mannes, der viel erlebt und gesehen hatte und nun müde war.

„Ich bitte dich, Alan. Wie willst du Tote töten?“

Alan zögerte mit der Antwort und ihm wurde ein bisschen mulmig im Bauch.

Die Geister hatten ihn in der Hand und er konnte ihnen nichts entgegensetzten.

„Was wollt ihr von mir? Wollt ihr mich auch töten?“

Gregory lachte wieder. „Ach, komm schon Alan. Wieso sollten wir das tun?“

Eine Antwort darauf konnte Alan ihm nicht geben. Er musste wieder an John denken.

„Na, Alan. Hast du dich nie gefragt, warum keiner von uns auch nur ein einziges, winziges Nugget gefunden hat?“

Es war Miranda, die da zu ihm sprach und für noch mehr Verwirrung in Alans Kopf sorgte. Sie stand, an einem Balken angelehnt, auf der Veranda des Saloons. Ihr Gesicht wurde vom Mondlicht furchterregend beleuchtet. Aber irgendwie auch verführerisch schön.

„Natürlich habe ich mich das gefragt. Mehr als einmal. Aber momentan habe ich ganz andere Probleme.“

„Das glaube ich jetzt nicht ganz. Selbst wenn du hier lebendig rauskommst, hast du doch alles verloren. Du hast nichts. Du wirst da draußen zu Grunde gehen.“

„Wenn du meinst. Aber das werde ich nicht. Ich habe eine Familie.“

„Du hattest eine, wolltest du sagen! Du erinnerst dich? Deine Frau will dich nicht mehr und dein Sohn auch nicht. Und selbst wenn, mit was willst du sie ernähren?“

„Halts Maul. Du lügst!“

„Nein, das tue ich nicht.“

„Woher willst denn gerade du wissen, dass sie mich nicht mehr will?“

„Das ist doch jetzt egal. Wichtig ist doch jetzt, das du mal langsam Gold findest, oder?“

„Also, wenn ich eins weiß, dann ist es dass es hier kein Gold gibt!“

„Oh doch, das gibt es. Sogar in Massen.“

„Du erzählst mir Geschichten.

Wir haben jeden Gott verdammten Zentimeter um Little Heaven umgegraben und nichts gefunden.“

„Eben. Um Little Heaven. Aber eben nicht in Little Heaven.“

„Ich verstehe nicht ganz.“

„Wo gibt es Wasser, außer im Fluss?“

Alan dachte kurz nach. „Im Himmel“, war seine Antwort.

Miranda fing laut zu lachen an.

„Nein, du Dummkopf. Denke doch mal scharf nach. Du kommst bestimmt drauf.“

Mit diesen Worten verschwand Miranda im Saloon. Alan drehte sich um und stellte dann fest, dass auch der Geist von Gregory verschwunden war. Im ersten Moment wollte Alan Miranda in den Saloon folgen, entschied sich dann aber anders. Die Begegnung mit den Geistern warf ein ganz anderes Licht auf seine jetzige Situation. Es blieben zu viele Fragen, auf die er noch keine Antwort wusste.

Ich wachte mitten auf der Straße auf. In mein Haus traute ich mich nicht mehr, aber ich hatte ja noch Lincoln. Johns Hund und mein einziger noch verbliebener Freund. Johns Leiche hatte ich in der Nacht noch provisorisch begraben und ich bin ehrlich, ich weiß grad gar nicht wie es ohne John weitergehen soll. Das Essen ist mir ausgegangen und das Trinken auch. Ich glaube, ich gehe später mal an den Fluss um meinen Durst zu löschen. Egal was über den Fluss erzählt wurde.

Die Frage, die mich wirklich beschäftigt ist, warum die Geister mir so urplötzlich helfen wollten Gold zu finden und was noch viel interessanter war: Woher wussten sie, dass es hier Gold im Überfluss geben sollte? Ach, auch egal. Ich gehe jetzt erstmal zum Fluss etwas trinken und dann gehe ich meine Schaufel holen.

Den ganzen Tag war Alan damit beschäftigt zu graben. Zu Essen hatte er nichts mehr.

Seinen Durst löschte er mit dem Flusswasser, auch wenn dieser verflucht war. Das war ihm mittlerweile alles scheißegal. Die ganze Welt um ihn herum war ihm egal. Er konzentrierte sich auf das Graben. Sein Mund war trocken und die Sonne brannte ihm auf seinen Schultern. Solange, bis er die Haut in Fetzen abziehen konnte. Es waren höllische Schmerzen. Sein Rücken fühlte sich an, als ob ihn jemand mit Brennnesseln traktiert hätte. Aber auch das war ihm mittlerweile total egal.

So wie einst die neuartigen, dampfbetriebenen Maschinen rammte er die Schaufel in die Erde. Immer und immer wieder. Tiefer und tiefer. Es kam ihm vor, als ob er sich auf die andere Seite der Welt durchgraben wollte. Das Einzige, was ihn noch interessierte war das Gold. Lincoln saß am Rande der Grube und schaute gespannt auf Alan. Als Alan endlich auf Grundwasser stieß holte er seinen Sicheltrog und fing wie wild an das Erdreich durchzusieben. Es musste doch mal Gold dabei sein.

Die Enttäuschung war riesig, es war nur braunes Wasser, Schlamm und Kiesel. Tränen liefen ihm über das Gesicht. Es wurde bereits dunkel, als er anfing die vierte Grube zu graben. Vielleicht schaufelte er einfach nicht tief genug. In dieser Nacht fing es an in Strömen zu regnen. Das erste Mal seit Monaten, oder sogar Jahren. So, als ob sich die Götter über ihn lustig machten und vor lauter lachen das Weinen anfingen. Das kalte Wasser fühlte sich gut auf seinen Schultern an. Er wusch sich den salzigen Schweiß und Staub von der Haut. Lincoln versteckte sich unter der Veranda. Alan blieb in der Grube und schaufelte weiter. Immer mehr Wasser sammelte sich dort. So viel, dass Alan bis zu seinen Knien darin stand. Er war unermüdlich und schaufelte wie ein Wilder weiter.

Heute Nacht musste er, so kam es ihm vor, für all das bezahlen was er in seinem Leben verbockt hatte. Er mobilisierte seine letzten Reserven, denn er hatte schon seit eineinhalb Tagen nichts gegessen. Sein Magen rebellierte und er hatte dem nichts entgegenzusetzen.

Alan schleuderte die Schaufel auf die Straße, ließ sich auf die Knie fallen, packte mit seinen Händen Matsch und schmiss diesen wie irre um sich. Er schrie und nur Lincoln und der Mond waren seine Zeugen. Alan schloss die Augen. Das Einzige was er sah, war ein weißes, grelles Licht. Sein ganzer Körper tat ihm weh. Jedes einzelne Gelenk und jeden Knochen konnte er spüren. Jemand hatte ihn bestialisch gefoltert.

Er blinzelte einige Male, denn das Licht brannte, in den schon sich ohnehin schwer anfühlenden Augen. Nach und nach erkannte er die Umrisse eines Kopfes. Er, sie oder es hatte Hörner und es atmete. Es glich eher einem Hecheln. Jetzt erst begriff Alan, das Lincoln ihn von oben beobachtete und die Hörner waren seine Ohren. Durstig und hungrig, mit einem bemitleidenswerten Blick starrte der Hund ihn an und hechelte wie verrückt.

Es dauerte eine Weile bis Alan begriff was eigentlich los war. Er war wohl in der letzten Nacht in der Grube ohnmächtig geworden. Alan saß immer noch in dem Wasser. Krampfhaft versuchte er sich aufzurichten.

Es kam ihm vor wie eine Ewigkeit, bis er endlich einigermaßen in der Grube aufrecht stand, die Ellenbogen am Grubenrand abgestützt. Einen kurzen Augenblick genoss er es, das Lincoln ihm den Dreck von den Armen schleckte.

Als Alan begann die Erde von seinem Körper zu schütteln, fielen ihm plötzlich einige wenige Steinchen auf, die merkwürdig in der Sonne glitzerten. Das konnte doch nicht sein? Er nahm ein Steinchen, so groß wie ein Kiesel, zwischen seine Finger und untersuchte es genauer. Er hielt es in die Sonne und es glitzerte. Oder bildete er sich das nur ein? Es war bestimmt nur nass und deshalb schimmerte es in der Sonne. An seinem Körper fand er noch mehr solcher Steinchen. Er nahm sie in seine Hand und untersuchte sie genauer. Es war Gold, da war er sich jetzt sicher. Entweder, er war jetzt komplett übergeschnappt, oder aber reich.

Hastig zog er sein Halstuch aus und legte die kleinen Kostbarkeiten sorgfältig ab. Er nahm seinen Sicheltrog und begann mit der Arbeit. Er barg immer mehr dieser Steinchen und einige waren sogar richtig große Nuggets.

Alan vergaß die Welt um sich herum. Er vergaß, dass seine Frau und sein Sohn ihn verlassen hatten, dass sein bester Freund gestorben war und sogar, das er selber fast am Verhungern und Verdursten war. Er grub immer weiter und weiter, wie im Rausch.

Bis zum Nachmittag war sein Halstuch ein volles Goldsäckchen und auch sein Unterhemd hatte einiges an Gold zu tragen. Alan war sich sicher, er hatte sein Eldorado gefunden. Little Heaven war jetzt Big Heaven.

Er war auf dem besten Wege der reichste Mann der Welt zu werden. Er plantschte in der braunen Brühe, die sich noch in der Grube befand und spürte dabei gar nicht mehr wie sehr die Sonne seinen Rücken verbrannte.

Nachdem er seinen Fund sicher im Lederrucksack verstaut hatte und sich völlig erschöpft auf die Veranda gesetzt hatte, fing sein Verstand langsam wieder an zu arbeiten. Die Schmerzen kamen wieder und sein Gewissen. So schnell die Euphorie kam, so schnell war sie auch wieder verflogen. Ihm wurde schmerzlich bewusst, dass er mit dem Gold weder John noch seine Familie zurückholen konnte. Er war ein armer, reicher Mann. Mit dem Gold konnte er zwar bis an sein Lebensende in Saus und Braus leben, aber er hatte einen hohen Preis dafür bezahlt. Er hoffte, dass er wenigstens lebend aus diesem Nest kam.

Lincoln saß ihm gegenüber. Das Tier wirkte müde und betrübt. Wahrscheinlich vermisste er sein Herrchen. Der Hunger, er kam wieder und schmerzte, mehr als die Brandblasen auf seinen Schultern. Seine Fantasie gewann langsam wieder die Oberhand und er musste sich zwingen bei Verstand zu bleiben. Er hob einen Stein auf und ging zu Lincoln. Der Hund hob seinen Kopf und hechelte. Lincoln vermittelte das Gefühl, das er Alan vertraute seit John nicht mehr da war. Alan war jetzt sein bester Freund. Lincoln hatte den liebevollsten Gesichtsausdruck den Alan seit einer Ewigkeit gesehen hatte.

Es sah so aus, als ob er sagen wollte: „Hey Kumpel, wir sitzen hier am Arsch der Welt in der Klemme. Aber keine Sorge, wir schaffen das."

Alan fiel vor den Hund auf die Knie und fing an zu weinen und zu schluchzen.

„Ich kann das nicht. Ich kann das einfach nicht."

Der Hund schleckte ihm behutsam über den Kopf. Alan hob seinen Kopf und Lincoln begann seine Wangen zu schlecken. Er kraulte ihn hinter seinem Ohr und wirkte nachdenklich. Lincoln genoss die Streicheleinheiten sichtlich.

„Vergib mir Lincoln, bitte vergib mir." Tränen rannen Alan übers Gesicht. Gleich würde er wieder losheulen. „Vergib mir Lincoln", wiederholte er nochmal. Mit diesen Worten schlug er den Stein auf Lincolns Kopf. Dieser riss die Augen auf und jaulte. Er war noch nicht tot. Alan schlug ein zweites, ein drittes und ein viertes Mal auf ihn ein. Lincoln war tot.

Er schmiss den Stein weg, umarmte den Hund und strich über sein Fell. Alan schrie auf, weinte und verstand sich selber nicht mehr.

Was hatte er da gerade getan?

Er schrie seine Verzweiflung heraus und nur die Sonne war diesmal sein Zeuge. Und die unsichtbaren Augen in den dunklen Fenstern der Häuser. Es war nicht viel Fleisch an dem Hund, aber es schmeckte nicht ganz so beschissen wie der Kojote damals. Alan redete sich ein, dass er den Hund vor einem qualvollen Hungertod gerettet hatte. Wenn er nicht mal für sich Nahrung hatte, wie sollte er da noch einen Hund ernähren. Seine Überreste begrub er neben John. Ihm wurde übel und schwindelig. Vielleicht hätte er nicht so viel und so schnell auf leeren Magen essen sollen.

Alan musste sich zusammenreißen. Er packte das Gold und das Nötigste ein, denn in dieser Nacht würde er Little Heaven den Rücken kehren. Für immer. Selbst, wenn er da draußen irgendwo sterben sollte, war es die Hauptsache, dass es nicht hier in Little Heaven war. Er wollte nicht in diesem verfluchten Ort liegen bleiben. Bis er auf Zivilisation treffen würde, musste er einige Tage durch die Prärie marschieren. Das wusste er. Alleine war er nicht nur den wilden Tieren, sondern auch den Indianern ausgeliefert. Nur mit einigen Streichhölzern und einem Revolver bewaffnet war er bereit das Risiko auf sich zu nehmen.

Der Vollmond beleuchtete die Hauptstraße von Little Heaven. Sie führte ihn hinaus. Hinaus in das schwarze Nichts. Ihm kam es vor, als befände er sich auf den Weg ins Nirvana.

Alan beschloss den Goldfund nicht in seinem Tagebuch zu erwähnen und verstaute selbiges unter der Veranda. Er machte sich auf den Weg. Dann hörte er Schritte hinter sich.

„Sie wollen uns schon verlassen, Alan?"

Irgendwie war es ihm klar, dass sie ihn nicht einfach so gehen lassen würden.

„Ja, das will ich und ich werde nie wieder an diesen Ort zurückkehren."

Der Geist des Bürgermeisters lächelte gespenstisch.

„Ich bin mir sicher Alan, dass wir uns bald wieder sehen werden. Machs gut."

Noch ehe Alan etwas antworten konnte verschwand der Geist in der Nacht.

Fast zwei volle Tage war er nun schon unterwegs und außer Adlern am Himmel hatte er kein Lebewesen gesehen. Am dritten Tag konnte er sich wenigstens eine Schlange fangen und sie rösten. Das Wasser, welches er aus dem Fluss in Little Heaven mitgenommen hatte, neigte sich dem Ende.

Als er halbtot auf einige Indianer traf dachte er bei sich, dass sie ihn jetzt wohl von seinem Elend erlösen würden und seinen Skalp als Trophäe mit in ihr Dorf nehmen würden. Es war okay. Er hatte keine Kraft mehr sich zu wehren und ergab sich seinem Schicksal. Alan bemerkte es waren Sioux, die dem weißen Mann etwas freundlicher gesinnt waren als die meisten anderen Stämme. Sie versorgten ihn mit Wasser, Nahrung und führten ihn zu einer Straße, die ihn aus der Wildnis führte. Als er dann auch noch einen Wagen mit Händlern traf, schien sein Glück zurückzukehren.

Nach fast einem Monat, nachdem er Little Heaven verlassen hatte, erreichte er New York. Es hatte sich in den letzten Jahren seiner Abwesenheit vieles verändert. Wie Blumen im Frühling sprießten Fabrikgebäude aus dem Boden. Es wurden immer mehr und immer größere Häuser gebaut. Alan hatte gewisse Probleme mit dem Wagen durch die Menschenmenge zu kommen. Alans Kutscher musste mit der Peitsche einige junge Bengel vom Wagen verscheuchen. Sie mussten brüllen um sich zu verständigen, aber irgendwie verstanden sie trotzdem kein Wort.

Es lag ein rauchiger Geruch in der Luft, vermischt mit Schweiß und anderen undefinierbaren Gerüchen. Alans Wagen schaffte es in eine ruhigere Seitenstraße. Hier saßen nur ein paar Betrunkene vor heruntergekommenen Kneipen. Händler versuchten sich mit ihrem Geschrei gegenseitig zu übertönen, denn jeder von ihnen meinte die beste Ware zu haben.

Der Wagen hielt vor einem Gasthaus, das neben einer Kirche stand. Vor dem Gasthaus standen einige Kriegsveteranen, die Abraham Lincolns Tod immer noch nicht fassen konnten. Einer von ihnen stand über eine Krücke gebeugt, mit einer Pfeife im Mund. Ein Bein musste er auf den blutgetränkten Schlachtfeldern gelassen haben.

Unweit von ihnen spukte ein Bettler schwarze Masse auf den Boden. Sein Gesicht war von Wunden übersät. Neben ihm schlief ein Straßenköter, der aussah als hätte er gleich mehrere ansteckende Krankheiten im Angebot. In der Kirche wurden die Glocken geläutet, die jedoch im Lärm der Straßen untergingen. So laut er konnte fing ein Kinderchor an den Herrn zu preisen. Der Bettler stand auf und urinierte einfach auf die Straße und niemand interessierte es.

Nach einiger Zeit hatte Alan einen Teil seiner Goldnuggets in Dollars eingetauscht.

Er wurde ein angesehener und auch gerngesehener Mann in den Saloons. Immer stets gut gekleidet, gut frisiert und von dem Getuschel der Leute verfolgt. Niemand wusste wo er herkam und woher er so viel Geld hatte. Das Leben in Saus und Braus hatte er ziemlich schnell satt.

Das New York, das er während seiner Zeit in Little Heaven so schmerzlich vermisst hatte, existierte nicht mehr.

Er hatte mehr Geld als er brauchte.

Aber war er deswegen glücklicher? Nach monatelanger, verzweifelter Suche nach seiner Frau und seinem Sohn, kam er schließlich auf die Idee nach Maryland zu fahren. Dort wohnten seine Ex-Schwiegereltern. Vielleicht war seine Familie gar nicht mehr in New York und sie konnten ihm da weiterhelfen.

Seine Ex-Schwiegermutter war schockiert und kreidebleich als sie ihn sah. Als ob sie einen Geist gesehen hätte. Mary, eigentlich noch seine Ehefrau, hatte erzählt, er wäre verrückt geworden und gestorben. Sie war nun mit einem Arzt verheiratet und hatte vor kurzem eine Tochter geboren.

Sie hieß Elisabeth, ein goldiges Kind erzählte sie weiter. Sie mochte Alan zwar. Er war ein netter Junge. Aber er tat ihrer Tochter Mary nicht gut. Deswegen war sie froh, dass sie jetzt einen Arzt geheiratet hatte und keinen Abenteurer mehr als Mann hatte. Mit gemischten Gefühlen gab sie ihm Marys Adresse und bat ihn trotzdem sie nicht aufzusuchen. Es sei leichter für sie, wenn alles so bliebe wie es jetzt war. Aber vor Gottes Gesetz war er ja noch mit ihrer Tochter liiert.

Mit diesen Informationen fuhr er zurück nach New York. Bereits am frühen Morgen stand er vor dem Haus seiner Ex. Ein stattlicher Mann kam heraus, in einem feinen Anzug und hellgrauem Haar. Er war bestimmt fünfzehn Jahre älter als Alan. Das musste der Arzt sein, der zu seiner Arbeit aufbrach. Einige Stunden später verließen Mary und sein Sohn das Haus. Mary schob einen Kinderwagen vor sich her. Obwohl er sich fast zwei Jahre auf diesen Moment gefreut hatte, blieb die ersehnte Freude über das Wiedersehen aus.

Mary schien sehr viel älter geworden zu sein. Sein Sohn war gewachsen und mit seinem Gesichtsausdruck glich er einer Puppe. Er wusste, dass sie es waren, aber er erkannte sie kaum wieder. Lässig schlenderte er auf sie zu und begrüßte sie freundlich.

„Hallo Mary!“

„Hallo, wer,.....wer sind sie?“

„Hast du mich schon vergessen? Ich bin Alan, dein Mann.“

„Das kann nicht sein. Alan ist tot. Verschwinden sie. Sofort!“

„Natürlich bin ich es!“

„Verschwinden sie, habe ich gesagt. Alan ist tot!“

„Ach ja? Damals, du erinnerst dich? Im Sommer in Pennsylvania am See. Wir haben Blumen gesammelt, uns vor meinen Eltern in einer Scheune versteckt und du hast mir ein Geheimnis verraten. Ach ja, den Strauß Lavendel den ich dir geschenkt hatte, hast du vier Monate lang aufbewahrt, obwohl er schon lange verblüht war.“ Mary stand mit offenem Mund da und starrte ihn nur an. Das kleine Mädchen im Kinderwagen fing an zu weinen.

„Und du, mein Sohn, bist so groß geworden. Lass dich mal anschauen!“

Der Junge wich zurück und stieß Alans Hand weg, als dieser ihn auf seine Schultern legen wollte.

„Ich bin nicht dein Sohn. Selbst wenn du Alan bist.

„Mein Vater ist Dr. Bellingheim und nicht du, verstanden? Also fass mich nicht an!“

„Alan, du bist es wirklich“, stammelte Mary.

Alan war nicht sonderlich überrascht über Marys Reaktion, aber es verletzte ihn trotzdem. Er begriff, dass es an der Zeit war für ihn zu gehen. Es gab nichts mehr was ihn hier noch hielt.

„Versteh mich nicht falsch, Alan“, redete sie weiter.

„Aber wir wollten, wir mussten leben. Verstehst du das nicht? Ich brauchte einen Mann der Geld hatte und der meinem Sohn etwas bieten konnte. Du bist ein netter Kerl und ich mag dich. Früher habe ich dich sogar geliebt, ehrlich. Aber es ging eben nicht anders.“

„Ja, ja. Der dich ernähren kann. Ich verstehe schon.“

„Du bist mir nicht böse?“

„Nein, nein. Ich bin dir nicht böse. Ich verstehe das schon.“

„Hast du was gefunden?“

„Was gefunden?“

„Na, du weißt schon. Ich meine das Gold.“

Alan schaute zum Boden und musste grinsen. Er kramte in seiner Tasche, holte ein kleines, schwarzes Säckchen heraus und gab es Mary.

Im selben Moment fing er laut an zu lachen, drehte sich um und ging. Hastig machte Mary das Säckchen auf. Das, was sie sah ließ sie erstarren. Es war pures Gold im Wert von mindestens tausend Dollar. Sie blickte auf und wollte Alan zurückrufen, ihn aufhalten und mit ihm reden. Doch er war bereits in der Menschenmenge verschwunden.

Miranda hatte also Recht, die ganze Zeit schon.

Alan hatte keine Ahnung woher ein Geist das alles wissen konnte. Im Endeffekt spielte das aber auch keine Rolle.

Seine Familie, New York, ach die ganze Welt war ihm so fremd geworden. Er hatte alles, aber irgendwie auch nichts. Er beschloss nach Little Heaven zurück zu gehen und dem Rest der Welt für immer den Rücken zu kehren.

Nach knapp zwei Wochen reisen betrat er die Hauptstraße, die zum Eingang der Stadt führte. Es war brütend heiß und Little Heaven schien noch verlassener und verkommener zu sein als er es beim letzten Mal gesehen hatte.

Dennoch fühlte er sich hier wohler als in New York. Er betrat den Saloon. Miranda saß mit Billy an einem Tisch. Ein Stück weiter saß John, der ihm freundlich zu nickte. An seinen Füßen lag Lincoln, der hechelnd die Zunge heraushingen ließ. Die Musikbox spielte und wurde von Randy, dem alten Pianisten am Klavier begleitet. Der Priester und der Sheriff saßen an der Bar und nippten an einem Whisky. Der Barkeeper wischte an einem verdreckten Glas herum. Es schien gerade so als ob sie auf ihn gewartet hätten. Alan ging zur Bar und setzte sich neben den Priester.

„Hallo Alan, schön dich wieder zu sehen, alter Kumpel. Wie ist es dir ergangen?“, wollte der Barkeeper von ihm wissen.

„Was darf ich dir zum Mund spülen geben?“

„Einen Whisky, bitte.“

„Einen Whisky! Kommt sofort, mein Bester.“

Jemand klopfte Alan von hinten auf die Schulter und setzte sich dann neben ihn.

„Nun Alan, ich habe dir doch gesagt das du wieder hierher zurück kommst.“

„Ja Bürgermeister, sie hatten recht!“

„Also dann, willkommen zu Hause Junge.“ Der Bürgermeister hob sein Glas um darauf gebührend anzustoßen. Alan kippte den Whisky auf ex.

Alle Anwesenden starrten ihn mit ausdruckslosen Blicken an. In der Mitte des Saloons stand plötzlich ein Hocker. Von der Decke hing, genau über dem Stuhl, ein dickes Seil. Alan ging auf den Stuhl zu, stellte sich darauf und legte sich die Schlinge um den Hals. Der Bürgermeister nickte zufrieden. Bald würden sie für immer zusammen sein. Und Little Heaven erblühte im neuen Frühling.

Frühling.

Wenn ich lachen könnte, so wäre sie die Einzige, die mich zum Lachen bringt.

Wenn ich weinen könnte, so wäre sie die Einzige um die ich weinen würde.

Wenn ich über Gefühle verfügen würde, so würde ich spüren, wie meine Hand durch ihr Haar streift. Ihr Haar, so zart und sanft wie die Seiten einer Engelsharfe.

Die Engel, die vom Himmel herab stürzen, nur um sich von ihrer unbeschreiblichen Schönheit zu verneigen.

Ja, ich bin zuversichtlich. Ich würde es spüren, wie ihre Lippen meine Wangen berühren. Nur sie schafft es durch die dunkle Einsamkeit in mir zu streifen. Das Schweigen in mir zum Klang zu erhellen, ohne dabei zu zerbrechen wie viele andere. Und nur ihre weichen Fingerkuppen spüren die kalte Haut hinter meiner Maske.

Würde Blut durch den Stein in meiner Brust strömen, so wäre sie die Musik in meinem Herzen.

Es wäre besser sie würde mich verabscheuen, weil ich sie nicht verdiene. Dennoch ist ihre Stimme Balsam auf den tiefen Furchen meiner Seele.

Aber vielleicht, ja vielleicht, werde ich eines Tages sehen können, was Kreaturen wie mir bisher verwehrt wurde.

Vielleicht werde ich dann durch die Straßen streifen und sehen wie der Schnee schmilzt.

Vielleicht werde ich dann sehen können, wie die Sonnenstrahlen das satte Grün dieser kalten Welt erwärmen.

Möglich, ich höre dann wie Vögel singen und die Bienen summen. Wie die Gezeiten zwischen den Grashalmen rauschen. Meine Augen könnten sogar sehen wie die Blumen sprießen und das Graue um mich herum verbannen.

Ja, vielleicht. Vielleicht bringt sie mir eines Tages bei den Frühling zu sehen. Dann kann ich endlich meine Augen schließen und mich schlafen legen.

Der Traummann.

Es war ein lauwarmer Herbstmorgen und ein milder Wind wehte durch Berlins Straßen, als Caroline ihre Augen öffnete. Sie blinzelte gegen die Sonne und musste dabei feststellen, dass Alex bereits auf war und sie alleine in ihrem kuscheligen Bett lag.

Caroline reckte und streckte sich in ihrem Bett und dachte mit einem Lächeln im Gesicht an die letzte Nacht. Sie war unbeschreiblich romantisch gewesen. Alex kam aus der Arbeit und überraschte sie mit einem Strauß roter Rosen und einer Flasche Moet et Chandon rose. Zugegeben, das Ganze hatte etwas Klischeehaftes, aber Alex konnte sich einfach alles erlauben, ohne das es kitschig wirkte. Er zündete im Bad für sie Kerzen an und verteilte in der mit warmem Wasser gefüllten Badewanne Rosenblätter. Dann führte er sie mit verbundenen Augen ins Badezimmer und sie tauchten ein in ein Gefühl von Wärme und Erotik.

Caroline genoss es wie er jede einzelne Körperstelle von ihr einseifte und dabei liebkoste. Wie auf Wolken getragen erlag sie ihm. Sie gab sich ganz ihren Gefühlen hin. Ja, sie liebte ihn. Mehr als jemals zuvor. Nach dem Bad trug er sie auf seinen starken Händen direkt in ihr Wohnzimmer und legte sie auf das Eisbärenfell vor dem lodernden Kamin. Die Flammen loderten genauso wie ihre Leidenschaft. Sie genoss es, als er den Champagner von ihrem Hals abwärts zwischen ihren Brüsten in ihren Bauchnabel fließen ließ und dann ganz langsam ableckte. Hingebungsvoll ergab sie sich ihm.

Ganz langsam ging die Tür zum Schlafzimmer auf und Alex kam mit einem Frühstück herein. Er setzte das Tablett auf Carolines Schoß ab und küsste sie leidenschaftlich.

„Schatz, die letzte Nacht war wunderschön!“, hauchte sie ihm entgegen.
„Ja, das war sie!“

Er machte die Vorhänge auf und die Sonne schien ins Zimmer, mitten auf ihr Bett. Caroline nahm ein Croissant. Dabei reflektierte ihr Ehering das Sonnenlicht. Alex öffnete das Fenster und der Geruch von frischem Herbstlaub vermischte sich mit dem von heißer Schokolade, Eiern mit Speck und natürlich mit dem frischen Lavendel, den er ihr jeden Morgen mit auf das Frühstückstablett stellte.

Was konnte es Schöneres geben als diese wahre und innige Liebe? Caroline wurde ganz heiß, bei dem Anblick seiner Bauchmuskulatur, die im Schein der Sonne noch männlicher wirkte und dazu noch seine eisblauen Augen. Verträumt versank sie zwischen den Bettlacken.

In dem öden, dreckigen Berlin war es Herbst geworden. Es regnete und dicke staubige Luft vermischte sich mit den Abgasen der Millionen Autos, die täglich Berlins Straßenbild prägten.

Caroline wachte unter einer der vielen Brücken Berlins auf. Neben ihr eine Metalltonne, die ihr als Feuerstelle für die kalten Nächte diente. Sie hatte mal wieder starke Kreuzschmerzen, aber mit der Zeit gewöhnte sie sich daran. Es war ja auch nicht verwunderlich, wenn man wie sie die Nächte auf einem Pappkarton oder einer Holzpalette verbringen musste.

Langsam und mit etwas schmerzverzerrtem Gesicht richtete sie sich auf um einen Blick auf den neuen Tag zu werfen. Was sollte der schon anderes bringen als die anderen, fragte sie sich und dennoch wollte sie sich nicht beklagen. Mit einem lustlosen Gesichtsausdruck schaute sie rüber zu Willy.

Willy war sozusagen ihr Mitbewohner und irgendwie auch ein Freund. Mit ihm zusammen teilte sie sich einen Platz unter der Brücke. Sie nannten es selber eine WG.

Das klang besser. Es war gefährlich allein auf der Platte zu schlafen, vor allem als Frau.

Die Gefahr von Junkies, anderen Obdachlosen oder einfach irgendwelchen anderen notgeilen Mistkerlen vergewaltigt zu werden, war viel zu groß. Willy war ihr da echt eine große Hilfe. Er beschützte sie.

Wenn man es genauer betrachtete machte es eigentlich keinen Unterschied ob sie vergewaltigt wurde oder nicht.

Schließlich verdiente sie sich mit dem Verkauf ihres Körpers Geld. Der einzige Unterschied zur Vergewaltigung bestand nur darin, dass sie bei einer Vergewaltigung kein Geld bekam.

Nur, das brauchte sie dringend. Sie musste ihre Heroinsucht stillen. Jeden Tag aufs Neue.

Der Einzige, der nur mal eben so über ihren Körper rutschen durfte war Willy. Sozusagen als kleines Dankeschön für seine Beschützerdienste.

Sie waren kein Paar und er war auch nicht ihr Zuhälter. Aber selbst ein Straßenpenner wie Willy, in den Fünfzigern, hatte so seine Bedürfnisse.

Das Einzige, was Caroline noch am Leben hielt war das Heroin und die Erinnerung an Alex.

Okay, ihr war selber klar, dass sie eine obdachlose, dreckige, drogenabhängige Hure mit gerade mal Anfang dreißig war und eigentlich an der Endstation ihres Lebens angekommen. Doch auch sie hatte Träume. Der Traum von einem Prinzen, der eines Tages angeritten kam und sie aus der Scheiße zog.

Tat das nicht jede Frau? Von einem, ihrem Prinzen träumen? Der sie auf ihr Pferd hob und dann gemeinsam mit ihr gegen den Horizont ritt. Sie war sich sicher, dass sie mit diesem Traum nicht alleine war. In ihrem Fall war der Prinz auf dem weißen Pferd Alex. Damals, in der sechsten Klasse war sie mit ihm zusammen. Sie hatte ihn abgöttisch geliebt. Zu viel, wie ihre Mutter immer zu ihr sagte. Verdammt, sie hatte Zukunftspläne mit diesem miesen Arschloch.

Und was tat er? Sie einfach in jeder Körperöffnung entjungfern und dann hatte er sie abgeschossen. Dass er sie körperlich entehrte war eigentlich nicht das Schlimmste. Das Schlimmste war das, was ihr Herz und ihre Seele ertragen mussten und der anschließende Lebenswandel den sie durchgemacht hatte. Sie hatte die Schule geschmissen, riss von zu Hause aus, landete auf der Platte und zu guter Letzt noch auf dem Strich. Jackpot!

Das alles nur wegen diesem Dreckskerl. Mit diesen Gedanken wachte sie nun fast jeden Morgen ihres beschissenen Lebens auf. Irgendwann würde sie ihn umbringen. Da war sie sich sicher. Sie wusste wo er wohnte und wie er so lebte.

Alex hausierte in einer eher wohlhabenden Gegend Berlins. In einem schmucken Einfamilienhaus mit zwei Garagen und einem Pool. Verdammte Scheiße! Das Leben konnte so ungerecht sein. Dieser Hurensohn konnte sich jeden Abend aufs Neue entscheiden, welche Garagenhälfte er heute benutzen wollte. Sie konnte sich nur zwischen dreckigem Heroin oder mit Rattengift gestrecktem Speed entscheiden.

Mittlerweile war Alex sogar verheiratet und hatte zwei Kinder. Seine Frau, diese eingebildete Schlampe. Caroline würde sie langsam, ganz langsam umbringen. Sie vom Kehlkopf bis zum Bauchnabel aufschlitzen und es genießen. Diese dumme Schlampe hatte es nicht anders verdient.

Was fiel ihr auch ein, sich ihren Traummann unter den Nagel zu reißen?

Jedes Mal, wenn Caroline Alex Frau mit den beiden Kindern sah überkam sie Wut. Die Kinder würde sie auch umbringen. Sie würde für Alex neue auf die Welt bringen, die nicht so hässlich wären wie seine jetzigen.

Einmal, als Caroline gegenüber Alex Haus hinter den Glascontainern stand und beobachtete wie seine Frau mit den beiden Mistkröten vom Einkaufen nach Hause kam, war sie kurz davor rüber zu gehen und einen Schlussstrich zu ziehen. Doch Willy hielt sie zurück. Willy war wahrhaftig der beste Kumpel den man sich auf der Platte nur wünschen konnte. Alex hingegen hatte alles erreicht. Er hatte einen Job, eine Frau und ein fettes Haus.

Und was hatte sie? Filzläuse und einen Einkaufswagen vom Aldi, in dem sie ihre wenigen Habseligkeiten aufbewahrte. Nicht einmal die Palette auf der sie schlief gehörte ihr. Die bekam sie von Willy, nachdem er auf einer Müllkippe ein altes Sofa gefunden hatte auf dem er nun schlief.

Vor nicht allzu langer Zeit wollten zwei jüngere Obdachlose das alte Sofa klauen. Doch Willy war zum Glück schnell genug zur Stelle und verpasste den Beiden eine ordentliche Tracht Prügel.

„Willy! Willy, du verdammter Penner. Nun steh schon auf!"

Willy ächzte laut und brachte nur einige unverständliche Laute aus sich heraus.

„Oh Mann, immer dieselbe Scheiße mit dir, du alter Sack." Caroline holte einen alten Plastikeimer. Dieser diente als Trinkwasserbehälter und Regenwassersammler. Sie beugte sich über Willy und schüttete den Eimer über seinem Kopf aus. Ein Lachen konnte sie sich dabei nicht verkneifen und sie stellte mal wieder fest, dass sie zwei Fliegen mit einer Klappe erschlagen hatte.

Zum einen bekam er eine kleine Morgendusche, das war bei seinem Geruch nicht die schlechteste Idee und zum anderen wurde er wach und das ziemlich schnell.

„Was?", krächzte Willy. Er rappelte sich schlagartig auf und musste gleichzeitig husten und niesen, was ein ganz lautes und schauderhaftes Echo unter der Brücke erklingen ließ.

„Was ist denn los, zum Teufel? Kommen die scheiß Russen oder was soll der Mist?"

„Steh auf! Wir müssen los!" Caroline trieb ihn an endlich aus den Puschen zu kommen.

„Los? Wohin sollen wir los? Siehst du denn nicht, dass es wie aus Eimern pisst? Lass mich in Ruhe pennen, du blödes Weibsstück!"

„Sei nicht so faul du alter Bock! Los, beweg deinen Arsch!"

„ Mein Gott, kannst du mich nicht einmal in Ruhe lassen, blöde Ziege. Im Regen können wir nicht mal die verdammten Kippen Stummel aufsammeln."

„ Ja, ja. Aber die Arbeit erledigt sich nicht von alleine. Also los jetzt, Willy!"

Caroline verpasste ihrem Kumpel einen Tritt in die Seite um ihrer Aufforderung Nachdruck zu verleihen. Sie war sich sicher dass, wenn sie nicht gewesen wäre, Willy schon lange verkommen wäre. Sofern man in einer solchen Lebenssituation noch von verkommen sprechen konnte.

Als sie ihn vor zehn Jahren kennenlernte, war er noch super in Form. Doch mittlerweile ließ sein geistiger Zustand sehr zu wünschen übrig. Er wiederum passte auf ihr Wohlbefinden auf. So gesehen taten sie einander gut. Auch wenn das irgendwie komisch klang. Aber auf Platte war eben alles anders. Ein weiterer Vorteil war, dass sie einen der besten Schlafplätze hatte, den man sich als Obdachloser wünschen konnte.

Willy war auf der Platte bekannt wie ein bunter Hund. Schließlich lebte er schon seit knapp dreißig Jahren auf der Straße. Alle respektierten ihn. Bis auf ein paar Jugendliche, die ihn noch nicht kannten. Aus diesem Grund konnten Willy und Caroline sich ziemlich sicher sein, dass sie an diesem Platz, den sie ihr zu Hause nannten, sicher waren. Denn jeder hier wusste das war Willys Revier. Genauso wie jeder wusste, dass die Pfandflaschen und die Mülleimer im direkten Umkreis der Brücke Willy gehörten. Nur ein Narr würde diese Tatsache nicht respektieren.

Es war mal wieder ein Montagmorgen und so wie für jeden anständigen, durchschnittlichen, deutschen Ottonormalverbraucher begann auch für die Obdachlosen eine neue, harte Woche. Auch wenn dies ein bisschen seltsam klang. Vor allem Caroline war dies bewusst. Willy hingegen musste immer mal wieder daran erinnert werden.

Es kamen immer mehr Jüngere auf die Platte und auch aus den neuen EU-Ländern kam Zuwachs von Leuten, die auf Willys Gebietsansprüche schlichtweg schissen.

Willy war im Kopf noch in den Achtzigern hängengeblieben, als ein Obdachloser einen ganzen Stadtteil für sich beanspruchte. Ja, ja die guten alten Zeiten.

Heute hingegen wimmelte es nur so von Obdachlosen, Bettlern und Landstreichern. Das Leben draußen hatte sich verändert. Selbst die sogenannten normalen Bürger und sogar Rentner sammelten mittlerweile Pfandflaschen. Caroline fiel es immer schwerer, diese Situation Willy begreiflich zu machen. Sie selbst hatte es ja auch nicht einfacher. Warum sollte ein Freier zehn Euro für eine verdreckte deutsche Straßenpennerin zahlen, wenn er für ein paar Euros mehr auch eine jüngere, gutaussehende Bulgarin oder Rumänin haben konnte?

„Na komm schon Willy! Steh endlich auf!", sagte Caroline schon fast weinerlich. Er hörte langsam auf seine Maitresse, besser gesagt er gab endlich nach. Als sie endlich „ausgehfertig" waren, begaben sie sich in den Großstadt Dschungel. Willy sammelte Flaschen und Dosen um sie später an einem der Automaten gegen Bares einzutauschen. Ein Schnaps war dann auf jeden Fall wieder drin.

Der Winter stand vor der Tür und das war wieder ein Grund mehr sich morgens zu betrinken. Man musste sich schließlich auf die kalte Jahreszeit vorbereiten. Caroline hingegen begann den Tag auf andere Weise. Bei der erstbesten Gelegenheit sprach sie einen Mittdreißiger in der U-Bahn an, obwohl sie sich sicher war, dass er sich auf dem Weg in seine Arbeit befand.

„Hey Süßer, Bock auf nen schnellen Fick?"

Ohne sie auch nur eines Blickes zu würdigen lief er an ihr vorbei.

„Ach, komm schon. Geht auch ganz schnell! Du blöder Bock, bleib stehen!" Die Beleidigungen einer Verzweifelten prasselten an dem Passanten, wie Staubkörnchen eines vorbeirauschenden Windes, ab.

Willy war dieses Schauspiel schon gewohnt und wühlte währenddessen weiter in den Mülleimern nach Pfandflaschen oder etwas Essbarem. Schließlich fischte er ein halbes Sandwich raus, musste aber schnell feststellen, dass es bereits ungenießbar war. Selbst für ihn und seinen Saumagen.

„ So ein Scheiß. Das verdammte Ding ist schon eingefroren. Diese verfickte Kälte. Kein Wunder, dass Hitler die ganze scheiß Welt erobern wollte. Sobald hier der Winter kommt gibt es nix mehr zum fressen."

Wütend schmiss Willy das eingefrorene Sandwich auf den dreckigen Betonboden, auf dem es von Zigarettenstummeln nur so wimmelte.

Trotz des Rauchverbotes im U-Bahnbereich roch es hier hin und wieder auch nach Gras und Crack.

Aber das schien die Leute wenig zu kümmern. Caroline beachtete Willy nicht, genauso wenig wie er sie. So marschierten sie zwar gemeinsam, aber irgendwie auch jeder für sich weiter in Richtung Innenstadt, zum Potsdamer Platz.

Es war bereits Mittag im trüben Berlin und ein grauer Himmel erstreckte sich über der Hauptstadt, als ob es bald Asche regnen würde. Caroline und Willy gelangten zu einer engen Gasse und setzten sich auf den kalten Bordstein. Hinter ihnen befanden sich ein Jugendzentrum und ein Heim für Drogensüchtige und schwer erziehbare Jugendliche. Obwohl es erst Vormittag war, urinierte bereits ein Betrunkener auf offener Straße.

Wie erwartet kamen Anna und Mark pünktlich zum vereinbarten Treffpunkt zwischen Jugendzentrum und Spielplatz. Besser gesagt, dass was von einem Spielplatz übrig geblieben war. Mittlerweile war die Anlage komplett verkommen. Eine Art Müllkippe für Fixernadeln und leeren Schnapsflaschen. Nur eine Mutter, die ihr Kind hasste oder es loswerden wollte hätte es hierher zum spielen gebracht. Erst vor ein paar Tagen wurde hier ein totes Baby gefunden. Für die heutige Zeit war das nichts Ungewöhnliches. Die jungen Leute vögelten wie die Karnickel und wenn dabei ein Kind zustande kam wollten sich nur wenige dieser Verantwortung stellen.

„Hi, alles klar?“ schmiss Mark zur Begrüßung in die Runde.

„Ja, wie immer halt. Und bei euch?“

Caroline schaute erst zu Anna und dann zu Mark.

„Wie immer...“, antwortet Anna.

„Die letzten Tage liefen nicht besonders gut. Seit es wieder kälter wird kommen immer weniger Freier auf die Straße.“ Dem konnte Caroline nur zustimmen.

Sie marschierten auf ein Wohnhaus zu. Alle, außer Willy. Der begab sich auf den Spielplatz um auch dort nach Pfandflaschen und Dosen zu suchen. Schließlich wollte er heut noch mehr Schnaps besorgen. Gerade als Caroline, Anna und Mark in dem Wohnhaus verschwanden fand Willy eine halbvolle Wodkaflasche. Ein paar Jugendliche hatten sie wohl nach ihrem nächtlichen Saufgelage hier vergessen. Man musste auch mal Glück haben. Mit diesem Gedanken setzte sich der alte Landstreicher auf eine Parkbank, die herkömmliche Bürger nicht mal angespuckt hätten und schickte den bitteren Alkohol seine Kehle herunter.

Die Klingel war kaputt. Also klopfte Caroline mehrmals an die Türe, bis sich schließlich jemand bequemte an die Haustür zu kommen.

„ Wer ist da, lan?“ brüllte eine Stimme mit türkischem Akzent auf der anderen Seite der Tür.

„Wir sind es.“

„... und ihr seid wer?

„Man, wer schon? Caroline, Anna und Mark, du Idiot!“

Die Drei hörten wie die Kette, die die Tür von innen hielt, aufgeschlossen wurde.

Serkan nickte ihnen zu, als Zeichen, dass sie eintreten sollten. Mit einem kurzen paranoiden Blick spähte er aus der Tür um sich zu vergewissern das nicht noch jemand draußen stand. Dabei faxte sein Kieferknochen etwas unkontrolliert rum. Bevor er sich daran machte die Türe wieder mit der Kette zu verschließen verpasste er Mark einen kräftigen Fausthieb auf die Schulter und packte ihn anschließend am Hals.

„Ey, ich schwör Mark! Nenn misch noch mal Idiot und ich fick dich olum. Capiche??“

„Capiche is', soweit ich weiß, nicht türkisch“, antwortete Mark.

Gerade als Serkan ihm noch eine verpassen wollte kam Anna dazwischen und zog ihn zurück.

„Man, beruhige dich!“

Serkan pöbelte, wie immer auf türkisch und gestikulierte wild mit seinen Händen. Dabei begleitete er die drei in das größere der beiden Zimmer der Wohnung. Der Geruch von Haschisch, der bereits im Treppenhaus die Oberhand hatte, überraschte niemanden mehr. An einer Seite des Wohnzimmers lagen zwei Matratzen. Eine lag auf dem Boden während die andere hochkant an der Wand lehnte und somit als Lehne diente.

Für Dragan, der darauf saß symbolisierte dieses Matratzenset wohl eher einen Sessel. Auf dem Boden, direkt zu Dragans Füssen lagen Pizzaschachteln, Kebabtüten, vier Bongs in vier verschiedenen Größen und unheimlich viel Dreck. Dragan selbst, von dem Caroline sich nicht sicher war ob er jetzt Kroate, Russe oder Serbe war, was aber in ihren Augen das Gleiche war, hielt einen Playstationcontroller in den Händen und spielte konzentriert an einem Ballerspiel. Den Plasmafernseher hatten Serkan und er wohl irgendwo mal geklaut oder mit Drogengeld verdient.

Er brachte nur „Pozzdrav" heraus, als die drei das Zimmer betraten ohne sie dabei anzuschauen. Ohne Zweifel. Das war eine klassische Junkeebude, von denen es in Berlin gefühlte hunderttausende gab. Der Unterschied zu dieser Junkeeburg war, dass nicht, wie im Allgemeinen üblich, die WG Partner ständig wechselten. Serkan und Dragan lebten schon seit fast einem Jahr zusammen. Und es klappte eigentlich ganz gut. Serkan setzte sich auf die andere Matratze. Die drei Gäste mussten auf dem Boden Platz nehmen.

Caroline schaute sich in der Runde um und stellte fest, dass jetzt, ohne Willys Anwesenheit sie die Älteste war.

Schon komisch, dachte sie so für sich. Wie das Schicksal manchmal sein kann und Menschen von unmöglichen Orten an noch unmöglichere Orte führen kann.

Anna, gerade vierzehn Jahre alt geworden, kam aus einer verkorksten Familie irgendwo aus Schleswig-Holstein. Nur Gott alleine wusste wie sie in ein Jugendhaus nach Potsdam und dann hier nach Berlin kam. Aber eins stand fest, all dies tat ihrer Entwicklung nicht gut.

Dann Serkan, der irgendwo aus dem tiefen Osten der Türkei stammte. Er war gerade zwei oder drei Jahre alt als er nach Deutschland kam und obwohl er mittlerweile neunzehn war, sprach er immer noch besser türkisch als deutsch.

Dragan, auch neunzehn Jahre, floh Ende der Neunziger mit seinen Eltern aus Jugoslawien nach Deutschland, teils zu Fuß, teils in einem Kofferraum. Caroline begriff immer noch nicht den Unterschied zwischen Jugoslawe und Russe. Sie entschied sich ihn als Russe zu bezeichnen. Sie selber zog mit ihren Eltern von Köln nach Berlin als sie noch ein kleines, unschuldiges Mädchen war.

Mark kam auf Mallorca zur Welt. Seine Mutter hatte sich dort in einen Spanier verliebt. Als Mark geboren wurde, klappte es mit der Beziehung zu dem Spanier nicht mehr so gut. Seine Mutter kehrte in Folge dessen nach Deutschland zurück. So landeten sie in Berlin. Seine Mutter machte ihn immer noch dafür verantwortlich, dass die Beziehung zu ihrem Spanier auseinander ging. Mark konnte sogar noch ein bisschen spanisch.

Alle diese verschiedenen Menschen, aus den verschiedensten Orten, mit ganz eigenen Geschichten wurden in dieser versifften, asozialen Bude zusammengeführt.

Zusammengeführt aus einem einzigen Grund, Heroin.

Dragan drehte die Musik in seinem kleinen CD-Spieler leiser. Es war eine Art Rap Musik, in der einer auf türkisch und ein anderer allem Anschein nach auf Dragans Muttersprache versuchte, so aggressiv wie möglich zu klingen.

„Was braucht ihr?“, fragte er mit seinem osteuropäischen Akzent, der Caroline an Graf Dracula erinnerte.

„Also ich bräuchte ein G und Anna ein halbes.“

„Ich brauche auch ein halbes“, schmiss Caroline schnell hinterher. Es verstrichen einige Sekunden und schließlich gab Dragan endlich einen Ton von sich.

„Hey bre, machs du Fenster zu!“ Serkan stand sofort auf und tat was Dragan ihm befohlen hatte. Danach setzte er sich wieder hin. Durch das geschlossene Fenster wurde zwar der Lärm auf Berlins Straßen gedämmt, dafür wurde es aber in der Wohnung schlagartig etwas stickiger. Caroline konnte erst jetzt die sie umgebenden Gerüche identifizieren. Es roch nach verschimmeltem Essen, Schweiß, Gras, Sperma, Urin, hochprozentigem Alkohol und diversen anderen Duftnoten. Die Ruhe wurde durch Dragans plötzliches Schreien unterbrochen.

„Jebem ti majku!“ Die anderen Laute, die er danach von sich gab, konnte sie nicht mehr genau raushören. Dragan schmiss den Controller quer durch das Zimmer und traf Anna dabei fast am Kopf. Sie schaffte es gerade noch sich rechtzeitig zu ducken. Er sprang auf und riss den Stecker des Plasmafernsehers aus der Steckdose. Serkan riss der Geduldsfaden.

„Ey Moruk, lan. Bist du behindert, oder so? Das ist schon der zweite Controller, den du gefickt hast!“

„Halt die Fresse, du Coban!“, erwiderte Dragan.

„Selber Coban!“

Anders als bei Mark traute sich Serkan nicht gegenüber Dragan handgreiflich zu werden.

„Also ein Ganzes und zwei Halbe, korrekt?“ Die drei nickten zustimmend. Dragan verschwand für einen kurzen Moment im zweiten Zimmer und kam mit einer Digitalwaage und einem braunen Pulver zurück.

„Habt ihr Vögel überhaupt Para?“, wollte er wissen während er anfing das Zeug zu wiegen. Der Einzige, der diesmal nickte war Mark.

„Ey Man, Jebote. Warum kommt ihr dann überhaupt hierher, ihr Opfer?“

Diese Frage war an die weiblichen Personen gerichtet. Dragan und Serkan waren zweifelsfrei zwei Vollblut Druffis. Sie sahen sich jedoch nicht als solche an. Ihrer Meinung nach waren sie eine Art Geschäftsmänner. Ihre Devise lautete:

„Sei nie dein eigener Kunde. Nimm nicht das Zeug, das du selber verkaufst."

Was ja ein guter Vorsatz war. Jedoch nicht, wenn man Heroin verkauft aber selber Crystal zog und Gras rauchte.

Für Caroline und Anna war es in diesem Moment aber wesentlich wichtiger, dass die Beiden einfach Männer waren. Mark hätte ohne Geld einfach nur ein „Verpiss dich" gehört. Sie hingegen hatten die Chance sich ihre Kostbarkeiten, die sie so dringend brauchten, zu erarbeiten. Bei genauerer Betrachtung war es für beide Seiten kein schlechter Deal. Dragan wäre sowieso mit einem Teil des Geldes in den Puff oder auf den Straßenstrich gegangen. Serkan warf dann eine für ihn wirklich wichtige Frage in den Raum.

„Wer bekommt Anna und wer Caroline?"

Dragan und Serkan machten kein Geheimnis daraus, dass sie beide lieber Anna gehabt hätten. Caroline war das egal und Anna war bereit sich für ihre Freundin von beiden Männern ficken zu lassen. Die entschieden sich das Ganze mit dem Schnick-Schnack-Schnuck-Spiel zu entscheiden wer zuerst bei Anna ran durfte. Serkan jubelte und machte Anna eine einladende Geste ihm in die Toilette zu folgen. Während Annas Gestöhne die türkische oder serbische Rapmusik übertönte, schaute Dragan sich nochmal den Controller an, um sich zu vergewissern ob er auch wirklich hinüber war. Schließlich kramte er aus seiner Jogginghose ein durchsichtiges Plastiktütchen hervor, in der es von kleinen Kristallen nur so wimmelte. Aus der anderen Hosentasche holte er einen Bündel Euroscheine. Er nahm einen Hunderter, drehte ihn zu einem Röllchen und legte anschließend aus den Kristallen eine Line, ohne sich die Mühe zu machen sie zu pulverisieren. Caroline und Mark bekamen große Augen, doch das bemerkte er nicht. Dragan langte unter seine Matratze und fischte dabei ein feines, weißes Pulver hervor.

Er streute es auf die Kristalle, mit der Erklärung dies seien feine Glassplitter, die beim Einziehen in die Nase feine Schnitte in der Nasenschleimhaut verursachten und das Crystal somit schneller in seinen Kreislauf brachten.

Gespannt und neidisch beobachteten Caroline und Mark das Geschehen. Dragan zog sich gerade die zweite Line, als ein ziemlich glücklich aussehender Serkan und eine angewiderte Anna aus der Toilette kamen.

„Ey, du bist so ein Spast! Ich schwör!“, schrie Anna Serkan an.

„Wie oft hab ich dir schon gesagt, dass du mir nicht in den Arsch wichsen sollst!“

Serkans Grinsen wurde immer breiter und widerwärtiger. Als Dragan Annas Geschrei realisierte sprang er sofort auf und verpasste Serkan einen Schlag ins Gesicht. Als dieser auf die Matratze fiel trat er noch ein paarmal auf ihn ein.

„Ey, Serkan. Ich schwör, du bist voll der Hurensohn jebote. Wen soll ich jetzt deiner Meinung nach ficken, hä? Meinst du ich steck meinen Kurac irgendwo rein wo deine Wichse klebt?“

„Ey, Bruder. Das war keine Absicht. Ich schwör Moruk , ich schwör. Das kam einfach so!“

Carolines Sorge hingegen bestand nur darin, dass sie ihren so dringend benötigten Schuss jetzt vielleicht doch nicht bekam.

„ Ey, fick halt mich!“, bot sie Dragan mit dem Mut der Verzweiflung an.

Dragan drehte sich um und schaute sie mit einem verstörten Blick an.

„Ey Mädchen, kuck dich doch mal an. Wer will dich bitte ficken, jebiga?“ Dragan war sauer.

Serkan, der immer noch zusammengekauert auf der Matratze lag, konnte sich ein Lachen nicht verkneifen, worauf ihm Dragan gleich nochmal einen Tritt verpasste. Dragan schien in Gedanken die pro und contra Punkte zu Caroline abzuwägen. Anna war jünger als Caroline und sah bei weitem gepflegter aus. Aber sie war nun von Serkan, diesem Bastard vollgesaut. Dieses Contra überwog eindeutig. Das begriff sogar sein von harten Drogen geschädigtes Hirn.

„Boah, okay. Scheiß drauf! Kein Bock bei dem scheiß Wetter zum Puff zu latschen. Hajde, komm!“, deutete er Caroline an. Sie folgte ihm auf die Toilette. Der Ekel vor Dragan war groß, aber das Verlangen nach Heroin war nun mal größer.

Manchmal hätte sie sich gewünscht einfach nur wie Willy alkoholabhängig zu sein. Es war nun mal wesentlich einfacher an Alkohol als an Heroin zu kommen und es war vor allem billiger.

Obwohl es auch Frauen gab, die für Schnaps bereit waren alles zu tun.

Dragan ließ ihr den Vortritt. Sie bückte sich und umklammerte mit den Armen die Wasserspülung. Wenigstens musste sie ihm nicht ins Gesicht sehen. Dragan schmiss ihren Mantel über ihren Rücken, zog ihre Hose runter und begann sich die Bezahlung für sein Heroin zu holen.

Caroline starrte auf das Wasser in dem dreckigen Plastikbehälter und dachte an ihren Traummann Alex. Wie sie gemeinsam mit einem Kinderwagen und einem Hund im Park spazieren gingen. Sie hatten sich in einer Bäckerei hartes Brot geholt um dann damit die Enten im Park zu füttern. Immer noch in Gedanken an Alex erkannte sie etwas in dem Wasserkasten. Etwas Metallisches. Eine Waffe. Es war dieselbe Waffe mit der Dragan schön öfter rumgespielt hatte und angab. Sie war sich nicht ganz sicher ob es sich um eine echte handelte oder eher um eine Softair Knarre. So ein Teil mit der Kinder schon öfter auf Bettler und Landstreicher mit kleinen Plastikkugeln geschossen hatten. Das Ding weckte ihr Interesse.

Einmal hatte sich Dragan die Knarre in den Hosenbund gesteckt und lief damit im Zimmer auf und ab. Mark und sie hatten gewettet ob sich die Waffe wohl von selber löste und er sich dann selber seine Eier weggeballert hätte. Schließlich kam Dragan zum Schuss.

Anders als Serkan bei Anna, schaffte er es gerade noch rechtzeitig sein Glied aus ihr rauszuziehen. Seine Soße landete auf ihrem Rücken und Teilen ihres Mantels. Immer noch besser als das was Anna erwischte.

Das Ganze dauerte gerade mal 5 Minuten, aber Caroline kam es wie eine Ewigkeit vor. Crystal weckte zwar bei den Konsumenten das sexuelle Verlangen, senkte aber gleichzeitig die Potenz. Caroline erklärte Dragan, dass sie sich noch schnell ein bisschen sauber machen wollte. Er sollte doch schon mal, wie versprochen, den Stoff abwiegen und einpacken. Der Trottel schien gar nicht bemerkt zu haben, dass sie die Pistole in dem Spülkasten der Toilette entdeckt hatte. Ohne auch nur ein Wort der Widerrede und mit einem sehr zufriedenen Blick verschwand Dragan. Caroline riss sich ein paar Blätter von der Zewarolle und wischte alles ab, so gut es ging. Dragans Sperma vom Rücken und ihrem Mantel.

Sie starrte noch eine Weile auf die Knarre, langte aber dann doch in den Wasserkasten und holte sie heraus. Sie war in einer Folie eingerollt. Wahrscheinlich, damit sie nicht nass und somit unbrauchbar wurde.

Ohne groß nachzudenken und zu wissen was sie überhaupt mit der Waffe anfangen sollte steckte sie ihn in ihre Manteltasche. Die Folie schmiss sie zurück in den Wasserkasten.

Als Caroline wieder ins Wohnzimmer kam hatte Dragan, wie versprochen, das Heroin abgewogen und verpackt. Mark gab ihm die 120.- Euro und die Drei verschwanden. Früher oder später würde Dragan feststellen, dass seine Knarre geklaut worden war. Mit etwas Pech würde er auch ganz schnell auf sie und Anna kommen. Obwohl, bei genauerer Betrachtung hätte es auch jeder andere verdammte Junkie sein können, der bei ihm Drogen kaufte. Aber am wahrscheinlichsten würde er auf Serkan schließen. Doch das und auch was sie mit der Pistole anfangen wollten war erst einmal nebensächlich. Sich endlich den ersten Schuss des Tages zu geben hatte jetzt Priorität.

Auf dem Spielplatz hatte es sich Willy auf einer Bank bequem gemacht. Er hatte eine leere Wodkaflasche in seiner Hand und machte gerade ein Nickerchen, als Caroline ihn mit einer Ohrfeige zurück in die Realität holte.

„ Los, steh auf Willy. Wir müssen weiter!"

„ Ja, ja. Schnauz mich nicht so an, verdammte Scheiße!" Mit entsetztem Blick musste er feststellen, dass die Wodkaflasche in seiner Hand schon leer war. Zusammen mit Anna und Mark fuhren sie mit der U-Bahn in Richtung Tiergarten. Dass sie dabei ohne gültiges Ticket unterwegs waren verstand sich von selbst. Reine Geldverschwendung. Das letzte Stück gingen sie zu Fuß ohne dabei viel zu reden. Willy hatte außerdem das Glück zwei leere Becksflaschen und eine leere Redbull Dose gefunden zu haben. Das waren immerhin 41 Cent näher zu seiner nächsten Wodkaflasche.

Hinter einer Statue saßen schon ein paar Junkies und Punker. Aus einem Walkman konnte man das Gedröhne einer Deutschen Punkband hören „Ich bin Punker! Ich bin frei!...".

Alle begrüßten sich mit einem Kopfnicken. Hier stellte man keine Fragen. Mark nahm seinen Rucksack ab und holte, neben einem Gaskocher, das Besteck zum Heroin kochen heraus. Ganz Gentlemen like ließ er Anna und Caroline den Vortritt. Er selber verschwand hinter den Büschen um sein Zeug ein bisschen zu strecken, damit er wenigstens etwas Kohle machen konnte.

Währenddessen band sich Caroline ihren Arm ab und machte dabei ihre Finger immer wieder auf und zu.

Schließlich versuchte sie die Spitze der Nadel an eine brauchbare Stelle ihrer Venen zu setzen. Die blaue Vene erinnerte sie dabei an die Flüsse Amazonas und Nil, wie sie sich dick und blau auf der Landkarte herumschlängelten. Das war eine der wenigen Erinnerungen, die sie an ihre Schulzeit besaß. Sie verfehlte die Vene und stach sich durch ihre dünne Haut ins Fleisch.

Verdammt. Ihre Augen füllten sich mit Tränen und ihre Hände begannen zu zittern. Die Sucht fraß sie innerlich auf. Sie musste sich jetzt unter Kontrolle halten und den langen blauen Fluss Nil treffen, dem die alten Ägypter ihr Leben und ihren Reichtum zu verdanken hatten. Sie hätte auch einen der anderen anwesenden Druffis bitten können ihr den Schuss zu setzten. Doch die Angst und die Gefahr, dass er sich mit der Spritze sofort einfach aus dem Staub gemacht hätte waren einfach zu groß.

Endlich! Nach dem fünften Versuch und nachdem sie sich das Blut weggewischt hatte durchströmte sie endlich das Gefühl der Glückseligkeit. Es fühlte sich an wie hunderte Orgasmen, die sie hintereinander durchströmten und ihren ganzen Körper zum zittern brachten.

Als sie wieder aufgewacht war stellte sie fest, dass Mark, Anna und auch die anderen bereits verschwunden waren. Nur Willy und ein Punker waren geblieben.

Willy saß mit einer Schnapsflasche neben ihr, während der Punker noch immer seine Musik im Walkman hörte.

Caroline war es sehr kalt und es konnte durchaus sehr gefährlich werden bei dieser Kälte neben der Spur zu stehen. Es passierte schon mal, dass ein Junkie oder Alki auf der Straße erfror während er seinen göttlichen Rausch genoss.

„Eine Stunde warst du komplett weggetreten“ ,maulte Willy sie an ohne sie dabei auch nur eines Blickes gewürdigt zu haben. Denn der Anblick seiner fast vollen Doppelkornflasche war viel verlockender.

„Was? Eine Stunde? Komm Willy! Wir müssen uns beeilen“, lallte Caroline.

„Nein, Kindchen. Ich bleib hier und genieße die Aussicht. Du findest mich hier im Park wieder. Ich bleibe hier.“

„Ach, komm schon. Komm schon mit“, versuchte Caroline ihren Kumpel zu überzeugen.

„Nein, ich habe jetzt überhaupt keine Lust. Hau schon endlich ab!“

Willy konnte verdamm stur sein und da machte es auch keinen Sinn ihn überreden zu wollen. Caroline hatte sowieso keine Zeit für große Diskusionen mit ihm. Sie nahm seine Schnapsflasche und nahm einen kräftigen Schluck um sich gegen die beißende Kälte zu wappnen.

Auf dem Weg zur U-Bahn sah sie zwei ältere Männer auf einer Bank sitzen. Sie unterhielten sich und tranken dabei billiges Aftershave. Schnaps schien bei ihnen die erwünschte Wirkung nicht mehr hervorzurufen, zumindest nicht preisgünstig. Da fiel ihr ein, dass sie noch Dragans Pistole und etwas Heroin in ihrer Manteltasche hatte.

Sie ging hinter einen Busch und steckte sich das Päckchen mit dem braunen Pulver in den Hintern. Sicher ist sicher. Aber da war ja noch etwas. Scheiße. Die Knarre. Wo sollte sie die verstecken? So was schob man sich nicht mal eben in den Arsch. Im Gefängnis hätte sie bestimmt ein angenehmeres Leben gehabt. Nachteil, dort gab es keine Freiheit und keine Drogen. Also war das keine Alternative. Sie schnürte ihren Mantel noch enger und rannte Richtung U-Bahn. Auf der Anzeige am Gleis stand 13:37 Uhr. Das hieß, sie hatte noch genau dreiundzwanzig Minuten.

Sie lief in Richtung eines größeren Bürogebäudes und dachte darüber nach ob sie Willy von der Knarre erzählen sollte. An der großen Hauptstraße musste sie Halt machen. Eine Straßenbahn und eine Traube von Autos flossen wie ein Ameisenstrom an ihr vorbei. Die Menschenmassen um sie herum erinnerten sie an einen Schwarm fleißiger Arbeitsbienen und ganze Horden von Arbeiterkolonien. Sie nahm jedes einzelne Geräusch um sie rum wahr.

Zwei Autofahrer, die ihr Warnblinklicht eingeschaltet hatten und am Straßenrand standen, beschimpften sich auf einer osteuropäischen Sprache.

Ein Anderer brüllte, auf einer weiteren für sie unverständlichen Sprache, irgendetwas in den Telefonhörer einer Telefonzelle.

Ein alter Mann saß auf einem kleinen Holzstuhl und spielte, der Kälte zum Trotz, auf seiner Violine.

Mehrere Menschen sprachen mit dem Handy am Ohr auf den unterschiedlichsten Mundarten und Sprachen.

Touristen marschierten im Entenmarsch in Richtung Tiergarten, Autofahrer hupten, junge Schüler stiegen aus der Straßenbahn und diskutierten über Fußball und das schönste Mädchen in ihrer Klasse.

Tauben gurrten und eilten von Brotkrümel zu Brotkrümel.

Im Hintergrund konnte sie gleich mehrere Einsatzfahrzeuge hören und über der Stadt brummte der Propeller eines Hubschraubers. Berlin lebte. Sie bebte und atmete die alte verlorene Preußische Schönheit, gezeichnet von Narben der Jahrhunderte. Doch ihre Augen waren stets jung geblieben und hellwach. Wie die inneren Werte eines schäbigen Fräuleins, verbarg sich unter dem Beton und Asphalt ihre vergessene Schönheit. „Berlin, du bist so wunderbar, Berlin", erinnerte sich Caroline an eine alte Bierwerbung. Ganz ohne Zweifel, nur ihre Zeit schien still zu stehen.

Das Heroin und der kräftige Schluck aus Willys Schnapsflasche hatten ihren Verstand völlig unter Kontrolle. Ohne weiter nachgedacht zu haben und auf den fließenden Verkehr geachtet zu haben rannte sie los. Ein Taxifahrer hupte sie wie verrückt an. Er hatte sie fast mit dem Kühlergrill seines Mercedes erwischt und sie bemerkte es nicht einmal. Sie rannte einfach weiter die Straße entlang. An den Menschenmassen vorbei. Dabei lief sie fast in einen Imbisswagen, in dem ein Mann stand und seine Currywürste, wie den Barmherzigen und Allmächtigen höchst persönlich preiste.

Schließlich erwischte sie einen Radfahrer der Deutschen Post, der gleich darauf umfiel und laut fluchte. Hätte ein Bettler, der auf einer Decke in unmittelbarer Nähe saß, nicht seinen Plastikbecher in der Hand gehalten wäre der Radfahrer darauf gefallen. Doch den Bettler interessierte der Unfall genauso wenig wie es Caroline tat.

Die Uhr an einer Boutique zeigte 13:58 an. Puh! Erleichterung. Sie hatte es noch geschafft. Alex würde in zwei Minuten raus kommen. Das Gebäude der Bank, in der Alex arbeitete befand sich auf der anderen Straßenseite.

14:00! Alex kam mit Arnold, seinem Chef pünktlich zur Mittagspause raus. Dass sein Chef Arnold hieß wusste sie, weil sie die Beiden schon mal in einer Bäckerei belauscht hatte. Diesmal jedoch entschieden sie sich für einen vietnamesischen Imbiss. Mist! Dort würde es ihr wesentlich schwerer fallen Alex zu beobachten und zu belauschen. Sie hatte Angst, dass er sie erkennen könnte.

Aber konnte er sich überhaupt noch an sie erinnern? Wenn sie ehrlich zu sich selber war, dann hatte sie mehr Angst davor, dass er sie nicht erkennen würde. Sie traute sich auch nicht das genauer raus zu finden. Also blieb sie vor der Tür stehen und beobachtete ihn von darausen. Dabei kam ihr die Stunde vor wie eine Sekunde.

Sie konnte von diesem Mann einfach nicht genug kriegen. Pünktlich um 15:00 waren die beiden Männer wieder im Gebäude der Bank verschwunden. Sie blieb stehen und starrte auf die Eingangstür. Die Welt schien sich um sie zu drehen, als sie mit ihrer kalten Hand über ihren verdreckten Mantel strich.

Ihre zu erfrieren drohenden Finger spürten durch den Stoff ihres Mantels den noch kälteren Stahl der Pistole, die sie aus Dragans Wohnung gestohlen hatte. Noch zwei Stunden, dann würde Alex, pünktlich wie immer um 17:00 Uhr, Feierabend machen und nach Hause zu seiner Frau fahren. Zu seiner Frau, dieser Schlampe und zu seinen beiden Kindern, die ihn als Vater gar nicht verdient hatten.

Caroline eilte zum Park zurück. Sie brauchte jetzt dringend einen Schuss sonst würde sie, so war ihr Glaube, ihre eigenen Emotionen nicht überleben.

Willy hingegen war wohl mal wieder auf einem seiner Beutezüge unterwegs. So erzählten es ihr jedenfalls ein paar Junkies, die sich dort nun rumtrieben.

Unweit eines Mülleimers entfachten zwei Stadtstreicher eine Schlägerei. Es ging dabei nur um ein paar Pfandflaschen. Die zwei Streithähne hatten Glück das Willy jetzt nicht hier war, dachte sich Caroline. Zu ihrem Glück hatten ein paar Junkies Besteck zum Kochen.

Als sie wieder einigermaßen zu sich kam saß sie mit ihnen und Willy, der mittlerweile wieder zurück war, im Pavillon des Parks. Wie so oft in den letzten Tagen regnete es wieder wie aus Eimern. Wahrscheinlich hatte Willy sie deshalb in den Pavillon getragen. Das Erste, was ihr durch den dröhnenden Kopf schoss, war abermals die Uhrzeit.

„Wie viel Uhr haben wir?", fragte sie aufgeregt die Anderen, die darauf nur mit den Schultern zuckten. Sie sprang auf und rannte wieder los. Willy brauchte sie nichts zu erklären. Er wusste es sowieso und wirklich interessieren tat es ihn auch nicht. An der Anzeigetafel der U-Bahn stand 18:37 Uhr.

„Verdammte Scheiße." schrie sie. Sie hatte tatsächlich den ganzen Nachmittag verschlafen. Alex hatte bestimmt schon Feierabend und war bei seiner, ach so tollen Familie. Sie hatte ihn verpasst. Immer noch müde und vom Heroin benebelt strich sie wieder einmal über den Schaft der Pistole. Sie lief runter zur U-Bahn, natürlich ohne ein Ticket zu lösen, um schneller zur Bushaltestelle zu gelangen, von wo aus sie zu Alex nach Berlin Steglitz fahren konnte.

Es war bereits dunkel als sie aus der U-Bahn nach oben ging und es wurde auch immer kälter. Sie konnte sogar ein paar Schneeflocken erkennen. Das Schicksal meinte es gut mit ihr, denn ihr Bus stand schon da. Sie stieg ein und suchte sich einen Platz. Sie hoffte nicht erwischt zu werden, denn das Schwarzfahren mit dem Bus war bei Weitem nicht so einfach wie mit der U-Bahn. Aber bis jetzt lief alles gut. Der Bus war gut gefüllt und so fiel sie nicht weiter auf und der Busfahrer schien mit etwas anderes beschäftigt zu sein.

Ein Glückstag. Dieser Bus würde sie dem Mann ihrer Träume näher bringen. Während der Route blieb der Bus mehrmals stehen und immer mehr Fahrgäste stiegen aus. Das es wohl doch nicht ihr Glückstag werden sollte stellte sie fest, als ein Mann in Zivil zustieg und anfing die Fahrkarten zu kontrollieren. Es waren nur noch zehn Gäste anwesend und alle schienen glückliche Besitzer eines gültigen Tickets zu sein. Infolge dessen lief die Kontrolle recht schnell über die Bühne. Mist. Caroline saß zwar ganz hinten im Bus, aber früher oder später würde der Kontrolleur auch zu ihr kommen.

Das Heroin war zwar fast verbraucht, aber die Pistole steckte noch in ihrem Mantel. Er würde sie bestimmt mitnehmen, die Pistole finden und dann müsste sie ins Gefängnis. In ihrem Kopf drehte sich alles und sie suchte verzweifelt nach einer Ausrede, die sie dem Typen nachher hinschmeißen konnte. Sie musste feststellen, dass ihr Kopf viel zu benebelt war um einen klaren Gedanken fassen zu können.

Als der Kontrolleur vor ihr stand begrüßte er sie mit einem dezenten aber freundlichen „Guten Abend, ihren Fahrschein, bitte!“

Caroline blickte zu ihm hoch. Der Mann trug eine Brille mit dicken Gläsern, die seine Augen wesentlich größer aussehen ließen als sie es in Wirklichkeit waren. Er musste so Ende 40 sein und mit seiner Norway Jacke sah er aus wie ein typischer Vorstadtspießer.

„Ich habe keinen“, sagte sie kurz und knapp. Sie schaute verlegen zum Boden. Die anderen Gäste bekamen zum Glück nichts von diesem Gespräch mit.

„Okay, dann muss ich sie um ihren Ausweis bitten und mir ihre Anschrift notieren. Das wird sie 40 Euro Strafe kosten und es wäre besser, wenn sie in Zukunft ein Ticket hätten.“ Der Kontrolleur setzte sich ihr gegenüber auf einen freien Platz.

Er kramte aus einer Mappe einen Kugelschreiber raus, damit er dann alle nötigen Daten aufschreiben konnte.

Caroline sah ihn eine Sekunde lang in die Augen. Ihre Möglichkeiten waren sehr begrenzt. Heute würde sie es nicht mehr zu Alex schaffen und vielleicht würde sie gar nicht mehr zu Alex kommen. Nämlich dann, wenn der Typ die Pistole bei ihr finden würde. Ihr neues Zuhause wäre dann das Gefängnis.

Nach kurzem Überlegen nutzte sie die einzige Chance die sie sah und öffnete ihren Mantel. Noch einmal spürte sie den Lauf der Pistole. Sie machte den Reißverschluss ihrer Strickjacke auf und präsentierte dem Kontrolleur ihre Brüste. Die Augen des Kontrolleurs schienen daraufhin noch größer zu sein als sie es eh schon waren. Im Bus war es zwar warm, aber Caroline fror irgendwie immer und deshalb waren ihre Brustwarzen ziemlich steif. Sie wäre jede Wette eingegangen, dass der Typ schon einen Steifen bekommen hatte. Männer waren doch so leicht zu durchschauen.

Er blickte mit leicht verstörtem Blick zu den anderen Gästen, um sicher zu gehen das die nichts mitbekommen hatten. Er steckte seinen Kugelschreiber wieder zurück in die Mappe, machte sie zu und legte sie auf den Platz neben sich. Dann setzte er sich neben Caroline. Caroline, die ihre Brüste wieder eingepackt hatte war sich sicher, dass ihre Taktik aufgehen würde. Aber sie war sich nicht wirklich bewusst was jetzt passieren würde.

Für einen Fick auf der Straße verlangte sie in der Regel nen Zehner. Hier ging es aber immerhin um schlappe 40 Euro und bei genauerer Betrachtung auch um die Tatsache nicht in den Knast zu kommen.

„Okay, über all das, was jetzt passiert hältst du besser den Mund!“ wisperte der Typ ihr ins Ohr. Was hatte sie für eine Wahl.

Er legte seine faltigen, behaarten Hände auf ihr Bein und fing an sie ganz vorsichtig zu streicheln. Ohne sie eines Blickes zu würdigen machte er mit der anderen Hand seinen Hosenstall auf. Caroline hatte Recht behalten. Ihre Taktik ging auf. Sein Glied war nicht besonders groß, musste sie feststellen. Aber was so what . Er ließ Caroline erkennen was sie nun machen sollte. Man sah ihm an wie er geil wurde und krampfhaft versuchte keine Geräusche von sich zu geben.

Am liebsten wäre ihm wahrscheinlich gewesen, wenn sie ihm einen geblasen hätte. Doch das hätte dann doch zu viel Aufmerksamkeit erregt.

An der nächsten Haltestelle und nur drei Stationen von Carolines Ziel entfernt forderte er sie auf, ihm nach draußen zu folgen. Der Kontrolleur machte seinen Hosenstall zu und eilte mit einem notgeilen Blick und Caroline im Schlepptau aus dem Bus in die Abenddämmerung. Mit der Besorgnis immer noch strafrechtlich verfolgt zu werden und dem Gedanken, was der Mann wohl jetzt mit ihr anstellen würde, folgte sie ihm kommentarlos.

Sie war davon überzeugt, dass sie mit ihm hinter einen Busch gehen musste um ihm dann endlich die Befriedigung zu verschaffen, die er haben wollte. Stattdessen packte er sie kräftig am Arm und zog sie hinter sich die Straße entlang. Irgendetwas stimmte hier nicht. Ein Hauch von Unbehagen machte sich in ihrem Bauch breit, doch das Heroin hatte nach wie vor die Überhand in ihrem Gedankenwirrwarr.

„Wo gehen wir hin? Wo ziehen sie mich hin?“, fragte sie den Mann etwas ängstlich.

„So, meine Liebe. Wir zeigen dir jetzt was wir hier mit Gesetzesbrechern machen.“ Der Typ konnte sich ein teuflisches Grinsen nicht verkneifen.

„Moment, was heißt hier wir?“ „ Verdammt, hoffentlich fand keiner ihre Waffe“, dachte sie sich. Die Schneeflocken wurden dichter und der Wind immer stärker, so dass die Schneeflocken kreuz und quer durch die Luft wirbelten. „Wo bringen sie mich denn jetzt hin?“„ wollte sie nun endlich wissen.

„Das wirst du gleich sehen, Zuckerpuppe.“ Sein Grinsen war nach wie vor teuflisch, pervers und ein Hauch von Wahnsinn war hinter seinen dicken Brillengläsern zu erkennen. Nein, das konnte doch wohl nicht wahr sein. Der Widerling schleppte sie geradewegs zu einer Polizeistation.

„Hallo, warum bringen sie mich zur Polizei?“ Caroline wurde angst und bange.

„Ich dachte wir klären das unter uns?“ Doch sie bekam keine Antwort.

„Jetzt kommen sie schon. Ich mache alles was sie wollen. Nur bitte keine Polizei!“

„Jetzt beruhige dich, Schätzchen. Dir wird nix passieren. Du musst nur brav sein, deinen Mund halten und es niemanden weitersagen.“

„Ich werde niemanden etwas erzählen, versprochen. Nur bitte keine Polizei.“ Der Kontrolleur bemerkte, dass sie eine obdachlose Stadtstreicherin war. Deshalb war er sich sicher, dass sein Vorhaben funktionieren würde.

Die Polizeistation war ein kleines, weißes Gebäude. Nur zwei Dienstwagen konnte sie auf dem Hinterhof erkennen. Es war dem Augenschein nach nur eine kleine Dienststelle am Rande von Berlin Steglitz.

„So, jetzt sei ein braves Mädchen und halt die Klappe", raunte der Typ. Caroline gab ihm ein ängstliches Nicken, als Zeichen der Zustimmung. Der Mann drückte auf den Klingelknopf neben der Eingangstür.

„Ja, guten Abend. Hier ist Dieter. Sind Klaus und Peter denn noch da? " Irgendein gelangweilter Beamter antwortete und Alfred erwiderte: „Ah, danke. Du kannst ihnen sagen, dass ich hier draußen auf sie warte."

Der Typ musste gute Beziehungen zu den Polizisten hier haben. Caroline wollte etwas sagen. Aber im gleichen Moment merkte sie wie dieser Dieter seinen Griff in ihrem Arm verstärkte und sie in seiner freundlichen Art darauf hinwies, dass sie jetzt besser die Klappe halten sollte.

Was würde jetzt nur mit ihr geschehen? Sie verspürte eine gewisse Angst.

„Hätte ich bloß diese verfickte Knarre aus Dragans Scheißhaus nicht geklaut…", plagte sie sich selber innerlich mit Vorwürfen.

Klaus und Peter kamen in ihrer vollen Polizeimontur raus. Ihrer gut gelaunten Mine konnte man entnehmen, dass sie wohl seit kurzem ihren Feierabend genossen. Auch sie hatten die vierzig wohl schon passiert.

„ Dieter, grüß dich. Was ist denn hier los?", wollte Einer der beiden wissen.

„Abend Jungs, ihr werdet es nicht glauben. Ich erkläre es euch gleich."

„ Bleib hier und denke erst gar nicht daran wegzulaufen!" , herrschte er Caroline an.

„ Was soll das Dieter? Wer ist diese Frau?" fragte der andere Polizist ungeduldig.

„ Ja, jetzt hört mal zu", wollte Dieter die Situation klären.

Alfred umarmte die Beiden und sie gingen ein paar Schritte von der Polizeistation weg. Somit auch ein Stück von Caroline. Aber sie hatte zu viel Angst jetzt etwas Unüberlegtes zu tun. Im Flüsterton schien er ihnen zu erklären was das Ganze auf sich hatte. Durch das Pfeifen des Windes konnte sie jedoch kein Wort verstehen. Caroline schlang ihre Arme um den Mantel um sich ein bisschen aufzuwärmen.

Da war sie wieder, die Pistole. Sie konnte sie wieder spüren und irgendwie überkam sie kurz ein Gefühl der Macht. Sie schaute zu den drei Männern, beobachtete ihr hitziges Gespräch und war kurz davor, die Pistole rauszuholen und alle drei abzuknallen. Das Einzige, was sie davon abhielt war die Kenntnis, dass das ganze Gelände videoüberwacht wurde. Und dann war da noch die Sache, dass sie eigentlich gar nicht mit einer Waffe umgehen konnte. Schließlich verwarf sie diesen Gedanken wieder.

Die Idee wegzulaufen war auch kein allzu guter Plan, denn die Männer würden sie bestimmt wieder einholen. Die beiden Polizisten mussten schließlich darin geübt sein, Verbrecher zu verfolgen. Alle drei wanden sich plötzlich um und starrten sie gleichzeitig an. Die Polizisten hatten jetzt auch dieses Grinsen im Gesicht. Genau wie Dieter. Ein Grinsen, das Caroline überhaupt nicht gefiel. Sie kamen auf sie zu und einer der beiden Beamten sprach sie an.

„So, wie heißt du denn?“ „Ich, ich heiße Caroline.“

Der Polizist nickte, holte sich eine Marlboro aus seiner Brusttasche raus und bemerkte mit der Zigarette im Mundwinkel:

„Caroline, ein schöner Name.“

Der Polizist, der einfach aussah wie jemand, der Peter heißen musste und wahrscheinlich auch so hieß, sprach weiter.

„Also, Caroline. Ich habe gehört du warst ein unartiges Mädchen.“ Sein Grinsen wurde breiter.

„Ja, es tut mir leid. Ich werde nie wieder Schwarzfahren. Das verspreche ich hiermit hoch und heilig!“

Im selben Atemzug wusste sie, dass es wohl ziemlich dämlich rüberkommen musste, was sie da von sich gab. Die drei Männer konnten sich ein Lachen nicht verkneifen.

„Also, ich hole jetzt den Wagen“, sprach Peter.

Er ging zum Parkplatz während der andere mit Dieter noch ein bisschen Smalltalk führte. Keiner der Anwesenden musste etwas erklären. Es war ihnen klar um was es jetzt ging. Der Streifenwagen fuhr vor und sie stiegen ein.

„Keine Sorge, Schätzchen. Es ist nicht weit.“ Als ob das eine Rolle spielen würde. Wenn es nach Caroline gegangen wäre, hätten sie auch bis in die Mongolei fahren können. Es war und blieb eine beschissene Situation.

Während ihrer Fahrt schmiss der Beifahrer einfach einen Cafe-to-go Becher aus dem Fenster. Das war der Moment indem Caroline klar wurde, dass die Tage, in denen die Polizei für Recht und Ordnung stand wohl schon gezählt waren.

Nach geschätzten zehn Minuten waren sie am Ziel angekommen, denn der Streifenwagen hielt an. Egal was jetzt auch passieren würde, Caroline hoffte inständig, dass sie die Pistole nicht finden würden. Sie war erleichtert nicht mehr mit Dieter auf der Rücksitzbank zu sitzen.

„Am besten vergisst du dann auch ganz schnell wo ich wohne", holte sie der Polizist aus ihren Gedanken und zwinkerte ihr zu. Die Gegend hier bestand aus Reihen- und Zweifamilienhäusern. Bis auf den Schnee schienen die Straßen wie leergefegt. Sehr sauber und ordentlich. Untypisch für eine Stadt wie Berlin.

Das Haus des Polizisten war sehr unauffällig und wirkte von außen sehr gepflegt. Beim Betreten des Inneren wurde man jedoch vom Gegenteil der äußeren Ordnung überrascht. Es sah aus wie in einer typischen Junggesellenbude. Das reinste Chaos. Der Kerl musste wohl tief drin in einer Midlifecrisis stecken. Die Männer zogen ihre Jacken und Schuhe aus und gingen ins Wohnzimmer. Auch hier herrschte der Geist der Jugend. Überall lagen Klamotten im großen Bogen verteilt. Auf dem kleinen Tisch vor der Couch lag dreckiges Geschirr gestapelt, Gläser und ein paar leere Bierflaschen. Nicht zu vergessen der überquellende Aschenbecher. In der ihr bekannten Junkeebuden sah es auch nicht anders aus.

Ganz nobel dagegen war der Plasmafernseher, der gegenüber der Couch an der Wand hing und wie ein Heiligtum über allem trohnte. So wie es aussah, war das auch der einzige Gegenstand in diesem Zimmer, der eine regelmäßige Reinigung genießen durfte.

Der Gastgeber bat seine Gäste sich zu setzten und schaltete den Fernseher an bevor er in der Küche verschwand. Im TV liefen gerade die Nachrichten. Unter anderem mit den Ergebnissen der Bundesligaspiele vom Wochenende. Kurz darauf kam Klaus wieder aus seiner Küche. In der einen Hand ein Sixpack Becks und in der anderen eine Flasche Wodka Gorbatschow. Die drei Männer unterhielten sich ohne dabei auf Caroline zu achten.

Schließlich machte sich jeder eine Flasche Becks auf und Caroline bekam einen Wodka, der ihr in einem dreckigen Glas angeboten wurde, zu dem sie schwerlich nein sagen konnte. Wo bin ich hier nur gelandet.

„It`s Partytime, Bitch", grinsten ihre Gastgeber.

Die Männer stießen fröhlich an und Caroline musste sich zwingen den Wodka pur zu trinken. Das war einfach nicht ihr Ding.

Nachdem die Männer ihre zweite Flasche Bier geleert hatten, tranken auch sie Wodka.

Die beiden Polizisten warteten nicht mehr lange und begannen Caroline zu begrabschen. Klaus schaltete am Fernseher auf einen deutschen Musikkanal. Im Takt der Musik, (es lief ein Song von Andrea Berg und war Caroline bis zu diesem Zeitpunkt völlig unbekannt,) fingen die Männer an sie auszuziehen.

Der Fahrscheinkontrolleur zog kräftig an einem Joint und schaute dem Treiben lüsternd zu.

Caroline war froh, dass sie die Waffe in ihrem Mantel nicht bemerkt hatten und ließ alles über sich ergehen. Der Eine postierte sich vor ihr und der Andere hinter ihr. Der Vordere zog ihr seine Polizeimütze auf den Kopf und rammte ihr mit Gewalt sein Glied in den Mund. Der Hintere hatte sich auch seine Polizeimütze aufgesetzt und noch seine Polizeilederjacke angezogen.

Caroline versuchte sich auf das Lied von Wolfgang Petry zu konzentrieren das Andrea Berg abgelöst hatte, während sich die beiden an ihr austobten.

Groteskerweise johlte einer der beiden das Lied mit: „Waaahnsinn, warum schickst du mich in die Höööl-le, Hölle, Hölle!“ Carolines Vordermann trank dabei immer wieder mal einen kräftigen Schluck Wodka.

Der Fahrscheinkontrolleur schien die ganze Zeit an sich selber rumzuspielen, während er das Geschehen gierig beobachtete. Die beiden Polizisten kamen sich wie die größten Pornostars vor. Einer der beiden rief:

„Na, wer ist der Sheriff in der Stadt, du Fotze!?“ .Überraschend steckte ihr Hintermann ihr einen Finger in den Anus und entdeckte dabei etwas, was sie selbst schon völlig vergessen hatte.

Ihr Vordermann bekam seinen Orgasmus und verteilte seine schmierige Masse in ihrem Mund wo-rauf sie heftig zu husten anfing. Sie musste sich übergeben und kotze dabei alles auf den Penis ihres Peinigers.

„Du verdammte Schlampe. Was fällt dir ein?“, brüllte er sie an, gefolgt von einer Ohrfeige. Der Hintere holte derweil das Tütchen aus ihrem Hintern.

„Nanu, was haben wir denn da?“, grinste er.

„Eiskalt, lässt du meine Seele erfrieren“, sang Wolfgang Petry im Fernseher derweil weiter. Auch der Fahrscheinkontrolleur schien soweit zu sein. Er stand auf, rannte zu Caroline und spritzte seinen Samen auf ihr ab.

Nur ihr Hintermann war noch nicht soweit. Das schien auch nicht das Wichtigste für ihn zu sein. Da gab es ja noch das Tütchen und das zog sein Interesse wesentlich mehr auf ihn. Er setzte sich hinter sie und machte es auf.

„Na, was haben wir denn hier? Da haben wir ja ein ganz, ganz böses Mädchen erwischt!"

„Heroin, das ist Heroin!", stellte er fachmännisch fest. Er hielt das Tütchen offen zu seinen Kumpels hin.

„Dann ist sie uns ja eine Extrarunde schuldig", grölten die anderen.

Die Drei grinsten sie mit angetrunkenen und lüsternen Blicken an.

„Ja, ja. Aber erst morgen", sagte der eine Polizist.

„Es ist schon spät und wir müssen morgen arbeiten und vorher wieder zu uns kommen. Die kleine Schlampe darf jetzt erst mal die ganze Scheiße hier sauber machen, bevor ich sie in den Keller sperre."

Wolfgang Petry bedankte sich beim Publikum für die tolle Show und jetzt kam auch noch Nena mit 99 Luftballons. Caroline zerriss es innerlich. Die drei Männer zogen sich wieder an und Klaus, der Carolines Heroin gefunden hatte, verabschiedete seine beiden Freunde an der Tür. Caroline saß, in ihrem Mantel eingewickelt auf dem Sofa und starrte, ohne dabei einen bestimmten Punkt zu zentrieren, in die Leere des verwüsteten Wohnzimmers.

„Was ist denn? Schau halt nicht so. Es war doch eine nette Party", warf ihr Klaus mit einem Augenzwinkern entgegen.

„Ach komm schon. So schlimm war es doch gar nicht. Wir waren ja wohl echt nett zu dir, oder?"

Klaus fing an die Gläser und Flaschen aufzusammeln und ging dann in die Küche. Währenddessen trällerte Nena ihren Song von 99 Luftballons auf ihrem Weg zum Horizont.

Als Klaus zurück ins Wohnzimmer kam blieb er abrupt auf der Türschwelle stehen. Es schien so, als ob seine Augen aus dem Schädel quellen würden. Caroline stand neben dem Sofa und zielte mit einer Pistole auf ihn.

„W...,w…, wo hast du die um Himmels willen her? Gib sie mir sofort, bevor etwas Dummes passiert!"

Vom Alkohol stark benebelt ging Klaus nun langsam auf sie zu, den rechten Arm ausgestreckt. Mit der Hand machte er Bewegungen, die Caroline wohl auffordern sollten ihm die Pistole auszuhändigen.

„Wir können doch über alles reden. Mach jetzt bitte nichts Falsches!"

Ein lauter Knall erfüllte den Raum. Caroline flog nach hinten über den Wohnzimmertisch. Sie hatte ein Gefühl in ihrem Arm als ob er ausgekugelt worden wäre. Nie hätte sie gedacht, dass ein Rückstoß so viel Kraft haben könnte. Klaus fiel wie ein Baum um. Aus seiner Brust quoll Blut. Caroline rappelte sich auf, das ganze Zimmer schien sich um sie zu drehen. Ihr wurde schwindlig und in ihren Ohren tönte ein monotoner Piep-Ton. Es dauerte eine Weile bis sie sich zusammengerissen hatte. Sie zog provisorisch ihren Mantel an und stürmte durch die Haustür direkt auf die Straße. Sie fiel auf die Knie, die sie sich dabei aufschürfte. Doch sie spürte es nicht. Genauso wenig wie sie bemerkte, dass sie außer ihren alten, zerfledderten Stiefeln und Mantel nichts anhatte.

Selbst die Kälte konnte ihr in ihrem momentanen Zustand nichts anhaben. Der Schnee rieselte langsam vom Himmel, fiel auf die Straße und auf Carolines Schultern. Die braven, typisch deutschen Häuserfassaden und die Straßenlaternen, die die Umgebung in ein angenehmes Licht tauchten, ließen in Caroline das Gefühl aufkommen sich in einer Glaskugel zu befinden, die gerade kräftig durchgeschüttelt wurde.

Abermals fiel sie auf die Knie. Sie musste kotzen. Sie mobilisierte trotzdem ihr stark benebeltes Gehirn und fing an zu laufen. Das Laufen war zwar mehr ein vor sich hin torkeln, aber immerhin hatte sie jetzt wieder ein Ziel vor Augen. Alex, sie musste zu ihm. Zum Mann ihrer Träume. Eigentlich kannte sie den Weg zu ihm gar nicht mehr so genau.

Doch genau wie das Brieftaubenweibchen, das immer wieder zu ihrem Männchen zurück in den Käfig findet, fand sie die Bushaltestelle, an der sie noch vor ein paar Stunden mit dem Kontrolleur ausgestiegen war. Genauso wie sie wusste, dass es nur noch drei Stationen waren, bis sie endlich am Ziel angelangt war. Der Schnee fiel nun stärker und der Wind blies ihren schäbigen Mantel auf und entblößte dabei ihre nackte Haut. Nach wie vor spürte sie weder den Wind noch die Kälte. Das Einzige was sie spürte war das Verlangen, ihrem Ziel endlich näher zu kommen. Sie hatte jegliches Zeitgefühl verloren.

So war ihr auch nicht bewusst wie lange sie schon lief und ob sie dabei die erste oder zweite Busstation passiert hatte. Ein Spaziergänger kam ihr entgegen, seine gut gepolsterte Winterjacke bis zum Hals geschlossen. An der Leine hielt er einen Labrador.

Der junge Hund grub mit seinen Vorderpfoten im frischen Schnee und stülpte anschließend seine Nase in die kleinen Schneehäufchen. Zu guter Letzt hob er noch sein Bein um den selbigen zu markieren. Der Mann, der dem Äußeren nach zu urteilen ein Anwalt oder ein Bankier gewesen sein könnte, schien es zu bereuen bei dieser Kälte keine Handschuhe angezogen zu haben. Sein Blick fiel auf Caroline. Obwohl sie mit ihrer Gangart wohl eher einem Zombie glich und an ihrem Mantel Kotze und weiß Gott was noch alles hing, schweifte sein Blick auf ihren entblößten Schambereich. Bis ihm auffiel, dass die verkommene Gestalt etwas aus Metall in ihrer rechten Hand hielt. Zu seinem Glück, so dachte er zumindest, bemerkte ihn die Fremde nicht. Ihr Blick schien ins Nirvana zu starren. Tatsächlich kümmerte es Caroline herzlich wenig, dass der Mann jetzt die Polizei alarmieren könnte und den Beamten berichten würde, dass eine halbnackte Frau mit einer Pistole bewaffnet, in seiner schicken Wohlstandssiedlung herumgeistert.

Da war es. Das Haus, das sie schon Stunden wenn nicht schon Tage lang beobachtet hatte. Das Haus wurde im amerikanischen Stil erbaut, irgendwann nach dem Mauerfall. Rechts neben der Tür hing unter der Regenrinne ein Weihnachtsmann und erhellte mit einer Laterne, die er in der Hand hielt, die schlichte Veranda. Am Ende des Hauses befand sich ein prächtiger Wintergarten.

Trotz der heruntergelassenen Jalousien konnte Caroline ein schwaches Licht dahinter erkennen. Das gesamte Haus war mit weihnachtlichem Schmuck und Lichterketten geschmückt. Alex Auto war nirgends zu sehen. Wahrscheinlich hatte er es in der Doppelgarage geparkt. Sie wischte sich das Gesicht sauber und ging mit langsamen und vorsichtigen Schritten durch den frischen Pulverschnee auf den Wintergarten zu.

Einen kurzen Moment lauschte sie dem pfeifenden Wind und den Geräuschen auf der anderen Seite der Wand. Das blau schimmernde Licht und die Stimmen von mehreren Personen, die im Haus zu hören waren, mussten von einem Fernseher kommen. Durch einen Schlitz zwischen den Jalousien konnte Caroline erkennen wie Alex engumschlungen mit seiner Frau auf dem Sofa saß und TV schaute. Vom Wintergarten aus waren es bis zum Sofa nur wenige Schritte. Caroline fand auf der Veranda einen Blumentopf, der mit gefrorener Erde gefüllt war. Sie steckte die Pistole in ihre Manteltasche und hob, den nicht gerade leichten, Blumentopf hoch.

Durch den kleinen Schlitz in der Jalousie visierte sie die Rückseite des großen Fernsehers an und warf dann den Blumentopf durch die Scheibe.

Der landete in dem nicht gerade billigen Plasmafernseher, der nach dem Crash nach vorne kippte.

Das herzhafte Gelächter, das vor einigen Sekunden noch aus dem Gerät zu hören war verstummte. Es war nur noch das Sausen des Windes zu hören der nun durch die scharfen Kanten der zerbrochenen Scheibe des Wintergartens pfiff. Nur noch die Lichterketten, die außen am Wintergarten angebracht waren und einige kleine Lichter am Weihnachtsbaum beleuchteten das große Wohnzimmer.

An einer Wand des Zimmers stand ein Kamin dessen Flammen erloschen und nur eine tiefrote Glut hinterließ. Alex und seine Frau kauerten, starr vor Schreck, auf ihrem prächtigen Ledersofa. Eine heftige Windböe wehte ein dutzend Schneeflocken zwischen den Vorhängen ins Zimmer, das dadurch nun wahrlich dem Inneren einer Schneekugel ähnelte. Es wurde kälter. Caroline ging langsam in das Haus hinein.

Ihre Schritte auf den Glassplittern versetzten Alex und seiner Frau in eine Starre und er spürte wie sich seine Nackenhaare langsam aufstellten.

„Du verdammte Schlampe. Dachtest du wirklich du kommst damit durch?", schrie Caroline und ging mit gezogener Waffe auf das Ehepaar zu.

„Antworte! Glaubst du wirklich, dass du mir meinen Traummann nehmen kannst ohne irgendeine Konsequenz für dich?"

Alex löste langsam den Klos in seinem Hals. „Ey … was … was meinen sie? Ich meine, was wollen sie? Wollen sie Geld?"

Caroline reagierte nicht auf ihn.

"Antworte jetzt, verdammt nochmal!", raunte sie Alex' Frau an. Alex war stark irritiert darüber was die Einbrecherin stammelte und das sie ihn völlig ignorierte. Stattdessen schien sie sich nur auf seine Frau zu konzentrieren. Erst jetzt viel ihm auf, dass sie unter ihrem Mantel splitternackt war.

„Womit durchkommen…?", brachte die bedrängte Frau heraus. Sie fing an zu schluchzen und klammerte sich dabei ganz fest an ihren Mann.

„Moment, ich hole Geld", sagte Alex.

„Halts Maul! Nein, ich meine verzeihe mir, bitte! Endschuldige Schatz, so war das nicht gemeint. Bald ist alles vorbei."

Ziemlich verwirrt schauten die beiden Caroline an.

„Was? Ich kenne sie doch gar nicht“, warf Alex ihr entgegen.

„Ist schon okay, Schatz. Es ist gleich vorbei. Alles wird gut! Das verspreche ich dir! Und nun zu dir, du miese Schlampe!“

Caroline richtete die Waffe auf Alex’ Frau, die richtig panisch wurde und Caroline anflehte: „Bitte! Bitte erschießen sie uns nicht! Wir haben Kinder!“. Entsetzt und ängstlich wechselte sie ihre Blicke zwischen ihrem Mann und der durchgedrehten Einbrecherin. Fragend darüber, was die beiden verband, aber viel mehr ängstlich, im Angesicht der auf sie gerichteten Waffe.

„Dachtest du wirklich, du kannst mir meinen Mann wegnehmen? He? Dachtest du das wirklich?“, brüllte Carolin und drückte den Abzug.

Der harte Rückstoß schmiss sie, wie vorhin schon im Haus des Polizisten, nach hinten. Sie landete mit dem Kopf auf der Kante des Tisches, auf dem eben noch der Fernseher stand bevor sie mit dem Rücken auf den Glasscherben landete. Sie blutete am Kopf und schien durch den Aufprall bewusstlos geworden zu sein. Aber sie lebte noch.

Alex rannte zu ihr und konnte trotz des pfeifenden Windes Carolines Herzschlag förmlich lauschen. Seine Frau hingegen war tot und regte sich nicht. Ihr Herz hatte aufgehört zu schlagen. Vom oberen Stockwerk des Hauses ertönte ein lautes Kindergeschrei. Die beiden Kinder standen auf der Treppe, ihre Kuscheltiere fest umklammert.

„Was ist denn passiert? Etwas hat so laut geknallt und warum ist hier so viel Schnee? Was ist mit Mama?“

Alex steckte die Pistole hinten in seinen Hosenbund, so dass die Kinder sie nicht sehen konnten.

„Beruhigt euch. Es ist alles in Ordnung. Nur das Fenster ist leider kaputt gegangen. Aber ich werde es gleich reparieren. Mama schläft und ihr wollt sie doch nicht aufwecken, oder? Also, ihr Süßen, ab nach oben in eure Betten!“

„Aber der Knall. Und wer ist die Frau da?“ So leicht ließen sich die beiden kleinen nicht beruhigen.

„Es war nur der Fernseher. Der ist umgefallen. Wir erzählen es euch später, okay? Und jetzt geht schön brav in eure Betten, ja!“

Völlig verwirrt gingen die Kinder wieder die Treppe nach oben in ihre Zimmer. Alex drehte sich zu der eingeschlagenen Scheibe und spähte nach draußen, um fest zu stellen ob seine Nachbarn etwas mitbekommen hatten.

Hier lagen seine tote Frau und eine verrückte Einbrecherin.

Er lief auf Socken bis an sein Gartentürchen um die Lage noch mal ganz genau zu checken. Es war wohl zu kalt und viel zu windig, denn es war weit und breit niemand zu sehen. Bei seinen Nachbarn blieb das Licht aus, obwohl der Schuss sie eigentlich hätte wecken müssen. Wieder zurück im Wohnzimmer holte er sein Handy, wählte eine Nummer und wartete bis sein gewünschter Gesprächspartner abhob.

„Ja! Ja, ich bin es, Alex. Sorry, dass ich so spät störe Alfred. Aber du wirst mir nicht glauben was hier bei mir gerade passiert ist. Du wirst das wirklich niemals erraten. So eine Verrückte brach in mein Haus ein und hat dann einfach meine Alte abgeknallt, ha, ha, ha."

„Wie bitte? Du willst mich verarschen?"

„Doch, ich schwöre dir und nein ich habe nichts gezogen. Keine Ahnung, die ist verrückt oder total auf Drogen. Außer einem Mantel hat sie nichts an und meine Alte ist tatsächlich tot, mausetot. Jetzt muss ich mir keine Gedanken mehr machen, wie ich die dumme Fotze loswerden soll. Mein einziges Problem sind noch ihre Kinder. Die muss ich auch noch loswerden. Warte mal kurz. Ich muss die Verrückte fesseln, bevor die wieder zu sich kommt. Am besten du kommst schnell vorbei und hilfst mir hier alles zu regeln. Dann überlegen wir mal, was wir mit den Kids und der komische Tussi hier machen. Ich hab da schon eine Idee. Wir brauchen doch immer wieder Frischfleisch in unserem Stall. Das wäre doch ne Überlegung wert, oder? Hast ja Zeit, auf dem Weg hierher, darüber nachzudenken. Also bis gleich und dann schauen wir weiter…"

Black Jack.

Ich kenne Sie nicht. Aber ich weiß, dass sie zu 100% irgendetwas für Geld tun. Egal was: Eigentlich will ich es auch gar nicht wissen, denn hier geht es um mich und nicht um Sie. Ja, richtig gelesen. Ich scheiß auf Sie. Ich bin ein egoistisches Arschloch, das jeden Morgen aufgestanden ist um alten Säcken Versicherungen anzudrehen, die sie im Grunde genommen gar nicht brauchen. Warum das alles? Nur um die Provisionen zu kassieren. Also, wir sind uns einig.

Wir alle tun etwas für Geld. Geld ist der Anfang vom Ende. Das Geld benutzen wir dann um unsere anderen Süchte und Gelüste zu befriedigen. Es fängt mit einfachen Dingen an:

Ein Haus oder ein Auto kaufen und wenn die Kohle nicht reicht, scheiß drauf, dann nehmen wir halt einen Kredit auf. Solange das Haus größer und das Auto schneller ist als das vom Nachbarn ist doch alles in Ordnung.

Schicke Klamotten, eine modische Frisur. Tag täglich sind wir auf der Jagd nach neuen Statussymbolen und einer gewissen Selbstbefriedigung.

Viele Menschen sind richtige Schönheitsfanatiker und investieren in ihren Wahn eine Menge Schotter. Das nur, um irgendwelchen anderen Arschlöchern und Schlampen zu gefallen.

Ist das nicht witzig? Die Menschen sammeln Briefmarken, Münzen, Modellflugzeuge, PC-Spiele und lauter anderen Schrott, den jeder „normale“ Mensch wegschmeißen würde. Das Schönste ist, dass es bereits im Kindesalter anfängt. Oder haben sie noch nie bei ihren Eltern Geld geklaut, um sich davon irgendeinen Schwachsinn zu kaufen?

Ich persönlich habe das schon mal gemacht. Meinem Vater fiel das sogar auf, obwohl er im Vollsuff war. Es fehlten ein paar Pfund in seiner Börse, aber dafür kam ich mit einem neuen Fußball nach Hause. Er polierte mir die Fresse und zerstach meinen neuen Fußball. Als meine Mutter mich verteidigen wollte hat er ihr auch die Fresse poliert, sie vergewaltigt und danach weiter gesoffen.

Doch sein größtes Problem an dem Tag war, das Manchester United zu Hause gegen Arsenal verloren hatte und er somit fünfzig Pfund verwettet hatte. Schuld daran war natürlich ich und damit bezog ich erneut Prügel.

Sie denken jetzt bestimmt, dass wir eine Assifamilie waren, aber das stimmt nicht.

Mein Vater, möge der Teufel ihn ewig in den Arsch ficken, hatte einen super Job bei der Bank of Scotland. Er war in der Nachbarschaft sehr beliebt und stets hilfsbereit. Ich weiß nicht ob die Menschen um ihn rum wussten, dass er ein Alkoholproblem hatte. Wen kümmert es auch. Jeder hat doch eine Leiche im Keller, oder?

Zurück zu den Süchtigen. Ich überspringe die ganzen Trottel und Fotzen, die drei Monatslöhne sparen um sich irgendwelche Schuhe oder neue Felgen für ihr scheiß Auto zu kaufen. Wir gehen jetzt zu denen, die es richtig krachen lassen. Die, die sich selber sagen: „Wenn, dann schon richtig!"

Die Alkis, Junkies, die Sex-und Spielsüchtigen oder die Perversen, die auf kleine Kinder stehen oder darauf abfahren, verprügelt zu werden. On Top sind natürlich die Kannibalen, Mörder und Selbstverstümmler. Sie sehen es fängt beim harmlosen „vor dem Monitor abspritzen" an und hört beim „Monatslohn im Puff verprassen" auf. Bis auf die Vorlieben von den ganzen Kranken habe ich von allem etwas.

Ich heiße Jack. Das ist jetzt ziemlich komisch, finde ich jedenfalls, denn ich trinke gerne Jack Daniels und spiele Black Jack.

Vereinfacht: Ich habe viel Whisky gesoffen und eben so viel gezockt. Ja, ich war ein saufendes, glücksspielsüchtiges Arschloch. Frauengeschichten durften dabei natürlich auch nicht fehlen. Ich fickte mich durchs Leben so gut es eben ging und nebenbei drehte ich Rentnern sinnlose Versicherungen auf, solange bis es in Edinburgh keine Rentner mehr gab bei denen ich noch nicht geklingelt hatte. An der Stelle muss ich einen bestimmten Kandidaten erwähnen. Mr. Peters, 87 Jahre alt, auf einem Ohr taub, chronischer Trinker, Witwer und Kriegsveteran.

Wären wir im selben Alter, könnte ich mir vorstellen dass wir die besten Kumpels gewesen wären. Jedenfalls hatte ich ihn dazu gebracht, seine Pantoffeln für achtzig Pfund im Monat zu versichern.

Ist das nicht geil? Das muss mir erstmal einer nachmachen. Ich weiß, ich war ein ziemlich cooler Hecht.

Nachdem mir in Edinburgh die Kundschaft ausging, überlegte ich mir nach Glasgow zu gehen. Doch schlussendlich entschied ich mich dagegen. Hängengebliebenen Hafenarbeitern konnte man nicht wirklich viel abknöpfen.

Also ging ich nach England. Genauer gesagt nach London. Für Leute wie mich ist London das Paradies auf Erden. Ich besorgte mir einen gefälschten kanadischen Pass. Die Banken und Behörden konnten mich am Arsch lecken. Die glaubten doch nicht im Ernst, dass ich meine Kredite an sie zurückzahlen würde.

Die Zeit in London war die beste Zeit meines Lebens. Ich lernte Nancy kennen und nach fast vierzehn Jahren Single Dasein hatte ich so etwas wie eine Beziehung. Natürlich hinderte auch sie mich nicht daran untreu zu sein.

Mal im Ernst? Wer ist heute noch treu? Ich bin mir sicher Nancy war mir auch nicht treu. Sie war genauso eine Hure, die sich nach außen hin wie ein Engel gab und im Inneren jedem Typen hinterher lechzte. Es war wie immer. Was glänzte war nur die Verpackung. Ich weiß nicht wieso, aber ich betrachtete Frauen wie Stinktiere. Von weitem sehen sie niedlich und süß aus, aber kaum kommst du näher wird es ekelig. So wie meine erste und einzig wahre Liebe. Ihr Name war oder besser ist Wendy. Blondes, langes Haar. Das Gesicht eines Engels, grasgrüne Augen und eine sanfte Stimme.

Mit sechzehn kamen wir zusammen und schenkten uns gegenseitig unsere Jungfräulichkeit. Zumindest sie mir ihre. Ich war mit sechzehn schon lange keine Jungfrau mehr, aber wieso sollte ich ihr das erzählen. Trotzdem war es eine Liebe wie aus dem Märchenbuch. Alle dachten wir würden ewig zusammenbleiben, irgendwann heiraten, ein Haus bauen, Kinder kriegen, uns einen Hund zulegen der Hasso heißt und der ganze andere Scheiß. Na ja, sie wissen schon. Ich muss an dieser Stelle zugeben auch ich habe eine Zeitlang an diesen Schwachsinn geglaubt. Geglaubt, dass diese Liebe ewig hält, über den Tod hinaus.

Als wir einundzwanzig wurden war die heiße Flamme, die einst in unseren Herzen loderte, schon längst erloschen. Aber wir waren trotzdem zusammen, weil wir uns einfach aneinander gewöhnt hatten. Mein Hauptgrund bestand eigentlich darin, dass ich mit ihr angeben konnte. Alle Typen waren scharf auf Wendy und ich verstand nicht mal warum.

Es gab Tage da konnte ich ihre engelsgleiche Fresse einfach nicht ertragen. Manchmal fantasierte ich sogar wie es wohl wäre ihr eine heiße Pfanne in ihr schönes Gesicht zu schlagen oder sie mit einem Baseballschläger zu bearbeiten. Das komische daran war, dass mich diese Gedanken sogar ziemlich scharf gemacht haben.

Irgendwann überspannte Wendy den Bogen dann. Ich kam halb angesoffen von der Arbeit nach Hause und wollte eigentlich nur noch pennen. Aber nein, sie musste mich ja langweilen.

„Hey Jack, komm her. Wir müssen miteinander reden!"

Reden, reden, reden. Immer müssen Frauen reden. Warum können die nicht einfach mal ihr Maul halten?

Egal ob du vor der Glotze hockst und die Nachrichten sehen willst oder ein Fußballspiel. Oder wenn du einen Kumpel triffst und kurz mit ihm ein Bierchen zischen willst.

Es gibt tausend Beispiele und dann kommt eine Frau und ja genau, sie fängt an zu reden. Meist redet sie über irgendeinen Dummfick der eh keinen interessiert, aber sie muss ja reden. Egal, ich rege mich schon gar nicht mehr darüber auf. So ein Abend war das auch.

„Hey Jack, wir müssen reden!"

Am liebsten wäre ich sofort durch die Haustüre gegangen, irgendwo hin. Hauptsache raus. Keine Ahnung, mich in den Park gelegt, in den Teich gesprungen oder mit dem Auto gegen einen Baum gefahren. Alle Alternativen kamen mir sinnvoller vor als mit meiner Freundin zu reden. Leider siegte zum Schluss meine Vernunft und ich hörte brav zu. Sie machte mit mir Schluss, zumindest indirekt.

Es sollte eine sogenannte Beziehungspause werden. Sie wollte in ihrem Leben noch Erfahrungen sammeln. Im Leben mal was für sich tun, vielleicht mal mit einem anderen Mann ausgehen und so weiter und so weiter.

Sie kennen das bestimmt und wissen wovon ich rede. Wenn Sie ein Mann sind, dann haben Sie bestimmt schon mal so etwas in der Art von einer Frau gehört. Und wenn Sie eine Frau sind, tja, dann haben sie bestimmt schon mal so etwas in der Art zu einem Mann gesagt. Das sollte wohl heißen:

„Ich bin eine kleine Schlampe und will das auch voll ausleben."

Aber das würde eine Frau so nie zugeben. Sie nennt das dann Beziehungspause. Das ich nicht lache.

Im Grunde genommen war ich froh über ihre Entscheidung. So hatte ich endlich meine Ruhe und konnte rumvögeln so viel ich wollte ohne ein schlechtes Gewissen zu bekommen.

Aber da war noch was. Sie war mein Spielzeug und das jetzt jemand anderes mit meinem Spielzeug spielen würde gefiel mir ganz und gar nicht.

Sie meinte dann noch, wenn wir beide unsere Erfahrungen gemacht hätten könnten wir uns ja wieder hinsetzten und ... na? Miteinander reden! Vielleicht schafften wir es dann eine erwachsene und gesunde Beziehung aufzubauen. Ihre Worte!

Sie redete noch viel mehr und während sie das tat sah ich sie nackt im Wald vor mir weglaufen. Ich mit einer Motorsäge und einer Jacky Flasche hinterher. Als sie endlich mit ihrem Gebabbel fertig war, gab ich ihr eine Backpfeife, packte meine Sachen und ging. Ihr hysterisches Geschrei dabei habe ich einfach ignoriert.

Mit Nancy war das etwas anderes. Unsere Beziehung war zwar nicht gesund, aber erwachsen. Soweit ich weiß habe ich immer Kondome benutzt.

Nicht aus Sorge das ich eine Geschlechtskrankheit bekommen könnte, sondern meine Sorge galt möglichen Vaterfreuden. Mal ehrlich, wer will schon, dass ein Hurenbock wie ich einer bin, Nachwuchs bekommt? Geschlechtskrankheiten hingegen haben mich schon immer in den Bann gezogen. Es war ein durchaus erregender Gedanke, sich zu infizieren und bevor man dann abkratzt noch hunderte andere ansteckt. So hinterlässt man doch auch was.

Eines Nachts zockte ich in London die ganze Nacht durch. Roulette und Black Jack. An diesem Abend verlor ich sehr viel Geld.

Selbst für meine Verhältnisse. Ich glaube es waren dreihunderttausend Pfund. Die anderen Spieler haben sich gefreut. Ich war eine echte Attraktion. Trotzdem hatte ich meinen Spaß.

Als ich völlig besoffen um fünf Uhr früh draußen stand und meine letzte Zigarette geraucht hatte, kam mir ein kleiner Asiate entgegen. Er kam aus dem Casino, aber ich konnte mich beim besten Willen nicht an ihn erinnern. Na ja, man möge mir verzeihen, denn ich hatte locker zwei Flaschen Jacky und ein Gramm Koks intus.

„Du fährst auf Black Jack ab?“, sprach er mich an.

„Ja, stimmt. Poker ist nur was für Trottel.“

Der Asiate grinste.

„Dann habe ich da was für dich“, fuhr der kleine Mann fort. „Es wird dich bestimmt interessieren.“

„So und was soll das sein?“

„Das Spiel deines Lebens!“

Ich musste schmunzeln, doch meine Spielsucht und die Drogen machten mich neugierig.

„Du willst also gegen mich spielen, Kleiner? Sorry, aber ich habe keine Kohle mehr."

„Nein, das will ich nicht. Du sollst gegen jemanden anderes spielen. In Schottland."

„Hey, was quasselst du da? Ich bin Schotte und ich habe schon überall in Schottland gespielt. Mit was willst du mich da locken?"

Der Asiate lächelte. „Nein, hast du nicht!"

„Ach, wieso bist du dir so sicher? Wer bist du überhaupt?"

„Wer ich bin spielt eigentlich keine große Rolle. Fahr nach Inverness. Von dort aus gehst du zwei, drei Meilen die Küste entlang in Richtung Nordosten bis zum Örtchen Kilmuir. Und von dort immer weiter die Küste entlang. Immer weiter bis du zu einer Nebelwand kommst. Laufe in sie hinein und du wirst auf der See einen Mann sehen, der an einem Tisch sitzt. Laufe einfach auf ihn zu. Es wird dich ein Pfad zu ihm führen."

Einige Augenblicke starrte ich den kleinen Mann mit den Schlitzaugen an, dann bekam ich einen Lachanfall.

„Sag mal du Komiker, was zum Teufel hast du dir reingeschmissen? Gib mir auch was davon."

Der Asiate verzog keine Miene und starrte mich mit einem steinernen Gesichtsausdruck an. Er schien es ernst zu meinen.

„Du meinst dass Ernst, oder?"

„Siehst du mich lachen?", fragte er mich.

„Du meinst, da hockt ein Typ im Meer und ich soll einfach übers Wasser laufen. So wie Jesus? Ha, ha, ha. So einen Schwachsinn habe ich ja noch nie gehört."

„Viel Glück, Jack", war sein letztes Wort.

Ich lachte noch eine Weile bis ich begriff, dass er meinen Namen sagte ohne das ich mich erinnerte, mich ihm vorgestellt zu haben. Doch bevor ich fragen konnte woher er meinen Namen wusste, war der kleine Asiate bereits verschwunden. Erst dachte ich es wäre nur ein blöder Traum oder so etwas gewesen, aber als ich am Morgen aufwachte, konnte ich mich an unser Gespräch noch ganz genau erinnern. Was ziemlich merkwürdig war, denn ansonsten war der ganze Abend wie ausgelöscht.

Ich wusste zum Beispiel nicht mehr wie genau ich mein Geld verloren hatte.Ich denke, jeder kann es nachvollziehen, wenn ich das, was der kleine Japse von sich gab, für Schwachsinn hielt. Er war wahrscheinlich nur auf irgendeinem scheiß Trip. Aber es war trotzdem lustig und irgendwie hatte er die andere Seite in mir angesprochen. Meine ausgesprochen hohe Abenteuerlust und Neugierde.

Wäre Ihnen doch genauso ergangen. Sie wollten doch bestimmt auch schon mal wissen was hinter den Türen und Vorhängen ihrer Nachbarn passiert! Nicht? Oder was ihre Arbeitskollegen so alles bequatschen, wenn sie gerade nicht dabei sind und noch viele andere Kleinigkeiten.

Frauen, die in der Nachbarschaft wohnen, einmal nackt zu sehen. Prickelnde Vorstellung? Ups, habe ich sie erwischt?

Wir alle sind doch irgendwie unserer Neugierde verfallen. Wenn dem nicht so wäre, dann würden sie die Scheiße, die der alte Onkel Jack hier von sich gibt gar nicht lesen, stimmt's? Also!

Nun, ich bin meiner Neugierde gefolgt und nach Inverness gefahren. Natürlich hätte ich erst nach Edinburgh fliegen können und dann weiterfahren, aber ich liebte mein Leben doch zu sehr und fühlte mich in meinem Auto sicherer als in irgendeinem Jet.

Es ist kein Geheimnis, das die Piloten meist besoffen und manchmal sogar zu gekokst sind. Wer kann es ihnen übel nehmen. Sie müssen den ganzen Tag lauter Arschgesichter von A nach B bringen. Eigentlich sind sie doch nur überbezahlte Busfahrer. Aber ich schweife wieder zu sehr ab. Ich hoffe sie werden mir das verzeihen. Im Grunde genommen habe ich gar keine Zeit und sollte mich kurz fassen.

Wenn sie diesen Brief hier finden, ha, ha, ha, sie haben ihn gefunden, sonst würden sie ihn jetzt wohl kaum in ihren Händen halten und lesen. Jetzt ist es womöglich schon zu spät, auch für sie. Sie sollten am besten gar nicht mehr weiterlesen sondern gleich verschwinden.

Merken sie sich nur eine Sache:

Schottischer Whisky ist der beste der Welt (trotz meiner Vorliebe für Jack Daniels). Das ist eine Tatsache. Ohne uns Schotten wäre die britische Armee nichts anderes als eine amerikanische Gay-Parade.

William Wallace hatte die dicksten Eier der Welt und wetten sie niemals, und zwar wirklich niemals, auf Celtic Glasgow in der Champions League.

Ach, das Wichtigste hätte ich fast vergessen zu erwähnen:

Spielen sie niemals, wirklich niemals Black Jack. Vor allem wenn ihr Gegenspieler nicht um Geld sondern um andere perverse Sachen spielt. Aber dazu komme ich später noch, wenn ich noch Zeit habe. Erstmal einen Schluck Jacky und dann auf nach Inverness.

Ich hielt das, was der Japse mir erzählt hatte, immer noch für einen ausgemachten Schwachsinn. Aber ich wollte es jetzt wissen. In den Dörfern, die meinen Weg kreuzten erkundigte ich mich nach entsprechenden Mythen und Sagen. Die meisten Leute, die ich fragte starrten mich an als ob ich der größte Armleuchter und Idiot wäre, der auf diesem gottverdammten Planeten rumlief. Wenn wundert es, wenn jemand fragt ob sie einen Mann kennen, der auf dem Meer sitzt und Karten spielt.

Nach zwei Wochen Recherche erzählte mir dann plötzlich ein alter Mann, dass er davon schon mal gehört hatte. Aber so ganz sicher war er sich da nicht. Ich bedankte mich trotzdem für seine Hilfe und verkaufte ihm noch schnell eine Versicherung für seinen Kamin. Ordnung muss sein.

Dann verfolgte ich weiter mein Ziel diesen Mann auf dem Meer doch noch zu finden. Das Seltsame war, dass der alte Mann den Weg zu dem Kartenspieler im Meer genauso beschrieb wie der kleine, zugedröhnte Asiate.

Ab einer gewissen Stelle gab es keinen ausgebauten Weg mehr, weder für Autos noch für Fußgänger. Ich musste einige hundert Meter durch ein Wäldchen laufen und dann noch einige Kilometer den Strand entlang. Dabei sollte ich auch noch nach Nebel Ausschau halten.

Wissen Sie, auf unserer britischen Insel haben wir von Natur aus beschissenes Wetter. Deswegen, wenn ihnen einer sagt, sie sollen in Schottland oder England Nebel suchen ist das dasselbe, wie wenn man ihnen sagt, sie sollen bei McDonalds nach dicken Menschen Ausschau halten. Nach ein paar Stunden hatte ich sie dann doch gefunden. Diese Nebelwand war eindeutig und ich vergaß ganz schnell die Sprüche und Witze, die die ganze Zeit in meinem Kopf rumspukten. Ich konnte es nicht fassen, meinen Augen kaum trauen, so etwas hatte ich noch nie vorher gesehen. Ich schritt in den dichten Nebel hinein. Tatsächlich gab es da einen kleinen Pfad, direkt unter der Wasseroberfläche. Genauso wie es mir gesagt wurde. Voller Erwartung und Neugier beschloss ich weiter zu gehen. Am Anfang fiel mir gar nicht auf, dass meine Schuhe gar nicht nass wurden.

Irgendwo in der Mitte des Nebels erkannte ich eine Gestalt, die hinter einem Tisch saß und grübelte. Ich kam ihm näher und er begrüßte mich schon. Er schien mich bereits erwartet zu haben.

„Hallo Jack, schön das du mich besuchst!"

Sofort schossen mir tausend Gedanken durch den Kopf und ich bekam panische Angst. Eine Angst wie ich sie noch nie zuvor in meinem Leben gespürt hatte.

„Nein, du brauchst keine Angst zu haben, Jack. Ich werde dir nichts tun. Versprochen!"

Wie angewurzelt stand ich da und starrte ihn an. Er hatte schwarze, lockige Haare, feine männliche Gesichtszüge, dunkle Augen und ein schelmisches Grinsen. Der Gesichtsausdruck einer schlauen, intelligenten und auch sehr gefährlichen Person, die einem in jeder Hinsicht überlegen war und sich dessen auch noch bewusst war. Ein Typ, dessen Blick ausreicht, einen Mann in Angst und Schrecken zu versetzten und einer Frau den Verstand raubt.

„Komm schon, Jack! Denke nicht so viel nach. Setz dich doch! Willst du einen Jacky und ne kubanische Zigarre?"

Er schnippe einmal mit den Fingern und auf dem Tisch erschien aus dem Nichts ein Glas. Ich setzte mich auf einen Stuhl gegenüber von ihm und kippte das Glas runter. In einem Aschenbecher glühte eine nicht gerade billige Zigarre vor sich hin. Ich dachte ich träumte und würde mir das alles nur einbilden.

„Ich habe gehört du spielst ganz gerne, Jack."

„Ja, eh ja." Ich musste mich erst räuspern um meine Stimme wiederzuerlangen.

„Ja, ich spiele gerne. Aber was genau …"

„Wir spielen Black Jack, Jack!"

Sein Grinsen wurde bedrohlicher. Doch meine Spielsucht, ich armer Narr, war größer als die Angst.

„Bist du ein Dämon?", fragte ich ihn.

Man will doch schließlich wissen mit wem oder was man es zu tun hat.

„Ein Dämon? Jack, was soll das?"

Der Typ fing laut das Lachen an.

„Glaubst du denn an so etwas, Jack? Ich hätte dich für schlauer gehalten."

Sein Lachen wurde lauter und hörte dann abrupt wieder auf.

„Nein, ich bin kein Dämon."

„Wer bist du dann? Lucifer? Der Teufel?"

„Lucifer! Danke für dein Kompliment, aber glaubst du wirklich, Lucifer würde sich die Zeit nehmen hier am Arsch der Welt mit nem Typen wie dir Karten zu spielen?"

Er kicherte hämisch. „Aber du hast eine rege Phantasie. Das gefällt mir."

„Okay und um was spielen wir? Lass mich raten, um meine Seele, richtig?"

Der Mann fing wieder an zu lachen.

„Jack, ich will dir nicht zu nahe treten, aber mal im Ernst. Schau dein Leben an, dein erbärmliches Dasein. Lass mal alles was du getan hast Revue passieren. Du bist die Sünde in Person. Jack, deine Seele kommt so oder so in die Hölle. Also warum soll ich mit dir darum spielen?"

Ich schwieg, denn irgendwie hatte er ja auch Recht. Es klang logisch.

„Ist doch einleuchtend, oder?"

Er breitete fünf Kartenstapel vor sich aus. Ich sah ihm dabei zu und nickte stumm.

„Was ich von dir will ist etwas ganz anderes, Jack."

„Und das wäre?"

„Die Freiheit!"

„Die Freiheit?", fragte ich verdutzt.

„Ganz genau. Schlicht und ergreifend die Freiheit. Okay, schau her. Ich werde es dir erklären.

Ich bin seit Anbeginn der Zeit hier gefangen. Früher waren die Menschen gläubig oder abergläubisch. Ist auch egal. Aber solange das so war, suchten sie diesen Ort hier auf. Doch in den letzten Jahren gingen die Besucherzahlen stark zurück. Früher hatte ich keinen Grund mein Gefängnis zu verlassen um mein Werk zu verrichten. Doch … ."

„Doch heute sieht das anders aus. Ich verstehe. Warum gehst du nicht einfach?"

Der Typ grinste wieder.

„Leider ist das nicht immer so einfach wie man es gerne hätte. Das musst du doch wissen. Selbst für mich nicht."

„Wie soll ich dich jetzt bitte befreien? Ich weiß doch noch nicht mal…"

„Na, ganz einfach. Du sagst, wenn du verlierst lässt du mich frei. Du erlöst mich von meinen Ketten. Das ist alles."

„Das soll alles sein? Das glaube ich dir nicht."
„Doch, das ist alles. Versprochen."
„Aber wenn ich gewinne. Was dann?"
„Wenn du gewinnst kann ich dir fast jeden Wunsch erfüllen."
„Wirklich jeden?"
„Nein, ich sagte doch nur fast jeden. Ich kann dir nicht das ewige Leben schenken oder dich in den Himmel bringen. Aber ansonsten so ziemlich alles."
„Hm, also bist du ein Djin?"
„Ha, ha, ha. Ein Djin. Ich mag deinen Humor, Jack."
„Was bist du dann?"
„Das tut doch nichts zur Sache. Spielen wir einfach, okay?"
„Moment, Moment. Wo ist der Haken?"
„Der Haken? Bei was? Das war doch eine klare Ansage von mir, oder?"
„Okay. Was soll ich tun?"
„Welchen Wunsch soll ich dir erfüllen, wenn du gewinnst?"
„Schwierig. Aber ich wüsste da was. Ich will nochmal zwanzig sein."
„Ha, fünfzehn Jahre jünger und somit fünfzehn Jahre mehr Leben. Ich hätte zwar mehr von dir erwartet. Aber okay, so soll es sein. Ich will, dass du mich frei lässt wenn ich gewinne. Ohne Hacken, ohne Kleingeschriebenes, ohne Nachteile. Abgemacht?"
„Okay, abgemacht. Hand drauf."

Der Fremde mischte die Karten und gab sie aus. Ich bekam eine sieben, was schon mal nicht schlecht war. Mein Gegenspieler bekam ein As. Da er als Croupier spielte musste er das As mit elf Punkten zählen. Das ließ in mir die Hoffnung aufkommen doch näher an die 21 zu gelangen. Er gab mir eine weitere Karte. Ich erhielt noch eine sieben. 14 Punkte.

Während wir spielten fragte ich ihn noch nach dem kleinen Asiaten, der mich damals vor dem Casino angesprochen hatte. Es war einer seiner Lakaien. Menschen, die freiwillig ihre Seelen Mächten auslieferten, die ihre Vorstellungskraft überstiegen.

Meine dritte Karte war auch eine sieben. Doch ich wurde recht schnell eines Besseren belehrt. Mein Gegenüber zog eine Karte aus dem Deck und legte einen Pik-Buben neben sein Pik-As. Black Jack! Ich konnte es nicht fassen. Aber eigentlich musste es ja so kommen. Ich armer Narr.

„Aber Moment. Wir haben doch gar nicht gesetzt", warf ich ein.

„Doch, haben wir. Unsere Wünsche waren die Spielscheiben. All-in!“

Der Fremde lachte. Der Tisch löste sich auf. Der Nebel verdichtete sich. Donner krachte laut über uns und ich fiel in riesige tiefe Wellen.

Ich weiß nicht wie lange ich im Wasser war. Solange konnte es nicht gewesen sein, sonst wäre ich wahrscheinlich ertrunken. Vielleicht wäre ich froh gewesen, wenn dem so gewesen wäre. Was bedeutete mir schon mein Leben. Ich wachte langsam auf, hatte starke Kopfschmerzen, war vollkommen durchnässt und hustete Wassermassen heraus.

Der Typ, dessen Namen ich immer noch nicht kannte, hockte neben mir und rauchte genüsslich eine Zigarette.

„Das ist das erste Mal das ich eine Zigarette rauche und weißt du was? So beschissen ist die Welt hier gar nicht.“

Ich schaute ihn verwirrt an und hatte keinen blassen Schimmer wovon er da schwafelte.

„Ach, verzeihe mir. Wie unaufmerksam.“ Er schaute mich nur an und schlagartig waren meine durchnässten Klamotten wieder trocken.

„Was geschieht nun mit mir?“, wollte ich wissen.

„Nichts. Ich bin frei und für dich bleibt alles beim Alten.

„Bringst du mich nicht um?“

„Warum sollte ich? Wir brauchen hier auf dieser Welt solche Arschlöcher wie dich.“ Er klopfte mir auf die Schulter und zwinkerte mit einem Auge.

„Wie, wie meinst du das?“

„Na ja, als der liebe Gott euch erschuf dachte er ihr seid klasse. Wir meinten ihr seid es nicht. Zur Strafe wurden wir verbannt. Und meine Wenigkeit an diesen Ort hier. Du Jack, du bist unser Mann. Solche wie du bestätigen uns das wir von Anfang an Recht hatten.“

„Ach ja, tun wir das? Moment mal, recht mit was?“

Er lachte laut auf. „Ihr seid einfach scheiße. Ganz einfach und das weißt du.“

Ich war entsetzt und schockiert.

„Warte, du bist doch Lucifer oder der Satan!“

„Nein, du Armleuchter. Ich war einer von denen die Lucifer folgten und deswegen zur Straffe hier eingesperrt worden sind.“

Ich schaute raus aufs Meer.

„Diese Welt an sich ist für mich schon eine Strafe, noch dazu wenn du eingesperrt bist wie ich. Aber du, du hast mich befreit. Ich danke dir dafür, Jack. Für gewöhnlich mache ich das nicht, aber weil du mein Retter bist gebe ich dir noch eine Chance zu gewinnen. Was sagst du?"

„Um was wollen wir spielen?"

„Um was du willst, Jack. Aber wenn du verlierst wirst du mein Lakai und tust das was ich dir sage. Wenn du dich mir widersetzt schicke ich dich in die Hölle, auf der Stelle. Solltest du mein Lakai werden wirst du ein Leben führen wovon andere nur träumen. Nur wirst du gegen mich nicht mehr spielen dürfen. So betrachtet ist eine Niederlage auch ein gewisser Teilsieg für dich. Was sagst du?"

Klar, sie haben Recht! Spätestens an diesem Punkt hätte ich: „Halt, Stopp!" sagen müssen. Aber nein, ich musste es ja unbedingt wissen. Wir spielten ein paare Runden und obwohl ich immer ziemlich nahe an die 21 rankam, am Ende war das Blatt von dem Dämon oder Teufel, ich nenn ihn jetzt einfach mal verfluchter Motherfucker, sein Blatt war jedenfalls immer besser.

Ich hätte es, wie gesagt wissen müssen, aber so bezahlte ich den Preis, der in meinen Augen ziemlich hoch war. Anfänglich war es noch ganz nett und fühlte sich gar nicht wie eine Niederlage an.

Ich besaß Geld, viel Geld. Ich sah besser aus als je zuvor. Verdammt, sogar meine schiefe Nase, die mir mal in der Jugend gebrochen wurde, war wieder gerade. Doch alles hatte eben seinen Preis. Erst Recht beim Teufel oder seinem Laufburschen.

Wie auch immer. Einige Zeit später saß ich mit dem Typen zusammen in Venedig. Dort brachte er uns mit einem Fingerschnips hin und er genoss seine Freiheit in vollen Zügen.

Die ganzen jungen Weiber waren seinen Blicken verfallen. Ich muss zugeben, nein, nein, ich bin nicht schwul, aber für so einen großen Mistkerl, wie er einer war, sah er verdammt gut aus.

„Jack, wir kommen jetzt zu unserer Abmachung."

Während er das sagte schnupperte er voller Wohlbehagen an einer Rose, die er dann sogleich einer Dame ins Haar steckte. Sie saß auf seinem Schoss und streichelte ihm durch sein lockiges Haar.

„Ja, ja ich weiß. Ich habe verloren."

„Ha, ha und wirst genau das tun was ich dir sage."

„Ich bin mir dessen bewusst. Ich werde gehorchen. Ich habe dir viel zu verdanken und…"

„Ich hoffe du vergisst es nicht. Du weißt was sonst passiert!"

Während wir redeten galt sein Blick allein der Frau auf seinem Schoß. Er begrabschte sie und entblößte ihre Brust inmitten eines Cafés in Venedig. Es schien niemanden zu stören.

„Also pass auf, Jack. Da ich mit deiner Seele nichts anfangen kann, musst du mir Seelen beschaffen die rein sind, die unbefleckt sind."

„Du meinst Seelen von Kindern?"

„Nein, du Schwachkopf. Nicht von Kindern. Ihre Seelen kommen automatisch in den Himmel. Ich meine alle über dreizehn Jahre. Erst ab dann zählen Fehltritte des Menschen als Sünde."

„Ah, okay und wo soll ich solche Seelen herbekommen? Muss ich dazu jemanden umbringen?"

Ich war entsetzt. Ich war zwar schon immer ein mieses Arschloch, aber ich war kein Mörder, ganz bestimmt nicht.

„Nein, du musst sie dazu bringen Sünden zu begehen, sie von Gottes Weg abbringen. Die jeweiligen Entscheidungen für ihre Fehltaten müssen diejenigen jedoch selber treffen. Wie, wo und mit wem du das machst ist deine Entscheidung. Je mehr Seelen du von Gottes Weg abbringst, desto besser für dich."

Dann hörte er auf zu reden. Seine Lippen verschmolzen mit denen der Frau auf seinem Schoß.

Ich saß noch eine Weile da, schlürfte den gefühlten achten Espresso und mir wurde schlagartig bewusst, dass der Spaßfaktor nun endgültig ein Ende hatte.

Mein Leben ging den Bach runter, ein Zurück gab es nicht mehr. Ich saß da, grübelte und beobachtete, wie mein toller Schutzengel den Flamenco auf seiner Gitarre spielte, wahrlich wie ein Gott. Jede Frau, die am Café vorbeiging verliebte sich offensichtlich in ihn. Sie blieben mit einem faszinierenden Blick stehen, fast schon hypnotisiert, ließen teilweise ihre Taschen fallen und lauschten den traumhaften Melodien, die die Finger des Mistkerls auf die Gitarrenseiten zauberten.

„Ich gebe dir einen Tipp, Jack."

Mein Herr und Gebieter holte mich aus meiner geistigen Umnebelung.

„Frauen, Frauen sind viel leichter zu verführen und vom richtigen Weg abzubringen als Männer. Weshalb Lucifer auch Eva verführte und nicht Adam. Schau her, wenn eine heiße Braut in ein Kloster geht wird ein gottesfürchtiger Mann, der Gott treu ergeben ist, sie nicht eines Blickes würdigen. Bei Frauen ist das anders. Sie laufen in ihrer Kluft und spielen unschuldige Lämmer. Doch sind sie von Grund auf verdorben. Man muss sie nur, na sagen wir mal, daran erinnern."

Wir spazierten den Kanal entlang, blickten in den Sternenhimmel über Venedig. Es war wunderschöne Geigenmusik von irgendwoher zu hören und um ehrlich zu sein war es einer der letzten schönen Abende in meinem Leben. Ich lauschte aufmerksam seinem Auftrag.

„Deshalb Jack, halte nach Klosterschülerinnen Ausschau oder meinetwegen auch Nonnen. Nach gläubigen Muslims oder Jüdinnen. Bringe sie von Weg Gottes ab."

„Wie?"

„Du musst sie entjungfern!"

„Was? Wie soll ich das bitte anstellen?"

„Tja, sei kreativ. Spring mit ihnen in die Kiste, spiele mit ihnen ein bisschen Black Jack. Na, du weißt schon. Aber du darfst sie nicht vergewaltigen! Sie müssen sich aus freien Stücken entscheiden den Weg Gottes zu verlassen."

„Aber keine Nonne der Welt lässt sich einfach so ficken, man."

„Wie schon gesagt, sei kreativ!"

Er zwinkerte mir zu und klopfte mir auf die Schultern.

„Oder willst du mir jetzt erzählen du hast noch nie davon geträumt es mal mit einer Nonne zu treiben? Vergiss nicht Jack, ich kann deine Gedanken lesen."

Die nächsten Monate habe ich nicht mehr gespielt und auch das Trinken hatte ich drastisch reduziert. Mir machte mein Leben keinen Spaß mehr.

Ohne jeden Anreiz reiste ich durch Europa, von Klosterschule zu Klosterschule. Von mindestens hundert hatte sich nur eine bekehren lassen. Manchmal musste ich feststellen das ich zu spät kam. Ihre Seelen waren schon beschmutzt und ich sollte reine Seelen verderben. Das Schlimmste daran war, mir machte nicht mal mehr die schönste Sache der Welt spaß: SEX. Am liebsten wäre ich gestorben.

In Südfrankreich, nahe Nizza habe ich meinen Boss schließlich wiedergetroffen. Wie erwartet war er nicht besonders zufrieden mit mir und er wollte diesmal mehr. Ich sollte über meine Grenzen hinausschießen.

Zunächst hatte ich einen Abend frei. Um mich auf andere Gedanken zu bringen spielte ich in einem Casino. Zum ersten Mal bekam ich diesen Gedanken, vor dem ich Angst hatte ihn zu bekommen. Ich wusste natürlich die ganze Zeit über, dass es falsch war. In meinem tiefen Unterbewusstsein war mir vieles so klar.

Zum ersten Mal kam einiges aus diesen Tiefen hervor. Drang nach außen. Wie ein Typ, der im Schlabberanzug und einem Blumentopf auf dem Kopf in einem Opernsaal sitzt und es ihm erst kurz vor Ende der Aufführung bewusst wurde, wie blöd es doch aussehen musste.

Ich fing an, an Gott zu glauben und bereute meine Taten. Dabei versank ich in Selbstmitleid. Ich hatte einen Vertrag unterschrieben und würde wohl kaum aus ihm herauskommen. Niemand hätte mir je verziehen. Die ganzen Frauen, das Geld und das Glück im Spiel. Erst jetzt wurde mir bewusst wie lächerlich und unwichtig doch viele Dinge waren. Na ja, mir blieb vielleicht noch eine Stunde meines beschissenen Lebens. Also, so what.

Mein Herr lud mich in eine Wohnung direkt am Strand ein. Er hätte eine kleine Überraschung für mich, so hieß es. Ich konnte mir schon vorstellen was für eine Art von Überraschung das war, aber was sollte ich denn bitte schön tun. Ich hatte doch keine Wahl. Die Wohnung lag direkt am Strand, etwas außerhalb der Stadt. Die ganze Gegend war traumhaft schön, doch ich brauchte das Verderben. Der Sonnenuntergang präsentierte sich in einem vollen Orange. Die knallrote Sonne verschwand hinter dem azurblauen Meer. Einige Paare spazierten eng umschlungen am Meer.

Es bot sich eine malerisch üppige Kulisse wie auf einer Theaterbühne von Shakespeare. Die Cafés entlang der Promenade waren brechend voll mit vor Glückseligkeit, fröhlich lachenden Menschen. Im Hintergrund hörte man die aktuellen Sommerhits. Ich fühlte mich richtig fehl am Platz. Ganz ehrlich, egal was mich jetzt auch erwartete, ich hatte es verdient. Nach einem kurzen Blick auf das Meer, die eng umschlungenen Paare und die Menschen, die versuchten Muscheln und kleine Fische aus dem Meer zu ziehen, fiel mir meine verflossene Liebe ein.

Wir waren jung, wild und sehr verliebt.

Wir verbrachten ein Wochenende am Loch Ness. Am ersten Tag ergoss sich ein Regen wie aus Eimern über uns. Trotzdem ließen wir uns die Laune nicht verderben und tanzten halb nackt im kühlen Nass bei 5 Grad. Es war herrlich.

Ja, das waren noch Zeiten, wo Erkältungen und Lungenentzündungen die Jugend von ein bisschen Spaß nicht abhalten konnte. Für unseren Trotz bescherte uns Mutter Natur einen traumhaften Sonnenuntergang mit einem riesigen Regenbogen, der sich über den gesamten See zu spannen schien. Das Schönste war das Bild, als die Sonne zwischen zwei Hügeln und dem Regenbogen verschwand. Auch wenn Loch Ness mit der Cote d`Azur bei Weitem nicht zu vergleichen war. On Top gab es einen klaren Himmel mit vielen goldenen Sternen. Es erinnerte mich an ein königliches Wappen.

Wir saßen stundenlang in der Dunkelheit, aßen Nudeln mit Huhn. Aus der Dose verstand sich. Bevor wir zum Schlafen in unser Zelt krabbelten, nahm sie mich in den Arm und flüsterte mir den schönsten Satz ins Ohr den ich je in meinem Leben gehört hatte:

„Jack, das nächste Mal nehmen wir die Nudeln mit den Hackbällchen und nicht das verdammte Huhn!“

Vielleicht verstehen sie das jetzt nicht, aber in diesem Moment war ich der glücklichste Mann der Welt. Oh, ich will zum Schluss nicht melodramatisch werden. Es sind eh nur verblasste Erinnerungen.

Ich ging in das Appartement. Aus dem Wohnzimmer hörte ich UFOS Song „Doctor, Doctor“. Die Wohnung war antiquarisch eingerichtet, ziemlich klassisch und stilvoll. Auf dem alten Sofa, vermutlich 19.Jahrhundert, saß mein Herr und Gebieter in seinem schwarzen Anzug, der nie dreckig wurde obwohl er ihn, so schien es mir, nie auszog.

Unter dem Jackett trug er ein weißes Hemd, das bis zum Bauchnabel aufgeknöpft war. Seine Haare waren zerzaust. Allgemein machte es den Eindruck als hätte er eine Woche lang ziemlich heftig durchgefeiert.

Aber seine Augen, seine Augen waren wie immer hellwach, verführerisch und abgrundtief böse. Dazu dieses schelmische Grinsen. Ich hasste ihn, hasse ihn immer noch. In der einen Hand hielt er lässig ein Glas Whisky, mit der anderen strich er sanft einem Mädchen durch das Haar. Ihre Hände hatte sie auf ihren Knien abgelegt und ihr Blick ging ins Leere. Sie war wunderschön. Wie ein Traum, der aber leider nie wahr werden würde.

Sie war wie eine zarte Blume, die dem Unkraut trotzte und sogar im Schatten blühte. Ein Gedicht, an dessen Vollkommenheit man verzweifelte. Diese grausame Welt hatte ein solches Geschöpf nicht verdient. Das Schlimmste, sie war vielleicht gerade mal siebzehn oder achtzehn Jahre alt. Sie hatte es nicht verdient, dass dieses Schwein sie anfasste. In diesem Moment wurde mir bewusst, dass das, was er jetzt von mir verlangen würde, mir ganz und gar nicht gefallen würde.

„Hallo Jack, schön das du zu uns gestoßen bist."

Der Dämon, Teufel oder was immer er auch war, nahm einen kräftigen Schluck von seinem Whisky.

Ein Fenster im Raum stand offen. Der Wind ließ die Gardinen flattern und brachte frische Meeresluft, inklusive Abgase sowie den Geruch von frischen Austern, frisch gepressten Zitronen und Weißwein in das Zimmer. Ich starrte ihn an und zwang mich meinen Blick von dem jungen Mädchen abzuwenden.

„Darf ich dir vorstellen! Das ist Madeleine, die Tochter eines Priesters aus Nizza."

Ich verdammte sein dämliches, sarkastisches Grinsen in meinen Gedanken.

„Sie hat sich schon den ganzen Abend auf dich gefreut. Ach ja, ich finde ich sollte auch dich vorstellen. Verzeiht mir meine Manieren. Madeleine, das ist mein Freund Jack, von dem du schon so viel Gutes gehört hast. Jack, wie schon gesagt, das ist Madeleine. Die schönste Perle von Monte Carlo bis Barcelona."

Madeleine starrte weiterhin ins Nichts und ich wollte einfach auf der Stelle sterben.

„Keine Sorge, Jack. Du wirst schon noch früh genug sterben, aber vorher zeigst du Madeleine, dass du ein Gentleman bist!"

Verdammt. Immer wieder vergaß ich, dass er meine Gedanken lesen konnte.

„Na los, so wie ich es dir beigebracht habe. Küsse der Dame die Hand."

Ich zögerte einen Moment, wohlwissend das ich mich seinem Willen nicht entziehen konnte. Ich kniete also vor Madeleine nieder und starrte dabei auf den Boden. Ich nahm ihre Hand und küsste sie vorsichtig. Sie widersetzte sich nicht.

„Wusstest du Jack, dass Madeleine an Jesus glaubt? Ist das nicht toll?“

„Ja, das ist toll, sehr toll.“

Eine Weile blieb es ruhig in dem Raum. Nur der Straßenlärm und das Rauschen der Wellen auf dem Meer waren zu hören.

„Okay Kinder, ihr habt ja Recht. Wozu Zeit verschwenden? Lasst uns mit der Party beginnen!“

„Mit der Party?“

„Natürlich, wir wollen doch alle ein bisschen Spaß haben.“

Er versank lässig in der Sofaecke und nahm einen Schluck aus seinem Glas. Wie ein Mann, der sich nach der Arbeit ein Bierchen aufmacht um sich dann in aller Ruhe ein Fußballspiel anzuschauen.

„Na los, Jack! Zeige deine gute Erziehung und hilf Madeleine dabei sich auszuziehen!“

„Ich soll was?“

„Entschuldige Madeleine, Jack ist etwas schüchtern.“

Er schaute zu ihr rüber. Danach zwinkerte er mir boshaft zu.

„Zieh dich aus, zeig ihm deine Muschi!“

Ich konnte es nicht fassen, doch sie begann sich tatsächlich auszuziehen. So, als ob sie unter Hypnose stand. Wahrscheinlich war das auch so. Anders konnte ich mir ihr Verhalten nicht erklären. Jede Frau die sich im näherte wurde in seinen Bann gezogen. Nach nicht mal einer Minute saß sie splitternackt vor mir.

„Sie ist noch Jungfrau.“

Der Teufel zwinkerte mir erneut zu und nahm noch einen Schluck.

„Halt! Nein, nein, nein. Das geht nicht. Tut mir leid, aber ich kann das nicht tun. Das geht wirklich zu weit.“ Er fing an zu kichern, stellte sein Glas auf der Sofalehne ab und stand auf.

„War das ein Nein? Habe ich das richtig verstanden? Das ist nicht dein Ernst Jack, oder? Nach Allem was ich für dich getan habe! Überlege es dir gut!“

„Nein, tut mir leid. Bei jeder anderen Frau wäre es mir egal gewesen, aber hier nicht. Sie ist noch minderjährig. Verdammt, ich bin doch nicht pädophil. Okay, vielleicht bin ich ein Schwein oder ein Arschloch, aber ich bin kein gottverdammter Kinderficker. Verstanden!“

Um ehrlich zu sein wusste ich gar nicht wo ich den Mut hernahm ihm zu widersprechen und dann noch in diesem Ton.

„Okay, okay. Ist schon Okay. Ich verstehe dich ja."

Der Teufel nickte verständnisvoll, aber natürlich war das nur gespielt. Mir war klar, dass die Hölle noch über mich kommen würde. Wort wörtlich. Dieser verdammte Kerl schnipste einmal mit dem Finger und Madeleines Kopf drehte sich um hundertachtzig Grad. Das Mädchen kippte um. Sie war tot. Wahrscheinlich war das die bessere Lösung für sie.

„Danke Jack, wegen dir bekommt jetzt unser Vater da oben die Seele . Hast du ganz toll gemacht. Bravo."

Er klatschte in die Hände und lachte.

„Wir, wir hätten doch warten können bis sie volljährig gewesen wäre und dann, dann …."

„Ja, das stimmt. Hätten wir auch tun können. Aber weißt du, hier ging es gar nicht um ihre Seele, hier ging es um dich, um deine Treue uns gegenüber, eine Frage der Loyalität. Verstehst du?"

Seine Augen liefen blutrot an, seine Adern und Venen schienen durch seine Haut zu quellen. Mit einer einfachen Handbewegung schleuderte er mich durch den ganzen Raum an die Wand, wo ich wie eine zerquetschte Fliege kleben blieb. Kein sehr schönes Gefühl.

„Genauso wie Gott für euch hier einen Test hat, haben auch wir für euch auch einen. Nur den hast du leider nicht bestanden. Du erinnerst dich doch wohl, dass du mir deine absolute Treue und Dienerschaft geschworen hast, oder? Nun, die hast du gebrochen und um deine jetzige Frage, die dir gerade durch den Kopf geht, zu beantworten: Ja, es gibt etwas Schlimmeres als die Hölle."

Er ließ mich wieder auf den Boden fallen und erlangte sein eigenes, vorheriges Aussehen wieder.

„Ich gebe dir noch genau vierundzwanzig Stunden Zeit um dich von diesen elenden Scheißhaufen, den ihr Kakerlaken eure Welt nennt, zu verabschieden. Wenn die Zeit abgelaufen ist werde ich dich holen. Egal wo du bist und was du machst. Bis bald, Jack." Mit diesen Worten verschwand er einfach.

Die ersten darauffolgenden Stunden streunte ich ziellos umher. Ich lief den Strand auf und ab bis es wieder hell wurde. Man sagte die gläubigsten Menschen sind die, denen nur noch fünf Minuten in ihrem Leben blieben und sie wüssten, dass sie in fünf Minuten sterben würden.

Dem musste ich zustimmen.

Ich glaube jetzt ganz fest an Gott. Ich stehe dem Tod von Angesicht zu Angesicht gegenüber und stelle mir die Frage ob es das alles wert war. Klar, ich habe gesoffen, gezockt, schnelle Autos gefahren und gevögelt wie ein Weltmeister. Ein paar Jahre lang und ich muss zugeben, dass es das nicht wert war dafür meine Seele an den Teufel zu verkaufen. Scheiße, ich kann mich nicht mal an jedes Auto oder jede Frau die ich hatte erinnern.

Nun bin ich hier gelandet. Auf einem Dachboden eines Billighotels. So eins, indem man stundenweise bezahlt und ich bringe all das was ich erlebt habe zu Papier. Mir bleibt dazu nicht mal eine Stunde.

Witzig, oder? Keine Ahnung wieso, ich muss jetzt wirklich lachen. Wie auch immer. Ich weiß gar nicht so genau wie ich diese letzte Stunde verbringen soll. Also schreibe ich diese Zeilen hier für denjenigen, der sie dann mal finden und vielleicht auch lesen wird. Damit derjenige die Wahrheit erfährt.

So, ich genehmige mir einen letzten Schluck und die letzte Kippe.

Bin wieder da, oder noch da. Je nachdem. Ha, ha, ha. Ich habe es hier hinterlegt und falls diese Ausgeburt der Hölle es nicht verschwinden lässt, so hoffe ich dass du, nachdem du meine Geschichte gelesen hast, etwas aus deinem Leben machst und nicht zulässt, dass der Teufel deine Seele bekommt. Einfach nur, damit du ein guter Mensch wirst oder bleibst.

Vielleicht hältst du diesen Brief auch nur für den Scherz eines zu gekoksten Wahnsinnigen, dem die Drogen ausgegangen sind. Aber glaube mir, das ist nicht so. Ich bin so klar im Kopf wie noch niemals zuvor. Apropos, irgendein Gefühl sagt mir, er ist bereits auf dem Weg hierher um mich zu holen. Vielleicht sollte ich jetzt zu Gott beten und ich habe noch eine minimale Chance auf mein Leben.

Oder soll ich versuchen gegen den Teufel zu kämpfen?

Oh, verdammte Scheiße.

Ich will nicht sterben. Nicht so!

Ich hatte in einigen Filmen gesehen, dass Silber und Salz gegen Vampire, Werwölfe und Zombies helfen würde. Nur, gibt es die im realen Leben? Nach meinen Erlebnissen bin ich mir in diesem Punkt allerdings auch nicht mehr so sicher.

Hm, ich denke nicht, dass mir noch irgendetwas helfen kann. Nicht gegen dieses Monster. Vielleicht bringe ich mich einfach um.

Ich komme doch so oder so in die Hölle. Also was solls! Einen Versuch ist es doch wert. Verdammt, ich habe es echt versucht. Wirklich. Ich habe sogar Anlauf genommen um aus dem Fenster zu springen, aber ich kann nicht. Ich kann einfach nicht. Scheiß Feigheit. Nur noch ein paar Minuten.

Die Uhr tickt. Tut mir leid. Ich würde dich gerne noch ein bisschen unterhalten, aber du weißt ja, ich habe keine Zeit mehr. Ich hoffe du glaubst mir und wirst ein anständiger Mensch.

Ach fuck, egal. Spiele einfach nicht mit dem Teufel. Er ist gleich da.

Also dann, mein Freund. Ein paar letzte Worte:

Adios, ciao, doswedanje, goodbye und au revoir.

Louis de Fontainbleau.

Als Louis de Fontainbleau, ein französischer Ritter, gefolgt von seinem Knappen und treuen Gefährten Pepin quer durch Europa reiste, war die Erde noch eine Scheibe. Wir schrieben den Aufbruch ins 14.Jahrhundert. Louis und Pepin ritten durch deutsche Herzogtümer um sich dem böhmischen König Johann von Luxemburg und dessen Heer anzuschließen. Der König plante in Niederlitauen gegen den Großfürst Gedeminas und seine heidnischen, gottlosen Scharen in die Schlacht zu ziehen. So ritten sie, fest entschlossen Gottes Werk zu verrichten und zahllose Frauenherzen in Paris zu erobern, um ihnen von ihren Heldentaten berichten zu können.

„Pepin, hey Pepin", rief Louis. Er zügelte Fleur, sein treues Schlachtross und blieb stehen.

„Sind denn noch unsere Schwerter spitz und unsere Speere gut geölt?"

„Oui, Monsieur", gab Pepin zur Antwort.

„Und sag Pepin, mein treuer Freund, sind denn unsere Schlachtrösser gut genährt und wehen unsere Banner im Winde? So schön wie der Heiligenschein Jesu Christi am Kreuze?"

„Oui, oui Monsieur. Aber Verzeihung, wenn ich da in einem Punkt widerspreche, Monsieur. Fleur ist ein Schlachtross, mein Parcival lediglich ein Esel."

„Sagt nichts, Pepin. Sagt mir lieber, ist unser Heer zum Kampfe bereit? Vergießen die holden Damen Tränen um unseren Tod für die gute Sache auf dem Felde?"

Pepin drehte sich um und sah, wie schon seit ihrem Aufbruch in Frankreich, außer einem einsamen Waldweg nichts. Weder ein Heer, jeder Zeit zum Kampfe bereit, noch holde Damen die Tränen um ihren Tod vergossen. Moment mal!

„Pardon Monsieur, unseren Tod?"

„Oh, mein Fehler. Pardon. Lass uns unser Marschlied einstimmen und weiter reiten!"

„Jawohl, Monsieur."

Louis sang wie ein alter Falke, den man mit einem alten Besen vom Burg Turm gescheucht hatte.

Um genau zu sein ertrug Pepin die Gesangeskünste seines Gebieters nur nach ein paar Humpen Wein. Im nüchternen Zustand versuchte er einfach lauter zu singen als sein Herr:

„Als unsere Schwerter verrichteten Gottes Werk,
da schlug im heiligen Lande die Nacht umher.
Da kam aus dem Wald ein Wolf daher.
Des Bauers Schäflein verschleppte er,
des Bauers Schäflein verschleppte er!
Auf dem Felde beenden wir unseres Volkes Leid,
also weine nicht um mich, du schöne Maid.
Mit dem Schwert in der Hand ist`s ein schöner Tod
und morgen hebe ich mein Glas auf dich neben unserem Herren Gott!“

„Pepin, welche Lande durchstreifen wir hier?“

„Ich bin mir nicht sicher, Monsieur. Aber ich denke, das sind die Ländereien deutscher Herzöge.“

„Ah, dann sprechen die hier deutsch.“

„Oui, Monsieur.“

„Eine hässliche Sprache. Sie klingt als ob ein tollwütiger Hund bellen würde. Mein Vater, Gott sei seiner Seele gnädig, zwang mich diese Sprache zu lernen und prügelte mit einem Holzstück auf meinen Kopf ein, damit ich sie mir besser einprägen konnte.“ Pepin kicherte.

„Ich verstehe nicht was daran so lustig sein soll, Pepin. Es ist eine hässliche Sprache.“

„Oui, Monsieur.“ Pepin nickte zustimmend.

„Französisch dagegen ist die Sprache der Dichter und Sänger. Merke dir das, Pepin. Du kannst stolz darauf sein, dass du ein Franzose bist.“

„In der Tat, Monsieur. Dem stimme ich zu.“

„Mit keiner Sprache kannst du eine Madame besser umgarnen.“

Sie ritten noch eine Weile, während Louis seinen Knappen in die Geheimnisse der Welt einweihte, bis Pepin schließlich rief:

„Oh, seht da Monsieur.
Aus dem Wald dahinten steigt Rauch auf!“

Pepin zeigte mit dem Finger in die Ferne.

„Ha, sehr gut bemerkt Pepin, sehr gut. Ich sehe den Rauch natürlich schon eine ganze Weile. Ich wollte nur herausfinden wann es dir auffällt.“

„Ach, welch eine wunderbare Weitsicht ihr doch habt, Monsieur."

„Ja, ja ich weiß. Also, entweder ist das der Ofen einer Gaststätte oder eine wütende Schlacht. Beides soll uns recht sein."

„Also mir wäre eine Gaststätte lieber."

„Genug Zeit vertrödelt. Reiche mir mein Schild und mein Speer!"

Pepin, der stets das ganze Gepäck und die meisten Waffen seines Herren auf seinem Esel Parcival schleppte, gehorchte sofort. Schon galoppierte Louis auf seinem Schlachtross Fleur in Richtung des Rauches. Bald erschien zwischen den Tannenbäumen ein kleines Dorf. Louis zügelte Fleur. Ein alter Mann, wahrscheinlich der Dorfälteste, ging so gut er konnte auf Louis zu. Kurz darauf trottete auch Pepin auf seinem Esel ein und stand neben seinem Herrn. Der alte Mann kam näher und schenkte den beiden ein herzliches, aber zahnloses Lächeln.

„Ahoi", sagte der Mann.

Louis und Pepin starrten sich verwirrt an.

„Was sagt er? Ahoi? Sind wir denn auf hoher See?"

„Nein, natürlich nicht, du Schwachkopf. Du siehst doch, dass um uns herum nur Wald ist. Hören wir uns erstmal an was der alte Mann zu sagen hat."

„Srdecne vitame navstevniki", sprach der alte Mann freundlich und hob eine Hand zum Gruß. Erneut starrten sich der Ritter und sein Knappe verwirrt an.

„Was, in Gottes Namen, redet der da?", fragte Pepin seinen Herrn.

„Nun, ich weiß es nicht. Mein Deutsch ist etwas eingerostet.

Louis schaute den Dorfältesten an und sprach ganz langsam:

„Hallo, alter Mann. Ich bin Louis Archibald de Fontainbleau, französischer Ritter und das ist mein Knappe. Du verstehst? Wir kommen aus Fraaanceee."

Louis sprach so langsam, dass er glaubte er würde es mit einem geistig Behinderten zu tun haben. Doch das schien den Mann nicht zu stören und er antwortete auf Deutsch. „Ah, aus Frankreich. Ihr kommt also aus Frankreich. Freut mich zu hören.

Wir haben selten Besuch aus weiter Ferne. Wir würden euch ja gerne einladen, euch den Tisch decken und Wein einschenken.

Doch die Umstände erlauben es uns nicht."

„Umstände? Was denn für Umstände hindern euch daran einen weit gereisten Edelmann einzuladen?“, hackte Louis nach.

„Was ist? Übersetzt doch mal, Monsieur!“

„Pssst, seit still, Pepin!“

„Mein Herr, ich möchte euch nicht damit belasten“, setzte der Dorfälteste fort.

„Aber schon seit Tagen hält eine Räuberbande die Straße zu unserem Dorf besetzt und überfällt unsere Händler, die von Prag mit Waren zu uns kommen. Die Räuber treiben riesige Zölle ein, wie wir sie uns nicht leisten können.“

„Ich verstehe.“

„Was sagt er denn?“ Louis gab Pepin erneut ein Zeichen still zu sein.

„Und warum unternimmt euer Herrscher nichts dagegen?“

„Unser Herrscher hat alle jungen Männer mitgenommen und sich der Armee unseres Königs Johann von Luxemburg angeschlossen. Sie befinden sich auf dem Kreuzzug gegen Litauen.“

„Ich verstehe. Wir selbst wollen uns der guten Sache von König Johann anschließen. Was sind denn das für Räuber, alter Mann. Erzähl mir von ihnen!“

„Oh, mein Herr. Die Räuber an sich würden bei eurem Anblick die Flucht ergreifen. Aber ihr Anführer, den sie Budulay nennen, er ist sehr gefährlich. Man sagt er sei ein Untier. Ich will sie nicht beleidigen mein Herr, aber ich würde an ihrer Stelle nicht durch unser Dorf weiter in den Wald reiten. Machen sie lieber einen Umweg.“

„Ich will mich so bald wie möglich eurem König anschließen und das ist der kürzeste Weg auf meiner Karte. Der einzige Weg um genau zu sein. In der Tat fühle ich mich in meiner Ritterehre etwas gekränkt. So ein Räuber kann es nicht mit einem Rittersmann, der Gottes Werk verrichtet, aufnehmen!“

„Da gebe ich ihnen auch Recht, mein Herr. Aber Budulay ist kein einfacher Räuber. Er sitzt auf einer Eiche, hat Augen so groß wie ein Uhu. Ohren, so spitz wie die eines Pferdes und Zähne, so scharf wie die eines Wolfes. Wenn er pfeift reißt es Büsche aus der Erde. Wenn er kräht, so hagelt, blitzt und donnert es und wenn er einmal schreit, reißt es jedes Pferd und jeden Mann von Mutter Erde.“

„Wahrlich eine schaurige Geschichte, alter Mann.

Doch kann mich so eine Legende nicht abschrecken. Ich hole mir den Kopf von diesem Budulay!“

„Das würde mir und auch den anderen Dorfbewohnern eine große Freude bereiten. Der Herrgott soll auf euch und euren Gefährten aufpassen.“

Louis weihte seinen Knappen ein. Der war nicht sonderlich davon angetan gegen eine Räuberbande in den Kampf zu ziehen, aber auf der anderen Seite hatte er auch keine Wahl. Gleich hinter dem Dorf erreichten sie eine Hügellandschaft, an dessen Ende man Baumkronen eines Waldes erkennen konnte. Je näher sie dem Wald kamen desto grauer wurde der Himmel und der Wind wurde stürmischer.

„Monsieur, ich weiß ja nicht ob das gut ist. Ich glaube nicht, dass Gott hier anwesend ist, in dieser schrecklichen Gegend.“

„Ach, mach dir doch nicht ins Hemd, Pepin. Reich mir schon mal den Bogen und die Pfeile!“

Am Fuße des Waldes kamen zwei Räuber gerannt. Völlig verdreckt und in Lumpen gehüllt rannten sie mit schwingenden Säbeln kreischend auf Louis und Pepin zu. Mit zwei Schüssen streckte Louis die beiden problemlos nieder. Nicht umsonst genoss er in Frankreich den Ruf der beste Bogenschütze zu sein. Fleur wieherte und machte damit klar, dass sie nicht weiter laufen wollte. Louis musste ihr erst ein paar Mal die Sporen geben bis sie wieder vorwärts ging. Am Wald angekommen machten die beiden Abenteurer eine schaurige Begegnung.

In der Krone einer Eiche saß eine Gestalt, die ihnen das Blut in den Adern gefrieren ließ. Die Augen größer als die eines Uhus, die Ohren spitzer als die eines Pferdes und die Zähne spitzer als die eines Wolfes. Louis beschloss direkt in die Offensive zu gehen und rief zu der Gestalt:

„Sag mir, du Ausgeburt der Hölle. Bist du der Räuber Budulay, der die Armen hier beraubt?“

Die Gestalt fing laut zu lachen an. Hinter den Büschen und Bäumen konnte Louis hören wie auch die anderen Räuber das Lachen anfingen.

„So sagt mir denn gnädiger Herr, wer ihr denn seid! Schließlich bin ich nicht zu euch gekommen, sondern ihr zu mir.

In meinen Wald und da geziemt es sich doch, dass man sich vorstellt, oder?“, grinste die Gestalt.

„Also seid ihr Budulay?“, fragte Louis.

Wieder ertönte aus dem Wald schallendes Gelächter.

„Und das ist nicht euer Wald!“, fügte Louis energisch hinzu.

„Ach, wirklich?“, fragte Budulay mit einem ironischen Unterton.

„Das sind die Ländereien von König Johann von Luxemburg, somit gehört auch dieser Wald ihm und nicht dir, du Untier!“

„Ach ja? Das ist ja eine interessante Theorie, die ihr da habt. Aber nun erzählt mir doch mal, wo ist denn euer König Johann von Hosenfurz?“

Die Räuber verfielen in eine richtige Lachorgie.

„Von Luxemburg, das heißt von Luxemburg und der König verrichtet auf dem Felde Gottes Werk!“

„Es wird immer lustiger“, entgegnete Budulay. „So sagt mir, wo ist euer Gott?“

„Nicht nur ein Dieb und Räuber, sondern auch noch ein Gotteslästerer!“

Louis Geduldsfaden war am Ende. Er legte einen Pfeil an, spannte seinen Bogen und schoss. Budulay schien das vorhergesehen zu haben. Er rüttelte die Eiche, die Äste fingen an zu tänzeln und Louis Pfeil blieb in einem Ast stecken.

„Tut mir Leid, gnädiger Herr, aber jetzt muss ich euer Leben leider beenden“, ächzte Budulay.

Mit diesen Worten plusterte er sich auf und fing an zu krähen, dass es in Louis Ohren nur so hallte und es ihn fast in den Wahnsinn trieb. Der Ritter klopfte sich mit den Fäusten gegen den Helm um das nerv tötende Geräusch abzuhalten.

„Pepin, Pepin meine Lanze. Schnell!“, rief er.

Der Himmel bewölkte sich und es fing an zu blitzen und zu donnern. Fleur wieherte laut. Das Krähen fing allmählich auch an das Schlachtross aus der Fassung zu bringen.

„Pepin, wo bleibt meine Lanze?!“

Louis schaute verzweifelt um sich, doch sein Knappe war bereits hinter dem nächstbesten Hügel verschwunden.

„Pepin, du dämlicher Schwachkopf. Na warte, wenn ich dich erwische, dann….“

Louis schaffte es nicht seine Drohung auszusprechen. Aus dem Wald kam schon ein Schwarm eigenartiger Vögel dahergeflogen, die wild auf Louis Rüstung einhackten. Er schlug verzweifelt um sich.

Es sah aus als wäre er in einen Bienenschwarm geraten. Auch Fleur machten die eigenartigen Krähen zu schaffen. Sie versuchten dem Pferd mit ihren Schnäbeln das Fell aus zu zupfen. Aus der Aussichtslosigkeit zog Louis sein Schwert, welches ihm sein Vater Baron de Fontainbleau vererbt hatte und hackte damit einige Krähen nieder.

Budulay hörte mit dem Geschrei auf. Sofort, wie auf Kommando, verschwanden auch die Krähen wieder im Wald. Die kurze Atempause für Ritter und Pferd hielt jedoch nicht lange an.

Der Räuberhauptmann, der immer noch auf der Eichenkrone saß, setzte Daumen und Zeigefinger an seine Lippen und pfiff so laut, dass Louis Gehör zu versagen schien. Noch dazu wirbelte die Luft alles zusammen. Erst die Blätter und dann fingen an sich Büsche aus der Erde zu reißen um auf Louis zu zufliegen. Fleur stellte sich dem Windsturm so gut sie konnte, doch der Sturm war zu stark und ließ sie immer weiter zurückweichen. Auch Louis hatte so seine Schwierigkeiten, sich im Sattel zu halten und klammerte sich so gut er konnte an Fleurs Mähne fest. Äste flogen auf sie zu und schlugen brachial auf sie ein. Dennoch widerstanden sie diesem Sturmangriff.

„Da bin ich wohl aus der Übung gekommen, weil ihr ja immer noch vor meiner Eiche steht", höhnte Budulay.

„Aber das was jetzt kommt, dem werdet nicht mal ihr widerstehen!"

Louis verstand kein Wort, sondern hörte immer noch ein monotones Piepen in seinen Ohren.

Schon schrie Budulay auf, gerade so als ob man eine Wildsau zum Schlachter führen würde. Ein noch heftigerer Sturm brach an. Sogar Budulays Räuberbande verschwand in sämtliche Himmelsrichtungen. Bäume wurden aus dem Erdreich gerissen. Erst die kleinen, dann immer größere.

Louis konnte sich nicht mehr in seinem Sattel halten und stürzte zu Boden. Seine Pfeile wurden im Wind in alle Richtungen verstreut und die Lanze hatte immer noch Pepin, dieser Feigling.

Louis nahm einen dicken Ast einer Eiche, rannte durch den Sturm und schleuderte den Ast auf Budulay. Der Räuberhauptmann, der immer noch laut schrie, bemerkte die Gefahr nicht. Der Ast traf ihn genau am Kopf und er stürzte fassungslos auf den Boden. Louis stürzte sich auf ihn, fesselte ihn sofort und steckte ihm einen Lumpen in seinen Mund. Die Räuber gerieten in Panik und suchten sofort das Weite.

Niemand von ihnen hätte geglaubt, dass es einen Mann auf Erden gab, der es mit Budulay aufnehmen konnte. Louis schleppte den Räuber zu seinem Pferd. Da tauchte auch Pepin wieder hinter den Hügeln auf.

„Monsieur, Monsieur wir haben ihn besiegt, wir haben ihn besiegt! Was für eine Freude!"

„Nein, du Schwachkopf. Nicht wir haben ihn besiegt, sondern ich habe den gefürchteten Budulay besiegt."

„Oh Verzeihung, Monsieur. Ich habe nur mal eben nachgesehen ob die anderen beiden Räuber auch wirklich tot sind."

„Ob sie auch wirklich tot sind? Willst du damit andeuten, dass du an meiner Schießkunst zweifelst, du nichtsnutziger Bengel?"

Pepin erinnerte sich, wie sein Herr den Schuss auf Budulay verfehlt hatte. Er beschloss jedoch aus eigenem Interesse, es nicht zu erwähnen und besser zu schweigen.

„Nein, nein Monsieur, pardon. Ihr habt mich missverstanden, aber was habt ihr jetzt mit dem Räuber vor? Wollt ihr ihm für seine begangenen Gräueltaten den Kopf abschlagen?"

„Nein, wir nehmen ihn mit."

„Ihn mitnehmen? Verzeihung, Monsieur, aber ich kann euch nicht ganz folgen."

„Ich weiß, dass du mir nicht ganz folgen kannst, Pepin. Weil du ein verdammter Narr bist. Pass auf, wir nehmen ihn mit und zeigen ihn in den umliegenden Dörfern rum. Die werden uns, also besser gesagt mich, wie einen Helden feiern, mir Wein schenken und die Weiber werden vor mir Schlange stehen. Zum Schluss schenken wir ihn König Johann zur Belustigung auf dem Hofe. Ganz Prag wird über ihn lachen und ich werde gefeiert."

„Oh, wie Recht ihr doch habt, Monsieur. Ihr seid so weise."

„Natürlich. Ich habe immer Recht, Pepin und jetzt sammelt meine Pfeile wieder ein, bevor ich mich vergesse und dir einen Tritt in den Hintern verpasse."

Louis wickelte Budulay in seinen Umhang, hing ihn an Fleur und dann ritten sie weiter, den Räuber im Schlepptau. Es dauerte nicht lange und sie kamen im nächsten Dorf an. Louis zeigte stolz seinen Gefangenen den Schaulustigen und Händlern, die ihm nicht glauben wollten, dass der berüchtigte Straßenräuber nun besiegt war.

Die Händler gaben ihm Wein, Brot und Wurst mit auf seine Reise. Das ganze Dorf hatte sich bei ihm bedankt. Louis beschloss noch eine Weile in dem Dorf zu verweilen. Pepin hatte natürlich nichts dagegen. Endlich konnte er sich mal richtig satt essen und vollsaufen. Ihnen zu Ehren wurde ein Fest veranstaltet. Musiker spielten, die Menschen tanzten und die beiden Helden genossen die Gesellschaft einiger Damen.

„Schau her, Pepin", rief Louis.

„Schmeckst du diesen Wein und dieses luftig weiche Brot und wie frisch die Würste riechen? Oh und die Weiber, schaue dir nur diese Weiber an! Zwar ist das nicht annähernd so gut wie bei uns in Frankreich. Aber ich muss gestehen, es ist auch nicht schlecht."

„Ja Monsieur, in der Tat."

Louis bemerkte den Dorfältesten, wie er traurig und alleine in der Ecke saß. Also gesellte er sich zu ihm.

„Hier, alter Mann. Trinkt mit mir einen Kelch von diesem herrlichen Wein!"

Louis reichte dem Mann seinen Kelch.

„Verzeiht mein Herr, aber mir ist nicht zum Feiern zu Mute."

„Wieso?", wollte der Franzose wissen. „Freut es euch etwa nicht, dass ich eure Handelsstraße von dieser Bestie befreit habe?"

„Doch, doch versteht mich nicht falsch, mein Herr. Ich bin sehr froh darüber und sowohl ich als auch das Dorf sind euch zu großem Dank verpflichtet. Aber…"

„Aber was?", hackte Louis nach.

„Ich habe eine Tochter. Eine schöne, sehr schöne Tochter. Die Schönste im ganzen Land."

„Ah, das ist ja interessant. Wo ist denn eure schöne Tochter, wenn ich fragen darf?"

„Nicht hier, nicht mehr. Ein Hexer hat sie entführt und hält sie in seinem Turm gefangen. Leider gibt es für sie kaum Hoffnung, deswegen ist meine Seele betrübt. Also verzeiht mir, wenn ich nicht mit euch trinke."

„Das verstehe ich, wirklich. So sagt mir, wo ist denn dieser Zauberer? Ich werde losreiten und eure Tochter retten."

Um seiner Aussage Nachdruck zu verleihen ließ Louis einen kräftigen Rülpser los, wenn auch etwas unfreiwillig.

„Ihr wollt meine Tochter retten? Das ist eine riesige Freude die ihr mir macht, mein Herr. Ich wäre dann wohl der glücklichste Mann auf der Welt. Nur verzeiht mir, wenn ich dazu sagen muss, dass ich ein einfacher Bauer bin und mir eure Dienste nicht leisten kann. Selbst wenn, so muss ich hinzufügen, dass der Hexer sehr gefährlich ist und ich mir sicher bin, dass ihr dieses Unterfangen mit eurem Leben bezahlen werdet. So etwas kann ich nicht mit meinem Gewissen vereinbaren."

Louis nahm einen kräftigen Schluck aus dem Weinhumpen und ließ nochmal einen kräftigen Rülpser raus.

„Ach was, Hexer hin oder her. Ich habe den Räuber Budulay besiegt, da werde ich doch wohl mit so einem Zauberer fertig werden. Das wäre doch gelacht. Natürlich verlange ich nichts von euch. Was wäre ich denn für ein schäbiger Ritter, wenn ich nicht einer holden Maid zur Hilfe eilen würde. Ich breche auf der Stelle auf."

„Mein Herr, natürlich bin ich über eure Entscheidung hoch erfreut. Aber es ist finster im Wald, jetzt in der Nacht und dazu wisst ihr ja gar nicht wohin ihr reiten sollt."

„Macht euch keine Sorgen, alter Mann. Ein Rittersmann weiß stets was er tut und ich gehe dorthin wohin mein Schwert mich führt."

Mit diesen Worten schmiss Louis seinen leeren Weinhumpen weg, zog sein Schwert und ging auf den Marktplatz.

„Pepin, Pepin du Schwachkopf! Wo steckst du schon wieder?"

Pepin, der sich zur selben Zeit mit zwei Bäuerinnen am Lagerfeuer vergnügte, erzählte von seinen Abenteuern und Heldentaten. Auch wenn sie kein Wort Französisch verstanden, so fanden sie ihn doch recht unterhaltsam und kicherten über seine Sprache, die in ihren Ohren so seltsam klang.

Ganz besonders ausführlich erzählte Pepin davon, wie er den Räuber Budulay mit bloßen Händen überwältigt hatte. Genervt sprang er auf und eilte zu seinem Herrn, als er ihn rufen hörte.

„Was ist denn los, Monsieur?"

„Auf, auf zu neuen Ruhmestaten, Pepin. Wir müssen eine holde Maid aus den Fängen eines bösen Zauberers befreien." Louis taumelte, leicht betrunken über den Marktplatz und fuchtelte mit seinem Schwert in der Luft herum. Sehr zum Gespött der anwesenden Bauern.

„Ja, das ist eine tolle Idee, Monsieur.

Ganz toll, aber wollt ihr nicht lieber bis morgen warten?“

„Warten, warten! Wir haben keine Zeit zum Warten. Los, vorwärts!“

Louis marschierte zu Fleur und schwang sich mit einer gekonnten Bewegung auf sein Ross. Jedoch falsch herum.

„Fleur, wo ist denn dein Kopf hin? Pepin, wo ist der Kopf von meinem Pferd hin? Los, suche ihn!“

„Verzeihung Monsieur, aber ihr sitzt falsch herum. Der Kopf ist am anderen Ende.“

„Anderes Ende? Falsch herum? So ein Quatsch.“

Louis packte mit seiner freien Hand den Schweif des Pferdes und brüllte hinein: „Fleur, Fleur hörst du mich? Wo ist dein Kopf, du blöder Gaul? Mhm, was soll´s. Dann reiten wir eben ohne Kopf.“

„Ich weiß nicht ob das…“ Pepin kam nicht dazu seine Einwände vorzubringen.

„Pepin, Pepin so sag doch, sind unsere Schilder noch hart und glänzen unsere Rüstungen in der Sonne?“, lallte Louis so laut das ihn das halbe Dorf hörte.

„Ja Monsieur, unsere Schilder sind hart und unsere Rüstungen glänzen. Na ja, sie glänzen im Mond. Wir haben ja Nacht.“

„Was? Mond? Was denn für einen Mond?“

„Ach egal, Monsieur. Macht einfach weiter.“

„Und unsere Fahnen? Wehen sie noch im Wind?“

„Oui Monsieur, das tun sie.“

Louis hob sein Schwert um die Richtung zu weisen.

„Vorwärts, ihr stolzen Mannen, im Namen des Königs!“

Louis rülpste noch einmal, fiel seitwärts vom Pferd und schlief auf der Stelle ein.

Pepin überkreuzte sich und stieß ein Dankesgebet aus. Dafür, dass er des Nachts nicht mehr in den Wald reiten musste. Am nächsten Morgen wachte Louis mit erdrückenden Kopfschmerzen in einem Haufen Heu auf. Ein nerv tötendes, lautes Grunzen setzte ihm zusätzlich zu. Als er es schaffte die Augen zu öffnen, starrte er in einen, mit Schlamm besudelten Schweinerüssel, der neugierig an ihm schnupperte. Louis erschrak, schrie laut los, sprang ziemlich ungalant in die Luft, zog sein Schwert und schaute sich um wohin ihn sein Schicksal mal wieder geführt hatte.

Einige Schweine schienen erschrockener zu sein als er selbst und rannten, laut quickend, an ihm vorbei. Zu seinem eigenen Entsetzten realisierte Louis, dass er die Nacht in einem Schweinestall verbracht hatte.

Wenn die Adelshäuser in Frankreich das jemals erfahren hätten, dass der große Louis Jacques Archibald de Fontainbleau in einem Schweinestall nächtigte, dann wäre sein Ansehen bis in alle Zeiten ruiniert gewesen. Ganz zu schweigen davon, dass das auch für die Damenwelt galt. Welche Maid brauchte schon einen Ritter, der bei Schweinen schlief?

Sein Name war dann noch dreckiger besudelt als der Rüssel des Schweins, das an ihm schnupperte. Diese Nacht nahm er definitiv mit in seine Familiengruft. Er stampfte durch Matsch und Kot aus der Scheune heraus. Die Vöglein zwitscherten, einige Bauern holten Wasser aus dem Brunnen und winkten ihm freundlich zu. Junge Mädchen kamen mit Kräutern aus dem Wald und unterhielten sich wieder in dieser Sprache, die er nicht verstand.

„Verzeiht mir, gnädige Fräuleins. Aber was sprecht ihr da? Böhmisch?"

Die Mädchen blieben stehen, schauten grinsend seine dreckige Rüstung und seine zerzausten Haare an. Louis bemerkte das, ließ sich aber nichts anmerken.

„Nein mein Herr, wir sprechen tschechisch."

„Aber wenn wir in Böhmen sind, wieso sprecht ihr nicht böhmisch?"

Die Mädchen kicherten laut.

„Aber mein Herr, das ist doch im Grunde genommen böhmisch."

„Hm, das verstehe ich nicht. Aber was soll's. Sagt mal, habt ihr nicht zufälligerweise meinen Knappen gesehen? Er ist auch Franzose, klein, hässlich und er redet zu viel."

Beim Wort „klein" stemmte Louis die Hände in die Hüften um seine eigene Größe zu demonstrieren, obwohl Pepin ihm bis zur Schulter reichte.

„Ach, ihr meint Pepin, mein Herr? Ihr seid doch gestern Arm in Arm zusammen im Schweinestall verschwunden."

Die Mädchen kicherten erneut.

„Mit mir? Arm in Arm? Was erzählt ihr da? Das kann nicht sein. Ihr müsst mich da verwechseln." Doch die Mädchen nickten ihm nur zu.

„Oh doch und ihr habt laut gestöhnt dort drin und irgendwas auf Französisch geschrien."

„Oh nein, das habt ihr falsch interpretiert. Ich hatte sehr viel getrunken und Pepin half mir lediglich aus meiner Rüstung“, rechtfertigte sich Louis.

„Schon gut, mein Herr. Wir haben euren Knappen Pepin heute auch noch nicht gesehen. Bestimmt ist er noch im Stall.“

Wutentbrannt und laut schnaubend stampfte Louis durch die quickenden Schweine zurück in den Stall und brüllte:

„Pepin, Pepin du Schwachkopf! Wo steckst du schon wieder? Komm raus, auf der Stelle und hole dir deine Trachtprügel ab!“

Plötzlich vernahm Louis ein Geräusch und der Heuhaufen fing an sich zu bewegen. Ein völlig verschlafener Pepin krabbelte aus dem Haufen hervor.

„Pepin!“, schrie Louis. „Du bist ein solcher Schwachkopf!“ und verpasste ihm einen heftigen Tritt.

„Ich weiß, ich weiß. Aber warum denn diesmal?“

„Da fragst du noch?!“

Louis brüllte sich die Seele aus dem Hals.

„Warum, zum Teufel hast du mich in diese ekelerregende Scheune geschleppt? Da, wo die Schweine hausen. Ich bin doch ein angesehener Edelmann und kein Bauer. Sogar die Dorfweiber haben mich ausgelacht!“

„Zu meiner Verteidigung, Monsieur. Die Dorfbewohner hatten kein Bett frei und euch draußen schlafen lassen wollte ich nicht.“

„Ich würde dich am liebsten auf der Stelle erdrosseln, aber leider haben wir dafür keine Zeit. Wo ist Budulay?“

„Der Räuber? Er ist immer noch in Ketten draußen am Marktplatz, Monsieur.“

„Dann ist gut. Wickel ihn wieder in meinen Umhang und binde ihn hinten an Fleur an! Wir wollen gleich aufbrechen.“

„Jawohl, mein Herr. Wird sofort erledigt. Aber erlaubt mir die Frage, wohin brechen wir denn auf? Stoßen wir zu König Ludwigs Heer?“

„Natürlich stoßen wir zu König Ludwigs Heer. Das ist ja der Grund für unsere Reise, du Schwachkopf. Vorher werden wir die schöne Tochter des Bauern retten und als Trophäe holen wir uns noch diesen Zauberer.“

„Wie ihr wünscht, dann fange ich mal an zu packen, Monsieur. Aber sollten…“

„Was aber? Es gibt kein aber! Wir machen das so, wie ich es gesagt habe!“

Innerlich ohrfeigte sich Pepin selber. Louis hatte es nicht vergessen die Tochter aus den Fängen des Hexers zu befreien.

Vielleicht hätte er ihm mehr Fusel in den Wein kippen sollen. Oberflächlich gesäubert und in Schale geworfen verabschiedeten sich die beiden Helden von den Dorfbewohnern. Der Vater, der seine Tochter verloren hatte, erklärte ihnen den Weg.

„Ihr reitet einfach weiter durch den Wald, etwa einen halben Tag lang. Dann kommt ihr zu einer Lichtung, gleich dahinter liegt eine Kreuzung. Nach links geht es weiter in Richtung Königreich Polen. Nach rechts geht es in Richtung Prag. Und geradeaus…."

Der Mann zögerte.

„Was ist denn geradeaus?" hakte Louis nach.

„Geradeaus findet ihr den sicheren Tod, mein Herr. Dort lebt der Hexer, wohin er immer die schönen, jungen Frauen entführt und wohin er auch sicherlich meine schöne Tochter hin verschleppt hat."

Die Aussicht, dass er nicht nur eine sondern gleich mehrere Schönheiten retten konnte lockte Louis umso mehr.

Seine Neugierde wurde noch mehr geweckt, endlich diesem Hexer zu begegnen.

„Was macht der Hexer denn mit den Schönheiten, wenn ich fragen darf?"

„Das weiß niemand so genau. Kein Mensch ist jemals so nahe an ihn rangekommen. Außer Mythen und Legenden kann ich euch nichts überliefern, mein Herr. Die einen behaupten, der Hexer wohne in einem Schloss. Die anderen, das er in einer Holzhütte haust. Wieder andere meinen, dass er auf Bäumen haust. Was die Schönheiten betrifft denken manche, dass er sie in Hexen verwandelt. Andere wiederum, das er sie dem Teufel zum Opfer bringt."

„Das ist ja schrecklich."

„Sehr schrecklich, mein Herr, aber die schrecklichste Theorie ist … " Der Mann begann zu flüstern. Louis musste sich von seinem Pferd neigen, um ihn zu verstehen.

„Manch einer sagt, dass er sie in Wesen verwandelt, die anderen Menschen Blut aussaugen."

„Anderen Menschen das Blut aussaugen?"

Der Ritter war entsetzt. Pepin war der Schock, der seinem Herrn ins Gesicht gefahren war, nicht entgangen.

„Was ist denn, Monsieur? Was hat er denn gesagt?"

„Pssst, sei leise, Pepin!“

Gespannt sahen sie den Mann an.

„Da ist noch etwas, dass ihr wissen müsst. Nach der Kreuzung, wenn ihr weiter reitet, kommt auf der rechten Seite ein Gasthof mit dem Namen Totes Schlachtross. Geht dort auf gar keinen Fall hinein.

Louis musste zugeben, dass das wirklich ein abstoßender Name für einen Gasthof war und wollte dennoch wissen wieso sie ihn nicht betreten durften.

„Der Gasthof wird von den jungen Schönheiten bewirtschaftet, so heißt es zumindest, die vom Hexer verzaubert wurden. Jeder Mann, der es besucht wurde danach nie wieder gesehen.“

„Aber was ist, wenn der Hexer selbst dort zu Gast ist?“

„Ganz ehrlich, ich weiß es nicht, mein Herr. Ihr habt uns schon einen großen Dienst erwiesen, als ihr dieses Scheusal gefangen genommen habt“ und deutete dabei auf Budulay, der gefesselt an Fleur hing.

„Ihr müsst das nicht tun. Ihr werdet euren sicheren Tod finden.“

„Keine Angst, alter Mann. Ich fürchte nichts und niemanden außer der Strafe Gottes. Ich werde diesen Zauberer besiegen, koste es was es wolle und euch eure Tochter zurückbringen. Aber sagt mir noch eins! Wie heißt denn eure Tochter? Damit ich weiß wie ich zu ihr sprechen muss, wenn ich ihre Hand küsse.“

„Meine Tochter heißt Svetlana, mein Herr.“

Als der alte Mann den Namen seiner Tochter aussprach schaute er bedrückt und resigniert zu Boden.

„Svetlana, was für ein herrlicher Name. Wahrlich wunderschön. So sollte eine Rose in der Normandie heißen. Keine Angst, alter Mann. Ich finde deine Tochter. Tot oder lebendig. Oder ich werde beim dem Versuch sterben und wenn ich sterbe, dann wie es sich für einen französischen Edelmann geziemt. Mit dem Schwert in der Hand und einem Lächeln auf den Lippen. Möge dann die Lilienfahne bis in alle Ewigkeit über meinem Leichnam wehen.“

„Was für stolze Worte, mein Herr. Möge Gott euch beschützen. Hier, nehmt diesen Beutel. Wir haben euch Brot und Würste eingepackt, dazu noch einen Humpen mit Wein. Wenn ein Mann eurer Größe stirbt, dann wenigstens nicht hungrig.“ Louis stimmte dem zu und bedankte sich für die Gaben und die Gastfreundlichkeit.

Als Louis und Pepin aufbrechen wollten, fügte der alte Mann noch hinzu: „Glaubt mir, mein Herr. Ich bin kein mutiger Ritter wie ihr, aber ich bin auch kein Feigling. Wäre ich noch jung, hätte ich euch begleitet."

„Schon gut."

„Gott sei mit euch."

Louis gab Fleur die Sporen und sie ritten los. Im Schlepptau Pepin auf seinem Esel Parcival. Damit der Esel nicht stehen blieb, hatte sich Pepin etwas ausgedacht. Er nahm eine Karotte, band sie an einem Stock fest und hielt sie die ganze Zeit Parcival vor die Nase. Während sie ritten, brachte der Knappe seine Bedenken zu Tage.

„Aber was ist, wenn König Johann seinen Kreuzzug ohne uns als Sieger beendet?"

„Mach dir darüber mal keine Gedanken, Pepin. Wir werden früh genug in Prag sein, um an der entscheidenden Schlacht teilzunehmen. Wir wenden uns jetzt dem Zauberer zu. Ich weiß zwar nicht viel über ihn, aber das ist auch nicht nötig. Es spielt keine Rolle wer er ist. Wenn er schwarze Magie betreibt und arme, christliche Bauern quält, so ist es unsere Aufgabe seine Machenschaften zu unterbinden. So einfach ist das."

„Verzeihung Monsieur, das ist eure Aufgabe. Ich bin nur der Knappe."

„Natürlich, aber du willst dir doch nicht die Möglichkeit entgehen lassen, junge, wunderschöne Mädchen aus den Fängen des Bösen zu befreien, nicht wahr?"

Bei diesem Gedanken wurde Pepin doch etwas schwach. So oft bekam er nicht die Möglichkeit im Mittelpunkt zu stehen. In seinen Gedanken malte er sich bereits aus, wie Louis gegen den Zauberer kämpfte, während er die jungen Mädchen aus der Gefangenschaft befreite. Mit diesem Gedanken, endlich ein wahrer Held zu werden, ritt er emsig an der Seite seines Herrn weiter.

Sie machten eine kurze Rast, speisten und tranken von den mitgegebenen Gaben. Louis holte Budulay aus seinem Umhang, legte ihm sein Schwert an den Hals und drohte ihm: „Also, pass auf du Scheusal. Ich nehme dir den Knebel aus dem Mund. Doch wenn ich merke, dass du auch nur einen Ton von dir gibst, so schlage ich dir deinen Schädel ein. Das schwöre ich dir, so wahr ich hier stehe."

„Aber Monsieur, mit Verlaub. Was macht ihr denn da?“

Louis nahm den Knebel raus und sofort fing Budulay wieder mit seinem schelmischen Grinsen an.

„Was ist los? Habt ihr Angst in diesem Wald? Bald wird eure Angst vorüber sein und zwar für immer.

„Ha,ha,ha“, keifte Budulay Louis an.

„Sei still, du Untier.“ Louis packte den kleinwüchsigen Räuber am Kragen.

„Du sprichst nur wenn ich dir eine Frage stelle und wenn ich dir eine stelle, dann hast du wahrheitsgemäß zu antworten. Hast du das verstanden?“

Louis verstärkte seinen eisernen Griff. Budulay kicherte nur.

„Also, du Scheusal. Was weißt du über diesen Wald?“

„Hm, was ich über diesen Wald weiß? Die Wälder hier sind ein Friedhof für solche wie euch.“ Der Räuber grinste selbstzufrieden.

„Rede keinen Schwachsinn. Rede genauer! Was ist mit den Wäldern?“

„In den Wäldern gibt es keinen Gott“, antwortete Budulay.

„Weder euren christlichen, noch die Götter der heidnischen Litauer. In den Wäldern hier gibt es nichts. Reicht euch das?“

Louis verpasste dem Räuber mit dem Handrücken eine geschmeidige Ohrfeige.

„Was weißt du über den Hexer und was macht er mit den jungen Frauen, die er entführt?“

„Wer sagt denn, dass er sie entführt? Sie kommen alle freiwillig mit ihm mit.“

„Wieso sollten sie so etwas tun?“

„Die bessere Frage wäre, edler Ritter, warum sollten sie bis an ihr Lebensende in der Leibeigenschaft eines Königs leben? Ihr Leben lang auf einem Bauernhof Kühe melken, einen Bauern heiraten um dann noch mehr Bauern zu zeugen?“

Louis wollte wissen, was er damit meinte.

„Was ich meine? Ich meine, dass sie bei diesem Zauberer alles haben können. Das, was sie sonst nie kriegen würden. Ihre Freiheit.“

„Freiheit? Was für ein Blödsinn.“

„Ja genau, Freiheit, ewige Jugend und ewiges Leben.“

„Das ist doch Schwachsinn. Das ist Gotteslästerung. Niemand kann ewig leben. Das ist gegen die menschliche Natur und gegen Gott.“

„Hört ihr mir nicht zu, Ritter? Ich sagte doch, dass es in den Wäldern keinen Gott gibt. Ha, ha, ha."

Aus Budulays Worten konnte sich Louis keinen Reim machen.

„Ihr werdet es verstehen, vertraut mir. Aber wenn es soweit ist, ist es leider schon zu spät."

Louis verstand immer noch nichts.

„Nun sagt schon!" Louis schüttelte Budulay so lange hin und her, bis dieser dann anfing zu reden.

„Nun gut. Ich sag es euch ja. Ein Käfig, groß, weit geöffnet und doch geschlossen. So manches Herz brach er, des Weibes Verstand verschlang er, so manchen Willen eines Mannes brach er."

„Was, im Namen Gottes schwafelst du da?"

„So hört mir doch zu! Im Namen Gottes flog ein fremder Vogel vorbei, geschickt mit dem Schwert, flink mit dem Bogen, reinen Herzens. Gottes Werk verrichtet der Vogel, so glaubt er. Durch fremdes Land fliegt der Vogel. Doch der Käfig lockt den Vogel mit falscher Schönheit und gespieltem Charme.

Andere Vöglein zwitschern ihm auch zu: „Kommt, kommt wir sind hier!" Was für prächtige Vögel, so Gottes Werk verrichten wir. Der Vogel fliegt in den Käfig und merkt zu spät, dass der Käfig wird regiert durch Gottes Hand und der stolze Vogel, mein Ritter, der seid ihr."

Budulay brach in schallendes Gelächter aus.

„Na warte nur, du Gotteslästerer. In Prag wirst du auf dem Scheiterhaufen brennen. Das schwöre ich dir."

Wütend knebelte Louis Budulay, wickelte ihn in seinen Mantel und hängte ihn wieder an Fleur.

„Was sagte er denn?", wollte Pepin jetzt auch wissen.

„Nichts, nur Schwachsinn. Komm, wir reiten weiter."

Louis und Pepin verließen den Wald.

„Da, sieh mal Pepin. Ich glaube, da ist schon die Lichtung und dahinter muss dann auch gleich die Kreuzung sein."

„Was für eine Freude", sagte Pepin mit einem gewissen Unterton.

Und tatsächlich. Gleich hinter der Lichtung befand sich eine Kreuzung. Genauso, wie der Bauer es beschrieben hatte. Nach links zeigte ein Schild „Tiefer Wald" an. Nach rechts war ein Schild mit einem Drachen zu sehen, darunter die Aufschrift „Praha".

Geradeaus lass man auf dem Schild „Dein sicherer Tod“, zusätzlich versehen mit einem Totenkopf.

„Seht her, Monsieur. Da, auf dem Schild ist ein Drache zu sehen. Meine Güte, ich dachte Drachen seien nur Fabelwesen.“

„Pepin, du bist ein Dummkopf. Das ist nur das Wappen der Adelsfamilie hier.“

„Ach so, Verzeihung Monsieur.“

Louis schnaubte nur und schüttelte den Kopf.

„Und wo müssen wir jetzt lang?“

„Wir müssen geradeaus, Pepin.“

„Dorthin wo der Totenkopf drauf gemalt ist?“

„Ja genau und oben drüber steht, dass dich dort vollbusige Fräuleins mit Spanferkel und Wein erwarten.“

„Wirklich?“

Louis verdrehte die Augen und haute sich mit der Hand gegen die Stirn.

„Los, nicht so viel reden. Wir müssen weiter.“

Nach einer Weile befand Pepin, dass es an dem Ort irgendwie unheimlich war.

Außer Uhus und Krähen war nichts zu hören.

„Hör auf, Pepin. Immer musst du rumweinen. Du bist eine Schande für ganz Frankreich.“

Pepin wunderte sich noch einen Moment lang, dann forderte sein Herr ihn auf still zu sein. Louis zügelte sein Pferd, blieb stehen und lauschte. Pepin schaute sich um, doch er bemerkte nichts. Ein Schwarm Krähen flog wild auf und verschwand hinter den Baumkronen. Der Uhu hörte auf seine typischen Laute von sich zu geben.

„Da, hast du das gehört?“

„Was gehört?“

Louis zog sein Schwert und nahm sein Schild vor die Brust.

„Ich habe dich gehört“, rief er.

„Komm besser raus und zeige dich!“

Absolute Stille.

Hinter den Bäumen, auf beiden Seiten des Weges, begannen Äste zu knacken und zu brechen. Hysterisches Geschrei von einer wild gewordenen Horde Weiber brach aus.

„Oh Himmel, Monsieur. Was ist das?“, schaffte es Pepin gerade noch zu rufen.

Von beiden Seiten stürmten mehrere Frauen, in bäuerlicher Tracht gekleidet und mit Blumen geschmückten Häuptern, auf sie zu.

Ihre Augen riesengroß, ähnlich wie bei Budulay, mit den Pupillen einer Schlange. Im Mund sah man Reißzähne, wie die eines Wolfes. Die Augen gehöhlt mit roten Ringen. Ihre Gesichter so abgemagert, dass es den Eindruck machte, dass nur ihre leichenblasse Haut die mageren Knochen überdeckte.

Aus Reflex schlug Louis mit seiner Hand, mit der er sein Schwert hielt und schlug einer dieser monströsen Gestalten den Kopf ab. Einer dieser wild gewordenen Weiber sprang ihn von links an, verkrallte sich in seinem Schild und versuchte ihn von seinem Pferd zu ziehen. Gekonnt riss er sein Schwert herum und durchstieß damit die Brust der Kreatur.

Zwei weniger, dachte er bei sich. Doch es strömten immer mehr dieser Weiber aus dem Wald. Er streckte eine dritte und eine vierte nieder, aber es wurden nicht weniger. In seiner Verzweiflung überkreuzte er sich von links nach rechts und rief:

„Oh mein Gott, beschütze mich! Jesus Christus rette mich, heiliger Johannes steh mir bei! Heilige Maria Mutter Gottes erbarme dich! Diese Feinde kann ich nicht besiegen!“

Im Gemetzel hatte er den Überblick verloren. Von Pepin war auch nichts mehr zu hören und zu sehen. Sein Geschrei war verstummt.

Plötzlich hüpfte eine der Bestien von hinten auf Fleur und saß genau hinter ihm. Das Pferd stellte sich auf die Hinterbeine und versuchte den Feind runter zu schmeißen. Doch vergebens. Die wilde Frau krallte sich an Louis und hielt ihn fest. Eine andere zog ihm sein Schild vom linken Arm. Fleur wieherte und Louis stürzte, sein Schwert immer noch fest im Griff, auf eine der Frauen. In dem Moment, als er auf ihr landete spürte er wie ihre Knochen unter dem Gewicht seiner Rüstung knackten. Er rollte eine kleine Böschung herunter. Die Andere hielt sich immer noch an ihm fest und rollte somit mit ihm die Böschung entlang.

Lange dauerte die Fahrt, steil abwärts und durch einige Büsche jedoch nicht, bis sie von einer dicken, alten Buche ausgebremst wurden. Schmerzvoll prallte Louis mit dem Rücken gegen den Baumstamm und blieb auf einer Wurzel sitzen. Kurz darauf schlug auch das Weib auf ihm auf.

Völlig benommen rappelte sie sich auf und stürzte sich erneut auf ihn. Ihre Zähne fletschten und suchten sein Gesicht.

Mit einem Arm hielt er sie ab, mit dem anderen tastete Louis nach dem Dolch in seinem rechten Stiefel. Er zog ihn raus und stieß ihn ihr mitten durch ihre Wangenknochen. Das Weib schrie auf und rollte weiter die Böschung runter.

Louis nahm wieder sein Schwert und kämpfte sich durch die Büsche, in Richtung des Weges. Die Frau, die ihn noch vor wenigen Augenblicken auf seinem Pferd attackiert hatte lief ihm entgegen. Sie sprang in die Luft und wollte geradewegs auf ihm landen. Louis wich ein Stück zur Seite, ergriff sein Schwert mit beiden Händen, drehte sich um die eigene Achse um Schwung zu holen und erfasste die Wilde. Sein Schwert teilte sie durch die Hüfte in zwei Teile. Die Körperteile flogen die Böschung runter. Louis blickte nach vorne und kämpfte sich erschöpft wieder weiter zum Weg hoch.

Sein Pferd stand immer noch da und wieherte fröhlich zur Begrüßung. Louis erschreckte es, dass er von Pepin und seinem Esel Parcival immer noch nichts sah. Bestürzt und in voller Sorge untersuchte er die Stelle, an der er die beiden zuletzt gesehen hatte. Eine große Blutlache fand er dort vor. Mit den Fingern nahm er etwas Blut und roch daran. Erleichtert stellte er fest, dass es sich hierbei wohl eher um Tierblut handeln musste. Vermutlich war er noch am Leben, aber tiefer in den Wald zu gehen um nach ihm zu suchen wäre töricht gewesen.

Wenn die Biester in Gestalt von einfachen Bäuerinnen Pepin entführt hatten, so fand er ihn bestimmt beim Hexer. Louis hob sein Schild auf. Es war, wie der Rest von ihm, mit Blut besudelt.

Als er gerade auf sein Pferd springen wollte stellten sich ihm die Nackenhaare auf. Budulay, der Räuber war ebenso verschwunden. Entweder nutzte er die Gunst der Stunde, befreite sich irgendwie selber, oder aber diese Biester hatten ihn befreit.

Louis überlegte, ob zwischen dem Hexer und Budulay ein Zusammenhang bestehen konnte. Schon bald würde er auf alles eine Antwort finden. Erneut gegen den Räuber und gegen den Hexer zu kämpfen bereitete dem mutigen und kampferprobten Ritter etwas Unbehagen. Davon abgesehen musste er schon zwei Personen befreien. Mit gemischten Gefühlen ritt er schließlich los. Bald würde es dunkel werden. Er musste sich beeilen.

Louis musste nicht wirklich lange reiten, da fand er eine zweistöckige Hütte aus dessen Kamintürmchen Rauch aufstieg. Dies deutete darauf hin, dass jemand dort war.

Als er näher kam las er schon das Schild „Totes Schlachtross“. Die Worte des alten Mannes schossen ihm sofort in den Kopf. Auf keinen Fall durfte er dort hinein gehen. Nicht mal Gott wusste was dort für Sachen vor sich gingen. Louis zögerte eine Weile.

Plötzlich hörte er Pferdehufe aus der entgegenkommenden Richtung. Bei genauerem Hinhören konnte er zwei Pferde ausmachen. Zwei Pferde, also zwei Reiter, im Galopp, schwer und träge. Schon sah er zwei Gestalten, die auf ihn zukamen.

Der eine trug ein weiß-rot gestreiftes Hemd mit einer Lanze. Der andere ein dunkelblaues, mit einem gelben Kreuz auf der Brust, das ihn als einen Ritter der Schwedischen Krone auszeichnete und mit einem eindrucksvollen Hirschgeweih auf dem Helm.

„Freund oder Feind?“, rief Louis den beiden auf Deutsch zu.

Die Beiden wurden langsamer und blieben einige Schritte vor Louis stehen.

„Beim heiligen Wort Gottes“, rief ihm der mit dem weiß-rot gestreiften Hemd zu.

„Wie seht ihr denn aus? Habt ihr eine Schlacht hinter euch?“

Louis bemerkte erst jetzt, dass er von Kopf bis Fuß blutüberströmt war.

„Oh, ich wurde überfallen, aber darf ich zuerst fragen wer ihr seid?“

„Verzeiht. Wir sind mit friedlichen Absichten unterwegs. Ich bin Jaroslav von Lublin, im Dienste des polnischen Königs und das ist mein schwedischer Weggefährte Olaf, der sich im heiligen Kampf gegen die gottlosen Litauer uns anschließen will.

Erlaubt mir eine Frage. Seit ihr Maximilian, der Bote des Deutschen Ordens?“

„Nein, ich bin Louis Jaques Archibald de Fontainbleau. Eigentlich im Dienste des französischen Königs, aber ich will mich ebenfalls euch anschließen. Ich war auf dem Weg nach Prag, wo König Johann sein Heer versammelt.“

„Ah, König Johann. Nun, wir sind bei dem polnischen Heer, das sich mit den deutschen Teutonen zusammenschließt. Demnach sind wir wohl Verbündete. Erzählt doch, was mit euch passiert ist!“

„Ja, in der Tat. Ich bin froh Verbündete getroffen zu haben. Mein Knappe und ich wurden vor kurzem von teuflischen Wesen, in Gestalt einfacher Bäuerinnen, überfallen. Ich habe fünfzehn von ihnen bezwungen, doch meinen Knappen haben sie verschleppt."

„Oh, das tut mir leid", sagte der polnische Edelmann knapp.

„Wie sahen die Biester aus?", wollte er wissen.

„Nun, das ist schwer zu beschreiben. Sie haben riesige Augen, scharfe Zähne und statt Fingernägeln haben sie Krallen. Ein fürchterlicher Anblick."

„Das sind Wiedergängerinnen."

„Das sind was?"

„Wiedergängerinnen. Wie sie genau entstehen weiß niemand. Jedenfalls kenne ich niemanden, der dazu etwas sagen könnte. Aber hier in Polen, Böhmen und der ehemaligen Kiewer Rus sind diese abscheulichen Bestien weit verbreitet. Dort, wo es schwarze Magie gibt. Hexen sollen sie aus jungen Mädchen machen, Wahrscheinlich töten sie die Armen vorher, weshalb wir sie als Wiedergängerinnen bezeichnen."

„Das klingt ja fürchterlich."

„Ist es auch. Und ihr seid der Erste, den ich getroffen habe der mir über ein Treffen mit diesen Kreaturen berichtete. Alles was ich weiß sind Märchen und Legenden."

„Helft ihr mir meinen Knappen wieder zu finden?"

„Euren Knappen? Ihr beliebt zu scherzen. Holt euch einen neuen. Auch ich brauche einen neuen. Meinen letzten habe ich erschlagen, weil er mein Schild nicht richtig gesäubert hatte, der Holzkopf. Ihr braucht dringend etwas Erholung. Deshalb schlage ich euch vor uns anzuschließen und mit uns in diesem Gasthof Rast zu machen. Lasst uns zusammen speisen. Ich lade euch ein."

Louis gefiel der Gedanke nicht, auch der polnische Ritter gefiel ihm ganz und gar nicht. Aber sollten die Bestien noch mal kommen, so waren sie wenigstens schon zu dritt. Er würde sich kurz ausruhen und dann weiter nach Pepin und dem Hexer suchen und natürlich auch nach der schönen Svetlana.

Was in dem Haus auch immer auf sie treffen würde, Louis beschloss erst den Polen und den Schweden eintreten zu lassen, abzuwarten was passierte, um ihnen dann zu folgen.

Die beiden Ritter banden ihre Pferde an Eisenringe, die vor einem Wassertrog für die Tiere hingen. Während Louis auch sein Pferd festband fragte er den schwedischen Gefolgsmann:

„Verzeiht, mein Freund, aber warum habt ihr euch nicht selbst vorgestellt?"

„Er kann nicht reden, weil er keine Zunge mehr hat", antwortete der Pole für ihn.

Ohne vorher anzuklopfen stieß der Pole die Tür auf und trat in die Gaststube, gefolgt von dem Schweden, der seinen Helm vorher absetzten musste. Louis bildete das Schlusslicht. Mitten in der Stube stand ein massiver Eichentisch, an dem bereits drei Männer saßen. Einer trug eine unverkennbare Teutonenrüstung. Ein weißes Gewand mit einem schwarzen Kreuz zeichnete ihn als einen Krieger des Deutschen Ritterordens aus. Am Ende des Zimmers brannte ein Feuer. Zwei Frauen knieten vor diesem um nachzuheizen. Sie trugen böhmische Trachten, ähnlich wie es die wildgewordenen Frauen im Wald trugen.

„Hey, hey. Nochmal drei Rittersmänner. Wo kommt ihr denn her? Setzt euch zu uns an den Tisch!", sprach der deutsche Ritter und prostete den Neuankömmlingen mit Met zu.

„Grüße euch Gott, meine Herren. Ich bin Jaroslav von Lublin und das ist mein Weggefährte Olaf aus Schweden. Wir kommen aus Warschau um einem deutschen Boten, namens Maximilian entgegenzureiten. Ach, fast vergaß ich es. Das ist Louis, ein französischer Ritter und auf dem Weg zu König Johann. Wir haben ihn gerade eben erst getroffen."

„Vielen Dank, werter Jaroslav, aber ich kann mich selber vorstellen", sagte Louis, darüber verdrossen, dass der polnische Edelmann ihn fast vergessen hatte. Die Arroganz seines neuen Freundes ärgerte ihn ein wenig.

„Ich bin Louis Jaques Archibald De Fontainbleau, auf dem Weg zu König Johann, um mich seinem Heer anzuschließen."

Louis und der Pole erklärten den drei Deutschen noch, warum er so blutverschmiert war, woraufhin diese nur lachen konnten. So beschloss Louis auch niemanden darüber in Kenntnis zu setzten, dass das Wirtshaus, in dem sie saßen, so etwas wie verflucht zu sein sollte.

„Also Jaroslav, ich habe eine gute Nachricht für euch. Ich bin Maximilian, der Bote des Ordens, den ihr sucht. Nun sagt mir aber warum ihr mich sucht!"

„Nun, zum einen ist die Reise durch diese Ländereien nicht gerade ungefährlich, wie ihr von unserem französischen Freund hören konntet. Zum anderen wird der polnische König vermutlich erstmal nicht in das Geschehen im Königreich Litauen eingreifen. Folglich beschlossen mein schwedischer Freund und meine Wenigkeit uns euch anzuschließen und euch im Kampf zur Seite zu stehen. Danach werden wir unserem König Bericht über das Geschehene erstatten. Vielleicht können wir ihn noch umstimmen und ihn davon überzeugen doch noch einzugreifen. Ich habe gute Kontakte zum polnischen Adel."

Während Jaroslav und Maximilian weiter über Politik diskutierten, blickte Louis sich in dem Raum genauer um. Er setzte sich absichtlich ganz außen an den Tisch, in direkter Nähe zur Türe um im Notfall schnellstmöglich zu verschwinden.

Natürlich hätte die Gefahr auch von außen kommen können. Das Risiko musste er aber eingehen. Über dem Kamin hing ein ausgestopfter Hirschkopf mit einem noch größeren Geweih, als der Schwede es auf seinem Helm trug. Überall in dem Zimmer standen oder hingen ausgestopfte Tiere. Alle machten den Eindruck als wären sie in der letzten Sekunde ihres Lebens einfach erstarrt.

Die Frauen am Kamin hatten ihre Arbeit beendet und setzten sich an einen Tisch. Erst als sie sich umgedreht hatten bemerkte Louis was für junge Schönheiten sie waren. Solche schönen Frauen vermochte er nicht mal in seinen kühnsten Träumen zu sehen. Mit schönen Katzenaugen, vollen roten Lippen, rosaroten Wangen und geflochtenen Zöpfen, die ihnen fast bis zum Po reichten.

„Was wünschen die Herren zu speisen und zu trinken?", fragten die Schönheiten voller Lebensfreude und kicherten dabei.

Jaroslav fing an mit ihnen auf tschechisch, böhmisch oder polnisch zu reden. Für Louis klang das sowieso alles gleich. Die reizenden Damen nickten zustimmend und verschwanden, miteinander tuschelnd hinter einer Tür. Louis vermutete dort die Küche. Kurz darauf kamen zwei andere Schönheiten aus der Tür. Die eine trug ein Fässchen Wein, die andere Met. Sie brachten es den Edelmännern. Die Deutschen bedankten sich grölend bei den Beiden mit jeweils einem Klaps auf den Hintern.

„Und Louis, erzähl schon. Wie ist es so bei euch in Frankreich?

Ich habe gehört ihr habt den besten Wein, welchen ich leider noch nie probieren durfte. Auch eure Weiber sollen nicht ohne sein. Das durfte ich auch noch nicht probieren", stellte Maximilian grinsend fest und schüttete sich einen kräftigen Schluck Met in den Rachen.

„Ja, unser Wein ist wirklich der Beste auf Gottes Erden. Manche spekulieren zwar darauf, dass der aus Spanien besser sei. Aber das sind die, die keinen erlesenen Geschmack kennen", antwortete Louis. Darauf wand sich Jaroslav ein.

„Also, ich durfte sowohl den französischen als auch den spanischen Wein kosten. Tut mir leid mein ehrenwerter Louis, aber der spanische ist wirklich bei weitem besser als der eure."

Louis beschloss nicht auf die Provokationen von Jaroslav einzugehen und nippte weiter an seinem Met.

„Aber was die Weiber betrifft, ist denn nicht jede Frau in jedem Land auf ihre Art und Weise schön?" Louis lenkte gekonnt vom Thema ab.

„Pah, Frauenzimmer ist gleich Frauenzimmer", warf ein Deutscher in den Raum.

Die Männer johlten und stießen mit ihren Metkrügen an.

„Eins muss ich euch Franzosen lassen", fuhr Maximilian fort.

„Ich habe nur Gutes von euren Rittern gehört, Louis. Ihr sollt starke Kämpfer sein, sowohl zu Fuß als auch zu Ross und eure Schmiede verstehen was von ihrem Handwerk. Gute Rüstungen sollt ihr haben."

Louis betrachtete seinen Helm, der neben ihm lag. Er war mit weißblauen Federn geschmückt und Louis klopfte sich auf seinen Brustpanzer.

„Dem kann ich nur zustimmen. Meine Rüstung gehörte einst meinem Großvater, dann meinem Vater und jetzt trage ich sie. Ich trage sie voller Stolz, denn sie leistete meiner Familie stets gute Dienste. Auch mein Schwert ist seit eh und je im Besitz der Familie De Fontainbleau."

„Wieso? Könnt ihr euch eine neue Rüstung nicht leisten, werter Louis?", erkundigte sich Jaroslav und nippte seinen Wein.

Louis konnte nichts darauf erwidern, denn die Türe zur Küche sprang plötzlich auf, aus der dann mehrere Schönheiten mit großen Tellern herausströmten. Mit breitem Lächeln stellten sie die Teller auf den Eichentisch zwischen den Rittern ab, die mit weit aufgerissenen Mäulern und Augen nur noch staunen konnten. Der eine Teller war mit Gemüse belegt.

Was den Rittern jedoch die Spucke im Mund zusammenlaufen ließ, waren die Teller mit gerösteten Tauben, Hähnchen, geräuchertem Fisch und zur Krönung ein Teller mit einem großen, saftigen Spanferkel, verziert mit einem Apfel im Mund.

Die Stimmung unter den Männern stieg schlagartig an und auch Jaroslav schien fröhlicher zu werden. Während sie speisten unterhielten sie sich weiter. Maximilian sprach:

„Bei allem Respekt euren französischen Rittern und Rüstungen gegenüber, aber die Burgunder, die wissen wie man einen Streitkolben schwingt. Mit einem Hieb können sie einem Mann Schild und Knochen in sämtliche Einzelteile brechen."

Die Anderen staunten nicht schlecht, denn sie wussten, dass nicht jeder es vermochte mit einem Streitkolben umzugehen. Zwei Frauen verteilten im ganzen Raum Kerzen, denn die Nacht brach herein. Nachdem sie für die Beleuchtung gesorgt hatten, holten sie Flöten, setzten sich auf eine Bank, die an der Wand stand und begannen zu spielen. Eine dritte Maid gesellte sich zu ihnen und begleitete ihre Flötenballade mit einer kleinen Trommel.

Der deutsche Ritter, der links neben Maximilian saß, wand ein:

„Gut, die Burgunder sind sehr geschickt, aber die Schweden und die Dänen mit ihren Streitäxten, wenn die mit ihren Streitäxten erstmal loslegen, dann hinterlassen sie ein Schlachtfeld."

Der Schwede, der ihm gegenüber saß, holte eine seiner Äxte raus, hackte dem Spanferkel mit einem Hieb den Kopf ab, nahm den Schädel und biss dem Ferkel ein Ohr ab. Während er mühsam darauf kaute, starrte er den Ordensritter griesgrämig an. Die Anderen fingen an zu lachen.

Das Flötenspiel der Damen heizte die Stimmung unter den Rittern noch mehr an. Sie aßen und tranken, waren fröhlich und fingen an zu dem Takt der Musik zu wippen.

Louis bemerkte erst jetzt, dass der Schwede statt einem Schwert zwei Äxte an seinen Gürtel gebunden hatte. Axtkämpfer hatte er bisher nur bei einer Schlacht gegen Angelsachsen erlebt. Kein schöner Anblick. Jaroslav ergriff wieder das Wort:

„Was ihr jedoch nicht vergessen dürft, meine Herren, dass wir Polen eine der besten Reiter Europas sind. Mit unseren Husaren will sich nicht jeder messen."

„Ja, das stimmt wohl“, gab ihm Maximilian Recht. „Doch seitdem die Horden aus der Mongolei an unsere Tore klopfen ist das in Frage zu stellen. Sie sind zwar klein, auch ihre Pferde sind kleiner als die Unseren. Doch sie sind sehr, sehr beweglich und ihre Kampftaktik ist unehrenhaft und feige. Dafür aber sehr effektiv.“

Jaroslav sagte darauf nichts, aber Louis Neugierde war geweckt. Die Mongolen kannte er bisher nur von sehr vagen Überlieferungen.

„Wieso, wie kämpfen sie denn?“

„Nun“, Maximilian kaute genüsslich an seiner Hähnchenkeule und alle Anwesenden am Tisch lauschten ihm gespannt zu.

„Sie schießen ihre Bögen ab während sie reiten und locken ihre Feinde ihnen zu folgen.

Doch wenn ihr ihnen folgt, nehmen sie nicht den Kampf mit euch auf, sondern fliehen.“

„Sie fliehen?“

„Ja genau, sie fliehen und lassen dann weiter ihre Pfeile auf euch regnen. Zum Schluss kreisen sie den Feind ein und schicken erst dann ihre Nahkampftruppen auf die Verbliebenen los.“

„Das ist ja hinterlistig“, meinte Louis. Er konnte gut Bogen schießen, aber er konnte sich beim besten Willen nicht vorstellen wie er während dessen auch noch reiten sollte.

„Wir können von Glück sagen, dass die Kiewer und Nowgoroder sie einigermaßen aufgehalten haben, sonst hätten wir ganz andere Probleme als mit den Litauern.“

„Eine Ausgeburt der Hölle, diese Mongolen, sage ich euch“, schloss Jaroslav das Kapitel Mongolen ab.

Die Schönheiten brachten noch mehr Wein und Met. Die Ritter fingen an im Sitzen leicht zu taumeln, was aber immer noch so aussah als ob sie im Takt der Musik wippen würden.

Vor allem Maximilian hatte bereits seinen Pegel erreicht. Er schnappte sich eine der Damen und setzte sie sich auf seinen Schoß. Johlend fing er an sie zu begrabschen und die Frau machte mit.

„Wer besonders gut im Schießen ist sind die Engländer, auch wenn es mir schwerfällt dies zuzugeben. Ihre Langbögen sind hervorragend“, gab Louis zu.

„Apropos Engländer. Wie ich hörte, haben die einen ganz besonderen Räuber, der seit Neuestem sein Unwesen treibt“, fügte der Ritter mit dem Livländer Akzent hinzu.

„Ach wirklich?“, wollte Louis wissen.

„Ja, neulich habe ich von einem Londoner Kaufmann erfahren, dass der Räuber mit seiner Bande ehrenvolle Edelleute überfällt und das Gold an die Armen verteilt. Stellt euch das mal vor.“

„Was ist denn das für ein Schwachsinn? Wer macht denn sowas? Wenn ich schon anderen das Geld aus der Tasche ziehe, dann behalte ich es doch für mich und gebe es für Huren und Met aus. Man sollte diesen Bengel schon alleine seiner Dummheit wegen bestrafen“, meinte Maximilian und vergrub sein Gesicht in den Brüsten der Maid auf seinem Schoss.

„Ja, ja eine verrückte Welt, in der wir leben. Du, sag mal Jaroslav. Warum kann dein schwedischer Freund eigentlich nicht reden?“

„Er hat seine Zunge verloren“, antwortete Jaroslav.

„Wie das?“

„Bei einer Schlacht zwischen den Schweden und den Slaven aus Nowgorod geriet er in Gefangenschaft. Die Slaven folterten ihn und um ihnen nichts verraten zu können schnitt er sich selber die Zunge ab.“

„Oh, sich selbst?“

„Ja, sich selbst.“ Reumütig starrten alle, bis auf Jaroslav, den Schweden an, der an dem zweiten Schweinsohr kaute.

Vier junge Damen kamen aus der Küche, nur mit Unterwäsche bekleidet. Sie schmissen sich auf die Ritter und zerrten sie nach oben. Die Deutschen und Jaroslav hatten nichts dagegen und folgten ihnen. Nach kurzem Zögern folgte auch Olaf einer Dame. Mit einem seltsamen Gefühl folgte ihnen Louis, ebenfalls in Begleitung einer Dame. Was war mit Pepin und Svetlana? Sein Auftrag, der Hexer?

„Ach Louis, verliere jetzt bloß nicht den Kopf, du Narr“, sagte er zu sich selbst. Auf dem Weg nach oben sang er sein Lied:

„Als unsere Schwerter verrichteten Gottes Werk,
da schlug im Heiligen Land die Nacht umher
da kam aus dem tiefen Wald ein Wolf daher,
des Bauers Schäflein verschleppte er,
des Bauers Schäflein verschleppte er!“

Oben angekommen verschwand jeder Ritter mit einem Mädchen auf einem Zimmer. Louis stellte seinen Helm neben dem Bett ab, die Frau schubste ihn auf das Bett und fing an ihn zu entkleiden. Wie Gott sie schuf stand sie vor ihm.

„Du starker, mutiger Ritter hattest einen so schweren Tag. Komm, lass dich etwas verwöhnen."

Sie kniete vor ihm nieder und versuchte seinen Gürtel zu lösen, an dem seine Schwertscheide nebst Schwert hing.

Solch eine Schönheit kann einfach nicht von Gott geschaffen worden sein, dachte er bei sich. Das grenzte schon an Magie, hier konnte etwas nicht stimmen. Klaren Kopf bewahren, du musst einen klaren Kopf bewahren, prügelte er seinem übrig gebliebenen Verstand ein. Doch der süßliche Duft des weiblichen Geschöpfs fing an seinen Geist zu benebeln.

„Halt, warte. Tue das nicht!"

Er ergriff ihre Handgelenke und hielt sie fest.

„Kennst du ein Mädchen das Svetlana heißt?"

„Nein, aber wenn du willst werde ich Svetlana sein, hahaha!"

Sie schaute ihn mit verführerischen Katzenaugen an und machte sich wieder daran seinen Gürtel zu lösen.

„Nein, hör auf! Lass das!" Louis sprang auf.

„Sie muss aber irgendwo hier sein. Weißt du etwas von einem Hexer hier im Wald?"

Die junge Frau lachte, nicht so liebevoll wie noch kurz zuvor. Eher höhnisch.

„Was erzählst du denn da, Ritter? Gefalle ich dir etwa nicht?"

„Doch schon, aber das ist es nicht. Ich muss ein Versprechen einhalten."

„Na gut, schöner Rittersmann. Schade eigentlich, du hast mir gefallen."

„Was soll das heißen?"

„Ich hätte dir gerne vor deinem Tod noch etwas Freude geschenkt. Aber gut, dann musst du eben so sterben." Mit diesen Worten fing sie an wie wild zu fauchen und sprang auf Louis. Er stürzte auf das Bett und konnte sie gerade noch von seinem Gesicht fernhalten. Ihr Gesicht verwandelte sich in eine wilde Fratze. Auch ihre Haut wurde auf einmal ganz rau und kalt. So, wie bei den Bestien im Wald. Louis erstarrte. Sie war eine dieser Monster. Alle diese Frauen hier waren Bestien.

Er musste schnell handeln, denn er wusste ihm blieb keine Zeit mehr. Er musste sich selbst befreien und die anderen Ritter warnen bevor es zu spät war. Er schaffte es sie von ihm wegzudrücken und verpasste ihr einen Tritt. Das Biest stürzte zu Boden.

Bevor sie richtig aufstehen konnte, zog Louis sein Schwert und spaltete damit ihren Schädel, genau in der Mitte.

Hastig zog er seinen Helm auf und floh durch die Tür in den Gang. Sofort konnte er das Geschrei der Bestien hinter den anderen Türen hören. Doch daran denken, den anderen Rittern zu Hilfe zu eilen, konnte er nicht. Zwei Frauen verwandelten sich binnen Sekunden in Furien und stürzten sich auf ihn. Die erste spießte er auf. Sie torkelte und fiel um. Dummerweise immer noch mit seinem Schwert im Körper. Die zweite blieb vor ihm stehen, kreischte und fletschte die Zähne.

Sie wartete auf den richtigen Moment zum Angriff. Seinen Dolch hatte er im Wald verloren. Somit war er unbewaffnet. Das Biest sprang ihn an. Mit einer blitzschnellen Reaktion griff Louis nach einer Kerze und stieß diese der Furie ins Auge. Sie schrie vor stechenden Schmerzen hysterisch auf, drehte sich um und rannte die Treppe herunter. Immer noch mit der Kerze im Auge.

Na toll, jetzt würde sie ihre Artgenossen warnen und zu Hilfe holen. Louis zog sein Schwert aus der Leiche und trat die Tür ins nächste Schlafzimmer ein.

Für Maximilian kam jede Hilfe zu spät. Eine der Bestien hockte mit dem Rücken zu Louis über Maximilians aufgerissenen Brustkorb und zog dessen Gedärme heraus. Die Bestie drehte sich sofort herum. Als sie aufsprang erwischte Louis sie mit seinem Schwert. Er traf sie in der Mitte ihres Körpers und teilte sie in zwei Hälften.

Louis hörte mehrere Schritte, die von unten kamen. Eine Tür gegenüber sprang auf und ein blutüberströmtes Weibsbild baute sich vor ihm auf. Ohne groß Zeit zu verlieren stürzte sich das Monstrum auf den Franzosen. Louis spießte ihre Brust auf. Durch die Wucht ihres Angriffes fiel er dabei nach hinten, geradewegs auf die Leiche Maximilians. Geschickt drehte er den Kopf der Bestie und brach ihr so das Genick.

Mehrere dieser verfluchten Frauen rannten an dem Zimmer vorbei, weiter den Gang entlang.

Wahrscheinlich lebten noch ein paar Ritter, die sich ihnen zur Wehr setzten. Auch wenn sein Stolz es ihm verbat, kämpfte sich Louis nach unten in das Hauptzimmer durch, anstatt den anderen zu helfen. Auf seinem Weg nach unten hinterließ er auf der Treppe ein richtiges Blutbad. Wie durch ein Wunder blieb er jedoch, bis auf ein paar wenige Kratzer, unverletzt.

Durch die große Nervosität in der Hitze des Gefechtes verwechselte er irrtümlicherweise die Eingangstür mit einer anderen und er fand sich in der Abstellkammer wieder. Um weiteren Gefechten aus dem Weg zu gehen verriegelte er hinter sich die Tür. In dem Raum verbarg sich nicht viel, doch in einer Ecke führte eine weitere Treppe in den Keller hinunter. Von dort sah Louis einen Lichtstrahl nach oben leuchten.

Er konnte die Stimmen zweier Frauen wahrnehmen. Die Sprache verstand er nicht. Es musste wieder dieses böhmisch sein. Langsam tastete er sich zur Treppe, doch das Klappern seiner Rüstung und seine Schritte waren nicht zu überhören. Wie vom Blitz getroffen rannten die beiden Frauen sofort die Treppe hoch, direkt auf ihn zu. Louis trat die erste nach unten. Im Flug erwischte sie ihre Artgenossin und die beiden knallten auf den Kellerboden. Louis sprang hinterher. Sein Schwert durchbohrte beide und er nagelte sie, sowie zwei Küchenschaben, am Boden fest.

„Monsieur, Monsieur! Oh Gott, Monsieur! Ich kann es gar nicht glauben, ihr seid gekommen um mich zu retten!"

Was war das? Diese Stimme kannte Louis nur zu gut.

„Pepin, Pepin, du Schwachkopf! Was machst du denn hier?"

Louis zog sein Schwert aus den beiden Frauen und ging auf seinen Pagen zu, der in einem hängenden Käfig, neben einem großen Kochkessel saß.

„Sie haben mich gefangen und mich dann hierher geschleppt und mon dieu, die haben meinen Parcival gekocht und gegessen. Mich wollten sie auch essen. Ist das nicht schrecklich?", erzählte Pepin, fast schon weinerlich.

„Ja, das ist mehr als schrecklich. Andere haben sie bereits verspeist, oder essen sie noch. Wie kriege ich dich hier raus? Wir müssen schleunigst hier weg."

„Oh, eine gute Idee. Eine sehr gute sogar. Die hätte von mir sein können. Da gibt es eine Frau mit einem schwarzen Umhang und ganz schwarzen Augen. Das ist wahrscheinlich ihre Anführerin. Sie hat auch den Schlüssel zu meinem Käfig, aber ich habe keine Ahnung wo sie gerade ist.

Sie ist schon seit längerer Zeit oben."

„Also gut, dann gehe ich jetzt nach oben und suche die alte Hexe. Du wartest hier!"

„Erlauben sie mir die Bemerkung, Monsieur. Aber was sollte ich auch anderes tun, als hier zu warten?"

Mit neuem Mut und voller Motivation stürmte Louis wieder nach oben, wild entschlossen diesen verfluchten Frauenzimmern den Garaus zu machen, um seinen treuen Freund Pepin zu befreien.

Oben, in ihrem Hauptraum angekommen bot sich Louis ein seltsames Bild, das ihn ein wenig verwirrte.

Jaroslav, der polnische Ritter und Olaf der Schwede stampften auf dem Esstisch, wo sie vor gut einer Stunde noch zusammen gespeist hatten und waren in einem wilden Kampf verwickelt. Jaroslavs rot-weißes Gewand war mittlerweile komplett rot gefärbt. So, wie die Beiden aussahen hatten sie bereits im oberen Stockwerk einen hitzigen Kampf hinter sich gebracht. Aber warum kämpften sie jetzt gegeneinander? Louis war leicht irritiert. Olaf war dem Polen gegenüber etwas im Vorteil, denn er schwang zwei Äxte. Jaroslav besaß hingegen nur ein Schwert und einen Dolch.

„Was ist denn hier los? Meine Herren, ich bitte euch. Warum kämpft ihr nur gegeneinander?", brüllte Louis seine Frage heraus.

„Ah Franzose, ihr seid es. So steht doch nicht rum wie ein Baumstamm. Helft mir doch! Olaf ist vom Teufel besessen! Diese verdammten Zauberinnen haben ihn verhext!"

Bevor Louis begriff was vor sich ging, stieß Olaf Jaroslav vom Esstisch. Der polnische Edelmann krachte unsanft in einen Kaminholzhaufen. Nicht lange zögernd trat Olaf den Teller mit den Resten des Abendessens in Louis Richtung. Dieser konnte sich gerade noch so ducken. Der Schwede sprang vom Tisch, mit einer erhobenen Axt in der Hand. Die andere hielt er seitlich um sie von rechts nach links zu schwingen. Ein verhängnisvoller Angriff. Das begriff Louis sehr schnell und er ließ sich nach hinten in den Vorratsraum fallen. Eins wurde ihm sofort klar, eine diplomatische Lösung mit dem Schweden, in Form eines Gespräches, war aussichtslos.

Das Beil blieb durch die Wucht im Holzboden stecken. Während er mühsam versuchte es wieder herauszuziehen, rappelte sich Louis wieder auf und setzte zum Gegenangriff an.

Olaf, der gerade sein Beil wieder in die Hand nahm, konnte sich nur mühsam wehren. Mit beiden Äxten hielt er Louis Schwerthiebe ab. Louis reagierte schnell, trat nach dem Schweden, worauf er nach hinten stürzte.

Es war ein harter Kampf. Für Beide. In der Zwischenzeit hatte sich Jaroslav wieder aufgerappelt und brüllte zu Louis:

"Franzose, haltet ihn auf so lange ihr könnt! Ich töte die Hexe die Olaf verhext hat, um ihn zu befreien!"

Da erkannte Louis die Frau in schwarz, die am anderen Ende des Esszimmers stand. Ganz in schwarz gekleidet, mit bleicher Haut und leeren Augen. Das musste sie sein. Sie glich haargenau der Beschreibung von Pepin. Von der Situation bestürzt merkte er nicht, dass Olaf wieder aufgestanden war. Gerade im richtigen Moment hielt Louis einen Holzhocker vor seinen Körper. Zum Schutz. Ein Schlag, ein zweiter und noch ein dritter. Olaf schlug wie wild auf ihn ein, als Jaroslav sich auf die Hexe stürzen wollte. Olaf ließ kurz von ihm ab und stieß den Esstisch um. Dieser landete mit voller Wucht an Jaroslavs Beinen. Laut schreiend krachte Jaroslav zu Boden. Olaf wendete sich ab, einmal um die eigene Achse drehend und schlug mit der Axt nach Louis.

Louis duckte sich in der richtigen Sekunde und so erwischte Olafs Axtklinge nur Louis Federschmuck auf dessen Helm. Olaf schlug auf den Holzhocker ein, der in zwei Hälften zersprang. Galant, mit einer Drehung konnte Louis der nächsten Attacke ausweichen. Blitzschnell schlug er Olafs Arm ab. Völlig schockiert konnte der Schwede auf die letzte Attacke des Franzosen reagieren. Sein Schwert durchbohrte seinen Hals. Leblos fiel der Krieger zu Boden. Die Hexe schrie laut auf, darüber bestürzt, dass der von ihr verzauberte Krieger den Kampf verloren hatte. Louis sprang über den Tisch und den immer noch am Boden liegenden Jaroslav, packte die Hexe am Kragen und holte mit seinem Schwert zum Todesstoß aus.

„Halt, nicht! Töte sie nicht!", rief Jaroslav, der sich allmählich wieder erholte.

„Was? Warum nicht?"

„Wir können sie noch brauchen. Wir müssen sie fragen was hier vor sich geht. Was mit den Frauen passiert ist, dass sie zu solchen Bestien wurden."

Louis stimmte Jaroslav zu, auch wenn sie sich anfänglich nicht besonders gut leiden konnten, schmiegte sie ihr Schicksal nun zusammen.

Während Louis im Kellergewölbe Pepin befreite, fesselte Jaroslav die Hexe an einem Hocker um sie dann auszufragen. Pepin hingegen kippte zuerst einige Humpen Wein, über die Freude, mit dem Leben noch einmal davongekommen zu sein. Jaroslav schlug die Hexe mehrmals und hielt ihr sogar eine Fackel an ihre Haut, doch sie sagte kein Wort. Das Einzige, was sie hervorbrachte war ein dreckiges Kichern. Louis beschloss einzugreifen. Doch vergeblich. Die Hexe schwieg.

„Es ist zwecklos“, meinte schließlich Jaroslav.

„Lass uns der Hexe den Kopf abschlagen und endlich weiter ziehen.“

„Ja, dafür bin ich auch. Diese verdammte Hexe wollte mich fressen. Versteht ihr? Mich einfach auffressen!“, fügte Pepin wimmernd hinzu.

„Ihr Beiden habt Recht. Wir werden den Zauberer auch ohne ihre Hilfe finden“, schmunzelte Louis.

„Einen Zauberer?“, waren die ersten Worte der Hexe, noch immer kichernd.

„Wer sagt, dass es ein Zauberer ist und vor allem einer?“ Die Hexe verwirrte die Männer und weckte ihre Neugierde.

„Sprich weiter, Hexe!“

„Es ist eine Sie und eine Zauberin!“

„Wer ist sie?“ Jaroslav ohrfeigte die Hexe und packte sie am Kragen.

„Und die Bestien, wie ihr sie nennt, sind die heiligen Jungfrauen unserer Herrin und ihr werdet sie nicht besiegen. Ihre Heerscharen sind zu groß!“

„Was für Heerscharen? Und wer ist sie?“

„Alles! Sie ist alles.“ Die Hexe lachte schallend.

Jaroslav hatte die Nase voll, holte seinen Dolch heraus und stieß ihn der Hexe in die Brust.

„Wahnsinn, das ist doch Wahnsinn!“

„Was genau meinte sie mit Heeresscharen? Eine Armee mit solchen Bestien?“

„Das weiß ich auch nicht. Auf jeden Fall sollten wir von hier verschwinden. Ich hole noch die Briefe von Maximilian. Die sind für die Schwertmeister des Ordens und dann machen wir das wir hier weg kommen.“

„Ja, das ist eine gute Idee“, bekräftigte Louis.

Die drei zündeten das Gasthaus an, damit so etwas niemanden mehr passieren konnte.

„Nun denn, wohin jetzt?“, wollte Louis wissen.

„Dort, durch den Wald kommen wir auf eine Straße, die führt in Richtung Prag. Von dort sind Olaf und ich gekommen und in die andere Richtung geht es tiefer in den Wald hinein. Dort werden wir die Zauberin bestimmt finden.“

„Ihr müsst das nicht tun, Jaroslav. Bringt lieber die Briefe an ihren Bestimmungsort.“

„Haltet ihr mich für einen Feigling?“, wollte Jaroslav wissen.

„Ich werde euch nicht alleine lassen. Außerdem will ich Olaf rächen. Sie werden alle dafür bezahlen.“

„Ich bewundere euren Mut, Jaroslav. Dann lasst uns tiefer in den Wald reiten. Danach werde ich euch zum Schwertmeister begleiten.“

„Abgemacht.“

Pepin, der eigentlich nicht von einem Schlamassel in den nächsten kommen wollte, hatte mal wieder keine Wahl. Er schnappte sich ein Pferd, ein Schwert, eine Lanze und ritt den Beiden hinterher.

Der Weg wurde immer schmaler und glich nun eher einem Trampelpfad.

Auch der Wald wurde immer dichter und bedrückender. Richtig beängstigend wirkte jedoch der Mond, der sich in blutrote Farbe zu verfärben schien. Um von der bedrückenden Szene abzulenken versuchte Jaroslav wieder ein Gespräch mit seinem französischen Gefährten anzufangen.

„Also, ich hätte nie gedacht, dass es so etwas geben würde. Ich habe ja schon viel über Zauberei und Hexerei gehört, aber das hier übersteigt wirklich alles. Ich habe mitbekommen, wie Gottlose behaupten, die Erde sei eine Kugel und keine Scheibe, oder das sich die Erde um die Sonne dreht. Aber das hier glaubt mir niemand.“

„Da habt ihr wohl Recht, Jaroslav. Eine verrückte Welt, in der wir leben. Wahrlich verrückt.“

Ein lauter, lang gezogener Pfiff unterbrach schlagartig das Gespräch. Die Bäume um sie herum wurden plötzlich kahl.

Die dunkle Nacht wurde taghell, so als ob jemand eine riesige Fackel angezündet hätte. Das Licht war von purpurroter Farbe und es schien, dass der Himmel zu bluten begann. Die Wolken färbten sich dunkelrot und sahen wie ein pumpendes Herz aus. Riesige Blutadern schlängelten sich durch den Himmel.

Eine große Menge Krähen und Fledermäuse, in Form einer Schlange flogen über den Wald und gaben ekelerregende Geräusche von sich.

„Was um Himmels willen, passiert hier?“, schrien Jaroslav und Louis gleichzeitig. Pepin fing an das Vater unser zu beten. Jaroslav wandte sich nach links, Louis nach rechts und Pepin stand in der Mitte. So bildeten sie einen Halbkreis. An einem der kahlen Bäume trat eine hässliche, kleine Gestalt zum Vorschein.

„So sieht man sich wieder“, krächzte sie.

„Budulay“, rief Louis.

„Diesmal hacke ich dir deinen verdammten Schädel ab, das schwöre ich dir!“, setzte Louis nach.

„Das werden wir ja sehen, Ritter. Diesmal gibt es für euch kein Erbarmen. Ihr seid in das Reich der Königin eingedrungen.“

Budulay lachte höhnisch, ließ noch einen Pfiff los und verschwand dann zwischen den Ästen.

„In das Reich der Königin? Was soll das heißen? Das muss bestimmt diese Zauberin sein nicht wahr?“, wollte Jaroslav wissen.

Louis konnte die Frage nicht wirklich beantworten. Sein ganzer Körper bekam eine Gänsehaut und er versuchte krampfhaft die Fassung zu bewahren. Die Erde um sie herum fing an zu beben und zu wackeln.

In vielen Teilen des Erdbodens taten sich riesige Löcher auf, aus denen Gestalten emporstiegen.

„Oh nein, das ist doch nicht möglich“, rief Jaroslav.

„Wir sind in der Hölle. Es war mir eine Ehre euch kennengelernt zu haben, Jaroslav.“

Mit diesen Worten zog Louis sein Schwert, ohne sicher zu wissen ob ihm seine Waffe gegen diese Gegner helfen konnte. Es konnte nur noch Gott helfen. Dessen war er sich sicher. Doch Gott war nicht hier, nicht an diesem Ort. Unzählige Krieger, in Gestalt von Skeletten krabbelten wie Spinnen aus ihren Gräbern. In ihren schwarzen, leeren Augenhöhlen sah man den blanken Horror.

Es mussten hunderte, wenn nicht sogar tausende gewesen sein. Alles Ausgeburten der Hölle, gefallene Krieger vergangener Zeiten. Jaroslav und Louis gaben ihren Pferden die Sporen und galoppierten auf die Gegner los, die sie umzingelten.

Pepin begriff, dass er sich diesmal nicht vor dem Kampf drücken konnte und folgte Louis in die scheinbar letzte Schlacht, die sie schlagen würden. Louis schwang sein Schwert nach rechts und links und konnte sogleich mehrere Krieger töten. Zu seinem Glück musste er feststellen, dass sie doch nicht so viel aushielten. Gott hatte ihn anscheinend doch noch nicht verlassen. Sein Pferd Fleur stellte sich auf die Hinterbeine und zerschmetterte mit den Vorderhufen einige Skelette.

Er schaute zu Jaroslav rüber, der es sichtlich leicht hatte die Untoten zu besiegen. Pepin ritt brav hinter Louis her und schlug auf die Skelette ein, die Louis nicht erwischt hatte. So kämpften sie sich durch die Menge. Ihre Arme wurden allmählich müde. Auch wenn die Skelettkrieger sich nicht besonders intelligent anstellten, bestand dennoch ein Problem. Sie wurden immer mehr, egal wie viele sie von ihnen niederstreckten. Jaroslavs Pferd wieherte und stürzte zu Boden, Jaroslav hinterher. Sofort eilten Louis und Pepin ihm zu Hilfe. Jaroslav konnte sich schnell aufrappeln und kämpfte weiter.

Fleur wieherte laut. Zwei Skelettkrieger hängten sich an die Zügel, ein Speer traf das Pferd in die Seite. Louis wurde vom Pferd gezogen, aber er konnte noch im Fall mit einem Hieb gleich drei Skelette attackieren. Pepin und Louis kämpften unerbittlich weiter.

Was Louis jedoch bitter schmerzte war, dass er seiner verletzten Fleur nicht zur Hilfe eilen konnte. Die drei wurden immer mehr in die Enge getrieben, bis sie Rücken an Rücken standen.

„Wir müssen irgendwie die Löcher schließen aus denen die Kreaturen kommen!", schrie Jaroslav.

„Ja, eine tolle Idee. Aber wie sollen wir das anstellen?", wollte Louis wissen.

Mit den letzten Kraftreserven schlugen sie die Krieger nieder, die immer noch wie Pilze aus dem Boden schossen.

Ein großgewachsenes Skelett traf mit einer Keule Jaroslavs Brust. Er fiel schreiend zu Boden. Sein Brustpanzer fiel ab, doch die Skelette, die ihm gegenüber standen wichen von ihm zurück. Jaroslav begriff sofort wieso. Seine Kreuzkette kam zum Vorschein. Anscheinend fürchteten sich die Untoten davor.

Er stand auf und hielt das Kreuz auf sie gerichtet. Sie wichen zurück, schon fast panisch.

Louis und Pepin begriffen schlagartig und holten ebenfalls ihre Ketten hervor. So konnten sie die Untoten endlich zurückdrängen. Zurück, bis zu ihren Löchern. Die Skelette ließen ihre Waffen fallen und verschwanden, einer nach dem anderen in ihren Höhlen. Budulay kam auf einer Baumkrone zum Vorschein.

„Nein, nein. Ihr Vollidioten. Das sind doch bloß Kreuze. Kommt sofort zurück! So ein Mist." Budulay schien durchzudrehen.

Louis lief zu Fleur, holte seinen Bogen und einen Pfeil heraus und zielte auf Budulay. Doch sein Pfeil verfehlte ihn, wenn auch nur knapp.

„Das nächste Mal werde ich dich treffen."

„Ha Ritter, du wirst nie so weit kommen."

Mit diesen Worten verschwand er wieder. Louis verband die Wunde seines Pferdes. Sie schleckte seine Hand. Er streichelte ihren Kopf. „Keine Angst, meine treue Freundin. Ich werde zurückkommen und dir helfen."

Er deckte sein Pferd zu und wendete sich Jaroslav und Pepin zu.

„Egal was uns noch erwartet. Sie sind nicht unbesiegbar. Wir können es schaffen."

„Ja, da habt ihr Recht, Louis. Doch wir finden aus diesem Ort von alleine nicht mehr heraus. Wir brauchen die, die sie ihre Königin nennen."

So marschierten die Drei mutig den Pfad entlang. Sie kamen an eine Lichtung. Nur noch ab und an fanden sie einen kahlen Baum vor. Ansonsten ein tiefes Nichts, getaucht in einen rötlichen Nebel, ebenso wie der Himmel und die Erde.

Zwischen ihren Füßen bildeten sich immer größere Pfützen, je weiter sie gingen.

Es waren immer wieder kreischende Fratzen zu sehen, die Pepin die Nackenhaare aufstehen ließen.

„Die Seelen gefallener Krieger", flüsterte Jaroslav.

„Wir sind wahrlich in der Hölle gelandet", vollendete Louis.

Aus den Pfützen wurden allmählich kleinere Bäche und Seen gebildet, aus denen es nur so dampfte und brodelte. Bei genauerem Hinsehen entpuppte sich das Wasser in den Seen als Blut. Eine unheimliche Stimmung umgab die drei Gefährten, und überdeckte ihre Gemüter mit dem Mantel des Schauderns. Bis ins Knochenmark spürten sie, wie Gevatter Tod überall auf sie lauerte. Einige der Kreaturen schwammen in dem Blut.

Andere huschten im dichten Nebel um sie herum. Manche von den Seelen kicherten, manche weinten und manche schrien ihren Jahrhunderte alten bitteren Schmerz heraus.

„In Gottes Namen. Mir wäre jeder andere Ort lieber als dieser hier", brachte Jaroslav, mit Angst in der Stimme, zum Ausdruck.

Sie spürten wie sie ihrem Ziel immer näher kamen. Der Nebel lichtete sich. In unweiter Nähe sichteten sie eine riesige, kahle Eiche. Sie übertraf an Größe alle bisher gesehene. Voller Erwartungen näherten sie sich dem alten Baum.

Am Fuß der Eiche saß auf einem kleinen Baum, hoch oben in der Krone, eine Gestalt. Mit ihren Händen hielt sie ein großes Schwert mit dünnen geschmeidigen Fingern nur flüchtig umklammert.

„Seht doch, das ist eine Frau. Das muss diese verfluchte Königin sein. Los, Angriff!", brüllte Jaroslav. Doch Louis hielt ihn in weiser Voraussicht zurück.

„Wartet, wir müssen vorsichtig sein. Gott weiß, was uns hier noch erwartet."

Mit langsamen Schritten gingen sie auf die Eiche zu.

Zu ihrer Überraschung war es keine alte, vermoderte Hexe, sondern eine junge Schönheit, die mehr einer Kriegsprinzessin glich. Nur einzelne kleine Rüstungsteile bedeckten ihre Brüste und Scham. Ansonsten war ihr makelloser Körper nackt und zog die drei magisch an. Sie drehte ihren Kopf zu Louis.

Ihre schwarze Mähne flog zur Seite und zeigte ihr noch schöneres Gesicht.

„Ihr da", sagte sie mit einer zarten, jugendlichen Stimme.

Als Louis etwas sagen wollte legte sie ihren Zeigefinger an die Lippen und hauchte ein verführerisches „Pst". Louis verstummte sofort.

„Folgt mir", sprach sie sanft, aber dennoch bestimmt.

„Die beiden anderen brauche ich nicht", fügte sie noch hinzu.

Mit diesen Worten sprangen, wie aus dem Nichts, mehrere Kreaturen, halb Mensch halb Tier auf ihn zu. Sie hatten dichtes Fell und waren mit Kriegshämmern und Streitäxten bewaffnet und drückten Louis Gefährten zu Boden. Jetzt waren sie bewegungsunfähig.

„Ihnen geschieht nichts", versprach sie. „Vorerst und nun folge mir, edler Ritter."

Sie stieg majestätisch, Ast für Ast, die Eiche empor.

Louis machte es ihr gleich und folgte ihr. Seine Freunde zurück zu lassen bereitete ihm Unbehagen. Doch er sah ein das es wohl klüger war zu kooperieren. Das Schwert ließ er dabei gezogen. Er hatte etliche Fragen und noch keine einzige Antwort. Schließlich erreichten sie die Baumkrone, die eine so große Fläche bildete, dass ein Tisch und vier Stühle hier ihren Platz fanden. Am anderen Ende befand sich ein riesiger Spiegel, der jedoch kein Spiegelbild warf. Diese Tatsache verwunderte Louis allerdings am allerwenigsten an diesem Ort.

„Wir sind hier in der Hölle, richtig?"

Das Mädchen schenkte ihm ein Lächeln.

„Du bist doch am Leben Louis, oder? Also kannst du folglich nicht in der Hölle sein, denn sie ist bekanntermaßen nur was für die Toten."

„Wo bin ich dann?"

„Nun, sagen wir mal in einer Parallelwelt."

Louis wurde immer skeptischer.

„Dem mohammedanischen Glauben nach bezeichnet man uns als Djins und ihr Christen bezeichnet uns als Dämonen."

„Was zum Teufel? Dämonen?"

„Nein, der Teufel, oder auch Lucifer hat nichts damit zu tun. Wir sind was wir sind. Das ist unsere Welt und ihr habt sie betreten."

Louis wollte es nicht verstehen. Er wollte nur noch weg. Zum ersten Mal in seinem Leben begriff er was es bedeutete, wenn Menschen von Angst sprachen.

„Verzeiht, wir wussten nicht…"

„Ist schon gut. Es ist nicht schlimm. Die Frage ist doch eher warum ihr hier seit?"

Louis schnappte nach Luft und suchte gleichzeitig nach Ausreden.

„Also, zum Einen war in dem Gasthaus der Wein aus und Jaroslav muss einen wichtigen Brief abliefern."

„Du weißt, dass das Schwachsinn ist was du da sagst, Louis Archibald. Also, warum bist du hier?"

Sie setzte sich auf den Tisch und überkreuzte ihre Beine. Nachdem Louis einige Bruchteile der unendlichen Zeit ein unbewegliches Objekt auf seinem eigenem Schatten bildete, setzte sie sich wieder auf.

„Also gut, komm! Wir suchen nach dem Grund deines Erscheinens."

„Wohin?“

Die Frau wies mit der Hand auf den Spiegel. Louis konnte sofort ein Bild erkennen. Eine schmale Treppe aus glänzendem, weißem Marmor, von Wolken umgeben erstreckte sich ins Ungewisse vor seinem Antlitz.

„Diese Treppe soll ich betreten? Nein, das mache ich nicht. Ich habe heute schon genug Neues erlebt und gesehen und verspüre keine Interesse daran noch die Kunst des Fliegens zu erlernen.“

„Ich fürchte du hast keine andere Wahl, edler Ritter.“

Galant durchschritt sie den Spiegel und stand auf der Treppe. Vorsichtshalber schob Louis erst sein Schwert hindurch. Doch nichts geschah. Es war als wäre die Treppe real und irgendwie war sie es ja auch. Die Frau stand immer noch vor ihm.

Mutig folgte er ihr.

Zu Beginn herrschte unter der Treppe ein großes Nichts. Nur weiße, buschige Wolken. Nach einer Weile konnte er, zwar nur schemenhaft, grüne Wiesen und Wälder erkennen. Langsam sah er auch kleinere Dörfer, die aus den Wolken emporstiegen. Während er dem Pfad ins Ungewisse folgte, lief unter ihm das normale Leben weiter. Louis kam sich auf einmal so nichtig und klein vor. Ihm wurde bewusst, wenn er eines Tages sterben würde, dann wäre da niemand den es gekümmert hätte. Alles wäre auch ohne ihn weitergelaufen. Er blickte zurück.

Der Spiegel war nicht mehr zu sehen. Die Treppe schien über keinen Anfang und kein Ende zu verfügen. Je höher er die Treppe emporstieg, desto näher kam ihm die Welt dort unten.

Das verwirrte ihn so sehr, dass er kurzzeitig sein Gleichgewicht verlor. Beinahe wäre er heruntergefallen, doch die Hand der Frau griff nach ihm und zog ihn wieder hoch. Je näher sie dem vermeintlichen Ziel kamen, desto mehr Büsche wuchsen an der Treppe entlang. Es waren wilde Rosen im satten Grün. Schmetterlinge und exotische Vögel flogen um ihre Köpfe. Links und rechts erschienen wieder Spiegel, die im Nichts zu schweben schienen. In den Spiegelbildern konnte Louis Männer erkennen, die sich bewegten und ein ziemlich reales Aussehen besaßen.

„Wer sind diese Männer?“, fragte Louis, eher sich selber als die Frau.

„Das waren zu Lebzeiten ganz große Persönlichkeiten.

Du bist nicht der erste der hierher kommt. Das sind König Artus, König Karl der Große, König Barbarossa, Julius Cäsar, Achilles, Lancelot. Ich kann sie gar nicht alle aufzählen.

„Was tun sie hier?"

„Das sind ihre Schatten."

„Ihre Schatten?"

„Komm, wir sind jetzt da."

Die Treppe endete auf einer Art Plattform, umringt von Büschen und Pflanzen. Die Vögel und Schmetterlinge flogen dichter zusammen. Ein Trampelpfad führte zu einem Altar. Er stand auf einem Felsen. Auf diesem schlief eine schöne, junge Frau. Neben ihr knieten, vom Äußeren her ein junger Prinz und eine weitere Gestalt. Diese war in einem tiefblauen Umhang gehüllt. Hinter dem Altar stand eine weiße Statue. Louis hätte es nie zugegeben, aber das Pferd übertraf an Schönheit sogar seine Fleur und die eigenartige Frau die ihn hierher geführt hatte.

„Wegen ihr bist du hergekommen, richtig?"

Die Frau, die sich selbst als Dämon bezeichnete, zeigte auf die Frau am Altar.

„Ist das das Mädchen aus dem Dorf?"

„Ja." „ Was macht sie hier? Oder noch besser, was in Gottes Namen macht ihr mit ihr?"

„Seit beruhigt. Wir verwandeln sie nicht in solche Bestien, wie ihr sie im Wald vorgefunden habt.

Das machen unsere sterblichen Anbeter schon selber."

„Was macht ihr dann mit ihr?"

„Wir machen sie zu etwas Besserem, zu Einer von uns."

„Das werde ich nicht zulassen!"

Louis hob sein Schwert. Er verstand nicht wo er sich befand und wusste auch nicht wie er hier jemals wieder herauskommen würde. Doch was er wusste war, dass auf dem Altar die schönste Frau der Welt lag und er fest entschlossen war sie zu befreien, egal wie. Die Gestalt mit dem Umhang drehte sich herum und fing an in einer mysteriösen, menschenfremden Sprache, eine Art Gebet zu sprechen. Der Mann, der als Prinz gekleidet war, legte seine Hand auf den Altar und während die Frau betete schlug er mit einem Hammer immer wieder auf seine eigene Hand ein.

Mit jedem Schlag wurde sein Schmerzensschrei lauter, so wie auch die Gebete der Frau, die wohl eine Art Priesterin darstellte. Aus dem Felsen drangen geflochtene Dornen hervor und krabbelten langsam auf das schlafende Mädchen.

„Hört auf!", rief Louis und wollte das Mädchen befreien.

Doch die Frau, die ihn hergeführt hatte zog ihr Schwert und stellte sich ihm in den Weg. Louis hob sein Schwert und stürzte sich in sein scheinbar letztes Gefecht. Doch seine Klinge traf nur ein Nichts und schnitt durch den Nebel. Er schrak zurück und drehte sich einmal im Kreis. Ein Schauer lief ihm über den Rücken.

Wie mit einem Fingerschnipp wurde er an einen anderen Ort gezaubert. Über ihm eine finstere Nacht und um ihn herum nur Nebel. Völlig verzweifelt irrte er umher.

„Pepin, Jaroslav. Seid ihr hier? Ist überhaupt jemand hier?"

Nach gefühlten Stunden und endloser Verzweiflung bekam er schließlich eine Antwort.

„Hallo, hier bin ich. Wer bist du?", rief ihm jemand auf Englisch hinter dem Nebel zu.

„Ich bin Louis Jaques Archibald de Fontainbleu."

„Gott sei Dank treffe ich hier jemanden!"

Die Gestalt trat aus dem Nebel hervor. Schockieren konnte Louis nach den letzten Ereignissen nichts mehr. Dennoch war er durch die Aufmachung seines Gegenübers etwas verwirrt.

„Und wer seid ihr?"

„Mein Name ist Alan. Ich komme aus New York."

„New York? Ihr meint wohl York, die Stadt in England."

„Nein, New York. Die Stadt in Amerika."

„Amerika? Noch nie davon gehört. Sagt mir, was tragt ihr denn da für eine eigenartige Bekleidung, Alan aus New York?"

„Was für eine seltsame Frage. Ganz normale für einen Cowboy und Goldsucher. Ich sollte wohl eher fragen, warum ihr mit einer Ritterrüstung hier herum lauft."

„Nun ja, weil ich ein Ritter bin. Wie ich schon sagte, ich bin Louis Jaques…."

„Okay, okay. Ich habe verstanden."

Alan fing an zu lachen. Eher aus Verzweiflung als aus Belustigung.

„Wieso lacht ihr?“

„Ach, nur so. Ist das echtes Blut an eurer Rüstung?“

„Ja, in der Tat. Aber fragt besser nicht.“

„Ich will es auch gar nicht so genau wissen. Ein Ritter also. Wisst ihr wo wir hier sind?“

„Nein, ihr etwa auch nicht?“

„Ich war mit meinem Kopf in einer Schlinge gefangen und dann bin ich hier aufgewacht.“

„Hm und ich war in einem Kampf.“

„Womöglich sind wir tot.“

„Das ist nicht auszuschließen.“

„Aus welchem Jahr kommt ihr, Louis?“

„1304. Wieso fragt ihr? Ihr etwa nicht?“

„Ach du heilige Scheiße.“

„In New York ist Scheiße heilig?“

Alan musste lachen und weinen zugleich.

„Was ist denn?“

„Nun mein Freund, ich muss euch mitteilen, das wir bereits das Jahr 1874 schreiben oder 1875, je nachdem wie lange ich schon hier bin.“

Ihr Gespräch wurde von Pferdegewieher unterbrochen. Ein rascher Galopp kam immer näher, gefolgt von dem Klappern der Räder einer Kutsche.

Irgendwann sind wir alle dort.

In einer heißen Sommernacht feierten die vier Freunde Luigi, Lucia, Cosimo und Amalia in einem Club an der italienischen Küste in einem kleinen Örtchen, namens Torre San Giovanni. Ausgelassen schütteten sie einen Cocktail nach dem anderen in sich hinein. Außer Luigi, der von allen einfach nur „Gigi" genannt wurde. Er hatte im Münzen werfen gegen Cosimo verloren und war deshalb der Fahrer der heutigen Nacht.

Es sollte für eine längere Zeit eine ihrer letzten gemeinsamen Nächte werden, in der sie zusammen feierten. Cosimo trat ab September eine Karriere als Berufssoldat an und wurde nach Florenz versetzt.

Lucia ging für ein Jahr nach Australien, um Bilder von der australischen Natur und Tierwelt zu schießen, um endlich ihren großen Traum als Profifotografin verwirklichen zu können.

Amalia war die Einzige, die ihrem Heimatort Gallipoli treu blieb und bereits jetzt schon ihren Freund Luigi vermisste, der ebenfalls im September seinen Heimatort verließ und nach Bologna ging um dort Informatik zu studieren.

Natürlich hatte sie auch Angst. Denn Bologna war eine große Studentenstadt, in der auch viele junge, hübsche Mädchen umher liefen. Doch im Augenblick verwarf sie diese Gedanken. Ihr Luigi war nicht so einer. Also versuchte sie die letzten Abende, die ihnen noch blieben, zu genießen.

Cosimo und Lucia tanzten immer inniger zusammen und es fehlte nicht mehr viel bis sie miteinander rummachten. Die Beiden, die sich seit dem Kindergarten kannten, waren nie offiziell zusammen obwohl jeder wusste, das zwischen ihnen mehrmals was lief. Der DJ ließ Snoop Dog und Timatis Hit „Grow on" anlaufen und die Menge auf der Tanzfläche drehte durch. Lucia hielt ihren Cuba Libre hoch in die Luft, Cosimo trank sein Heineken Bier aus und küsste sie ganz innig.

„Hey, meinst du das geht gut aus?", fragte Amalia Luigi.

Die Beiden saßen etwas abseits an der Bar. Luigi zuckte mit den Schultern.

„Weiß nicht, aber ich denke Cosimo wird es überleben."

Amalia tätschelte Luigi liebevoll.

„Du Depp. Du weißt genau, dass ich nicht Cosimo meine.

Ich mache mir um Lucia Sorgen, die Arme. Wenn die beiden sich heute Nacht so nahe kommen und dann so lange getrennt sind, vielleicht sogar für immer, dann wird das sehr schwer für sie werden."

„Ach, mache dir keine Sorgen. Sie ist ein erwachsenes Mädchen. Sie weiß was sie tut."

Luigi wusste, dass seine Freundin das indirekt auf sich selbst bezog und wollte deshalb nicht weiter darauf eingehen. Nach dem Lied gingen Lucia und Cosimo raus an die frische Luft. Die beiden anderen folgten ihnen Arm in Arm.

„Hey, es ist schon spät. Morgen beginnt ein weiterer, stressiger Tag und wir müssen eine Weile fahren. Wollen wir bald los?", fragte Luigi seinen Kumpel Cosimo.

„Entspann dich, Gigi. Alles ist cool, man."

„Ach, ich meine ja nur. Ich muss morgen noch meinem Vater helfen."

„Ja, ja. Ist ja schon gut. Weine hier nicht rum, wir fahren ja bald. Außerdem feiern wir zum letzten Mal, also entspann dich mal ein bisschen."

Cosimo stellte sich unter eine Laterne, damit jeder seinen muskulösen Körper sehen konnte und zündete sich eine Zigarette an. Ein Kumpel stellte sich zu ihm. Die beiden begrüßten sich.

Der Typ kam mit seinen Lippen näher an Cosimos Ohr und flüsterte: „Hey, ich habe noch ein paar Teile, wenn du was brauchst."

„Nein, sorry. Ich würde ja gerne, aber ich werde bald antreten und da muss ich bei denen abpissen."

„Okay, verstehe. Ich bin da hinten, falls du deine Meinung doch noch änderst." Mario blickte sich misstrauisch, mit den Augen eines typischen Kleinkriminellen um und ging weiter.

„Hey, war das nicht dieser komische Mario?", wollte Lucia wissen.

„Ja schon. Der wollte bloß wissen wie es mir geht und wie das Wetter in London ist."

Lucia verdreht die Augen, doch auf Streitereien hatte sie heute Nacht keine Lust.

Auf der Straße fing ein reges Gedränge an, laute Schreie und Flüche. Mario rannte aus der Menge und lief auf die vier Freunde zu.

„Cosimo! Cosimo, komm schnell! Da sind ein paar Arschlöcher aus Mailand und meinen, wir hier im Süden sind Menschen zweiter Klasse.

Einer sollte ihnen ihr großes Maul stopfen. Komm, zeig ihnen, dass wir uns hier sowas nicht gefallen lassen."

„Dann gehe doch hin und zeig's ihnen selber", rief Lucia ihm genervt zu.

Amalia schloss sich ihrer Meinung an. Cosimo trank sein wahrscheinlich zehntes Heineken aus und klopfte Luigi auf die Schulter.

„Komm Luigi, zeigen wir dieser Legia del Nord aus welchem Holz wir geschnitzt sind" und lachte laut.

Mario ließ einen Jubelschrei los. „Ja man, dass ist geil. Jetzt zeigen wir es ihnen."

Amalia ergriff sofort Luigis Arm.

„Nein, hier wird niemand irgendwem etwas zeigen. Wir wollten nach Hause fahren, schon vergessen? Also fahren wir jetzt!"

„Aber die haben unsere Ehre verletzt", rief Mario zu Cosimos Verteidigung.

„Wir fahren ja gleich. Ich kläre das hier schnell und dann geht es los."

Cosimo lief über die Straße, auf die Menge zu, die sich heiße Diskussionen lieferten. Auf dem kurzen Weg trank er sein Bier aus und schleuderte die Flasche auf den kochend heißen Asphalt, der am Tag von der Sonne fast aufgeweicht wurde. Das Klirren der Flasche ging im Lärm der lauten Musik, der unzähligen Bars und den Gesprächen hunderter Menschen, die dort rumspazierten, unter.

„Nein Cosimo, nicht heute Nacht, bitte", rief Lucia noch.

Luigi und Amalia folgten den Anderen. Mario quetschte sich durch die Menge.

„Hey, hier ist Cosimo, der italienische James Bond. Macht Platz. Der wird es diesen Pennern jetzt zeigen."

Ihnen gegenüber standen sechs Männer, Mitte zwanzig mit einer durchaus arroganten und selbstgefälligen Haltung.

„Ihr kommt hier her und meint ihr seid die Könige. Wir wollen euch hier im Süden nicht. Los, haut ab!", rief einer.

„Ach, wirklich? Unsere Steuergelder sind euch Olivenpflückern aber willkommen, oder?", rief einer der Mailänder.

„Was fällt euch eigentlich ein, uns als arme Schlucker zu bezeichnen? Ich, zum Beispiel, habe da drüben meine eigene Eisdiele!"

Cosimo drängte sich dazwischen und schupste den Jungen weg.

„Hey, hey Cowboy. Alles cool. Wir führen hier nur einen kleinen Smalltalk. Wer bist du überhaupt?“

„Das geht dich einen Scheiß an. Nimm deine Hampelmänner und verschwindet wieder nach Turin!“

„Immer langsam Sunnyboy. Wir sind aus Mailand.“

„Dann eben Mailand. Ist mir auch egal.“

Der Mailänder lachte herablassend und zeigte nur ein eingebildetes Grinsen.

„Es tut mir echt Leid, Freunde. Ich glaube ihr habt mich etwas missverstanden. Ich verstehe euch ja. Es ist verdammt hart hier von Nichts außer Oliven zu leben. Aber als Zeichen der Versöhnung gebe ich euch eine kleine Spende.“

Der Mailänder holte einen Bündel mit Geldscheinen raus, zählte zwei Fünfziger heraus und schmiss sie Cosimo vor die Füße.

„Hier Amigo, hiermit kannst du deine Familie auf ein Eis bei deinem Kumpel da drüben einladen“ und lachte dabei noch herablassender als kurz zuvor.

Jetzt brannten bei Cosimo sämtliche Synapsen durch. Luigi wollte ihn noch aufhalten, kam aber zu spät und erwischte ihn nur noch m Arm. Cosimo riss sich sofort los und stürzte sich auf den Mailänder, der völlig überrascht einen Fausthieb einsteckte. Hätten ihn seine Freunde nicht aufgefangen wäre er zu Boden gestürzt.

Als er zum Gegenschlag ausholen wollte löste sich die Menge hysterisch auf.

„Da kommen Carabinieri! Los schnell! Verschwindet!“, schrien alle wild durcheinander.

Tatsächlich waren auf der anderen Straßenseite zwei Polizisten ausgestiegen und gingen direkt auf die Menge zu.

„Ich kriege dich, du kleiner Pisser. Das schwöre ich dir!“, rief der Mailänder Cosimo zu.

„Du weißt nicht wer mein Vater ist. Glaube mir, das wirst du bitter bereuen. Wir finden dich, egal wo du bist!“

„Ja, ja, ja. Komm verpiss dich“, rief Cosimo noch, bevor ihn Luigi wegzog.

Die vier Freunde liefen so schnell sie konnten zu Luigis Fiat Punto. Ohne groß Zeit zu verlieren startete er seinen Wagen und sie fuhren los.

„Ha, ha, ha, das war einfach geil. Habt ihr das gesehen? Habt ihr gesehen wie ich den Typen ausgeknockt habe? Mit nur einem Schlag!“

Auf der Rücksitzbank legte Cosimo einen Arm um Lucia und mit dem anderen demonstrierte er wie er den Schlag ausgeführt hatte.

„Bam und ihn hat es fast hingelegt.“

„Ja, beruhige dich jetzt mal. Es hätte auch ins Auge gehen können, wenn dich die Carabinieri erwischt hätten. Dann wäre auch deine Karriere in der Armee vorbei.“

„Ach, jetzt übertreibe mal nicht. Ist doch alles gut gegangen.“

„Pst, leise jetzt , Luigi. Dreh den Song lauter!“

„Dein Ernst?“

Luigi atmete schwer, aber fügte sich der Bitte seines Freundes und drehte Miley Cyrus neuen Hit „Wracked Ball“ lauter. Lucia schlang ihre Arme um Cosimo und die beiden küssten sich innig. Die Truppe verließ Tore San Giovanni und fuhr auf der Landstraße, Richtung Ugento, wo Cosimo mit seinem jüngeren Bruder Antonio wohnte. Luigi wollte Lucia noch fragen, ob er sie auf dem Weg bei ihr noch rausschmeißen sollte. Doch nachdem er im Rückspiegel sah, was die beiden hinten trieben hielt er diese Frage für überflüssig. Sie waren bereits einige Kilometer gefahren, da bemerkte er im Rückspiegel zwei Scheinwerfer, die ihnen seit Tore San Giovanni folgten.

„Hey Leute, ist ja eigentlich nichts unnormales, aber das Fahrzeug hinter uns folgt uns seit Tore San Giovanni.“

„Und? Mach dir nicht ins Hemd, Gigi“, antwortete Cosimo.

„Ich meine ja nur. Was ist, wenn es die Carabinieri sind?“

Cosimo lachte auf.

„Klar, die haben nichts Besseres zu tun als uns hinterher zu fahren. Die hätten uns schon längst aufgehalten.“

„Ist ja schon gut.“

„Aber wenn uns einer verfolgt, dann hoffe ich, dass es diese Trottel aus Mailand sind. Dann kann ich die alle zusammenfalten.“

„Hör auf, du Spinner“, Lucia legte ihm einen Zeigefinger auf die Lippen.

„Du wirst heute was ganz anderes zusammenfalten!“

„Oh ja….“

Amalia verdrehte die Augen und unterbrach die beiden, bevor sie wieder wild rumknutschten.

„Schickst du mir ein paar Bilder aus Australien?“

„Klar, mache ich, Süße. Die ersten Fotos, die ich mache kriegst du. Versprochen und wenn ich mal reich und berühmt bin kannst mit ihnen angeben.“

Die beiden Mädchen lachten.

„Am liebsten mag ich die Kängurus. Die sind einfach zu goldig. Am liebsten hätte ich eines als Haustier. Von denen musst du mir unbedingt Fotos schicken. Bitte!“

„Ja, die sind wirklich toll. Ich hoffe, dass ich dazu komme eines zu streicheln. Obwohl ich gehört habe, dass sie sehr gefährlich werden können.“

„Ich mag auch Kängurus“, schloss sich Cosimo an.

„Die Kängurusteaks müssen voll lecker sein. Das habe ich zumindest gehört.“

„Boah, Cosimo. Du bist ein solcher Idiot.“

Lucia boxte ihn auf die Schulter.

„Kängurus sind süß und nicht zum Essen.“

Cosimo überlegte: „Ja, wenn du auf sie Zucker streuselst, dann sind sie süß. Da muss ich dir Recht geben.“

Das war der Punkt an dem die Freundinnen anfingen freundschaftlich auf ihn einzuprügeln.

„Hey Leute, ich gehe hier schnell tanken. Braucht wer noch was?“

„Ja, bring mir nen Sixer Heineken mit.“

„Nein, das tust du nicht, Gigi“, befahl Lucia. „Der hatte schon genug.“

Luigi parkte neben einer Zapfsäule.

Er war schon mit einem Fuß draußen, als er wieder ins Auto hüpfte und die Tür von innen verriegelte.

„Was ist denn los?“, wollten die Anderen wissen.

„Das Auto dort hinten, das ist uns hier her gefolgt und jetzt steht es dort hinten im Schatten.“

Die Anderen drehten sich um und spähten durch die Heckscheibe. Tatsächlich stand er gleich neben der Einfahrt.

„Oh, jetzt reicht es“, lallte Cosimo.

„Ich steige jetzt aus und haue dem ein paar aufs Maul und hole mir danach mein Bier.“

„Nein, das tust du nicht!“ Lucia zog ihn sofort zurück.

„Was soll ich jetzt machen?", fragte Luigi.

„Ach, vielleicht will er bloß telefonieren oder sucht etwas. Bleibt mal alle cool."

Luigi gestand sich ein, dass seine Freundin wohl Recht hatte und ihm war seine Paranoia etwas peinlich.

„Na gut. Ich werde jetzt ganz normal tanken, hole mir noch ein Mineralwasser und fertig."

„Darf ich ihn trotzdem verhauen? Wenigstens ein bisschen?", fragte Cosimo scherzhaft.

„Nein, das darfst du nicht", sagten die beiden Mädchen gleichzeitig.

„Das darfst du nicht, das tust du nicht…," versuchte Cosimo die Stimmen der Mädchen zu imitieren.

Traurig versank er in der Rücksitzbank und tröstete sich mit dem Gedanken, dass Lucia heute Nacht bei ihm schlief. Luigi zahlte und setzte sich wieder ans Steuer.

„Also los, fahren wir. In ein paar Stunden wird es schon wieder hell."

„Oh man, fuck. Was soll der Mist? Der will uns doch verarschen, oder?"

„Was ist denn los?", wollte Amalia wissen.

„Der Typ fährt uns eiskalt hinterher. Das ist doch ein Witz."

Und tatsächlich, der schwarze Wagen hinter ihnen schaltete seine Scheinwerfer an und verließ zeitgleich mit ihnen die Tankstelle. Immer mit einigen Metern Abstand.

„Das ist irgendein Vollidiot. Scheiß auf den. Fahre jetzt einfach weiter", warf Lucia ein.

„Und wenn es doch die Mailänder sind?"

„Oh man, Cosimo. Halt jetzt einfach die Klappe", sagten die Mädchen wieder gleichzeitig, gerade so als ob sie permanent die gleichen Gedanken hätten. Luigi fuhr wieder auf der Straße nach Ugento. Nach einigen Minuten absoluter Stille, beschloss er wieder ein Gespräch anzufangen um von ihrem Verfolger abzulenken.

„Hey, irgendwo hier draußen bin ich früher im Sommer mit Onkel Giovanni auf seinem uralten Roller rumgefahren und habe die Kakteenfrüchte gesammelt."

„Dein Onkel war doch ständig irgendwo irgendwas sammeln, aber ich mag ihn. Er ist ein netter Kerl", erinnerte sich Cosimo.

„Ja, das stimmt. Er ist wirklich nett. So ein kleiner Naturbursche. Er hat mir viel beigebracht.“

Lachend erinnerte sich Luigi an die Sommerferien seiner Kindheit. Er vermisste diese alten, unbeschwerten Zeiten.

„Du kommst ganz nach ihm, Luigi. Du bist auch so ein kleiner Pfadfinder, ha, ha“, kam es erneut von hinten.

„Und ich bin stolz darauf. Die Kräuterheilkunde wird zum Beispiel in der Medizin sehr unterschätzt.“

„Oh nein, jetzt geht das wieder los.“

„Das ist mein voller Ernst. Zum Beispiel Schwarzkümmel. Er ist das Allheilmittel für jede Krankheit. Das sagte sogar schon der Prophet Mohammed. Schwarzkümmel heilt jede Krankheit, außer dem Tod. Er ist sogar vorbeugend gegen Krebszellen.“

„Alter, bist du jetzt ein Moslem oder so?“

„Nein, aber trotzdem kann man sich dafür interessieren. Nur, wer erzählt dir was davon? Die verkaufen das nicht mal in normalen Läden, weil die Pharmaindustrie alles, was die Naturheilkunde betrifft, unter den Teppich kehren will. Sie verdienen mit Therapien und Medikamenten viel mehr. Die Gesundheit der Menschen interessiert sie doch überhaupt nicht.“

„Jetzt gehen wir wieder zu den Verschwörungstheorien über. Fehlt nur noch, dass wir wieder davon anfangen, dass der Vorfall vom 11.September von den Amis selbst angezettelt wurde. Gigi, halt einfach die Klappe oder hole mir noch ein Sixer Bier, wenn du weiter deine Scheiße erzählen willst.“

„Ist ja schon gut. Wir sind eh gleich bei dir zuhause.“

Luigi blickte in den Rückspiegel. Der Wagen folgte ihnen immer noch und immer noch mit einem konstanten Abstand. Wenn Luigi beschleunigte, beschleunigte sein Verfolger auch. Wurde er wieder langsamer, so wurde auch sein Hintermann langsamer.

Allmählich wurde Luigi doch etwas mulmig. Er wollte abwarten bis Cosimo und Lucia ausgestiegen waren um zu sehen was dann passierte. Sie erreichten Ugento. Luigi schlängelte seinen Punto durch die engen Gässchen und nahm mit Absicht einige Umwege. Doch der Verfolger ließ nicht von ihnen ab und klebte wie ein Kaugummi an ihnen. Das bereitete auch den Anderen langsam Sorgen.

„Also, jetzt ist es offensichtlich. Das Arschloch folgt uns tatsächlich.

Okay Cosimo, wenn der Pisser Stress will, hast du von mir die Erlaubnis ihm eine Lektion zu erteilen", sagte Lucia zu ihm.

Cosimo freute sich natürlich darüber noch etwas Action zu haben.

„Aber pass gut auf und mache keinen Scheiß. Wir wissen nicht wer das ist und vielleicht sind das auch mehrere."

„Mache dir um mich mal keine Sorgen, Amalia. Ich war nicht umsonst Boxmeister in der Armee."

Er versprach trotzdem aufzupassen und nichts zu riskieren. Damit beruhigte er die Freunde. Luigi fuhr ein Stück an Cosimos Haus vorbei und blieb dann am Straßenrand stehen. Ihr Verfolger kam, mit laufendem Motor, einige Meter hinter ihnen zum Stehen.

„Oh man, der regt mich auf."

„Mach dir keinen Kopf, Gigi. Ich mache das schon."

Cosimo klopfte ihm auf die Schulter und stieg aus. Lucia verabschiedete sich noch von den beiden anderen.

„Amalia, Süße. Schreibe mir bitte wenn ihr zu Hause seid!"

„Das mache ich auf jeden Fall, versprochen. Viel Spaß euch beiden noch und übertreibt nicht."

Grinsend schlängelte sich Lucia zu Cosimo und hakte sich bei ihm ein. Luigi und Amalia beobachteten gespannt durch die Heckscheibe wie sich Cosimo und Lucia gelassen dem Wagen des Verfolgers näherten und Arm in Arm an ihm vorbeischlenderten. Im Vorbeigehen machte Cosimo, in Richtung des Fahrerfensters, eine abfallende Geste, klopfte zweimal auf das Dach und marschierte weiter in Richtung Haustüre. Luigi konnte zwar Cosimos Gesicht nicht sehen. Aber er wusste, dass er grinste. Einen kurzen Augenblick später verschwand das Pärchen im Haus. Luigi und Amalia setzten ihre Fahrt fort und wie erwartet folgte ihnen der mysteriöse Wagen. Der Fahrer des Wagens war auf Cosimos Provokation nicht eingegangen. Irgendwie ließ dieses Verhalten ein Gefühl von Sicherheit in ihm aufkommen. Andererseits war Cosimo nicht mehr da und das schwächte ihn wieder. Davon abgesehen schien der Typ mehr Interesse an ihm und Amalia zu haben.

„Verdammt, was ist das bloß für ein Arschloch? Ich schreibe Lucia das er uns hinterher fährt."

Es war schon eine Weile her, dass Luigi Amalia fluchen gehört hatte.

Das letzte Mal vor ein paar Jahren als er betrunken mit Cosimo bei ihrem Geburtstag erschienen war. Erst hatte er ihre weiße Bluse mit Rotwein bekleckert. Dann fing Cosimo draußen eine Biene ein, brachte sie zu Amalias schlafender Katze und setzte sie dem Tier auf die Nase. Die Katze wachte auf, erschrak und die Biene stach das arme Tier direkt in die Nase.

Danach war im ganzen Haus die Hölle los. Luigi und Cosimo waren die Einzigen, die das witzig fanden. Amalia war damals kurz davor mit ihm Schluss zu machen. Auch jetzt fluchte Amalia lauthals, während sie mit Lucia schrieb. An ihrem Geburtstag war sie einfach nur wütend. Das war jetzt etwas anders. Luigi sah die blanke Angst im Gesicht seiner Freundin aufsteigen. So hatte er sie noch nie gesehen. Das verstärkte sein Unbehagen nur noch mehr.

„Und, was schreibt Lucia so?"

„Nicht allzu viel und jetzt antwortet sie nicht mehr. Sie meinte nur, das sei nur irgend so ein Freak am Steuer. Fahrt nach Hause und beachtet ihn nicht."

„Hat sie gesagt ob es mehrere sind?"

„Sie hat nur den Einen gesehen."

„Was für ein Typ ist denn das?"

„Ach, das weiß ich doch auch nicht. Die wollen jetzt vögeln und sind uns keine besondere Hilfe."

„Sollen wir vielleicht die Polizei rufen?"

„Könnt ihr uns bitte helfen! Ein Auto fährt uns hinterher! Die denken doch wir sind auf Drogen und lachen uns aus."

„Du hast Recht."

Auf der Landstraße von Ugento, in Richtung Gallipoli, kam ihnen kein einziges Auto entgegen. Keiner fuhr vor ihnen. Nur ein Einziger war hinter ihnen: ihr Verfolger. Rechts an der Straße befand sich ein beleuchteter, jedoch leerer und zugemüllter Parkplatz. Luigi beschloss einmal im Leben ein ganzer Mann zu sein. Er riss das Lenkrad nach rechts und fuhr auf den Parkplatz.

„Verdammt Gigi, spinnst du? Was hast du denn jetzt vor?"

„Ich kläre das jetzt mit diesem Scheißkerl."

„Nein, hör auf. Du bist doch wahnsinnig! Was ist wenn es irgendein Junkee ist?"

Luigi parkte seinen Wagen gleich nach der Parkplatzeinfahrt.

Ihr Verfolger rauschte an der Einfahrt vorbei. Die Hoffnung, dass er auch weiterfahren würde hielt nur für den Bruchteil einer Sekunde, denn er bog auf der anderen Seite ein und stellte sich ihnen entgegen. Die Scheinwerfer blendeten Luigi und seine Freundin.

„Was hat der Mistkerl vor? Will er uns frontal rammen?", rief sie.

„Keine Ahnung. Ist mir auch scheißegal. Ich kläre das jetzt."

Luigi sprang aus dem Wagen und schmiss die Türe hinter sich zu. Den Protest seiner Freundin ignorierte er schlichtweg. Voller Entschlossenheit stampfte er auf den Wagen seines Widersachers zu, dessen Scheinwerferlicht ihn immer noch blendete und er deshalb schützend eine Hand vor seine Augen hielt. Luigi ging direkt zur Fahrertür. Anfangs wollte er die Türe einfach aufreißen und den Verfolger zur Rede stellen. Doch allmählich, kurz vor dem Ziel, hatte ihn sein Mut verlassen. Er beschloss erst einmal vorsichtig an das Fahrerfenster zu klopfen. Doch außer der im Fahrzeug dröhnenden Rockmusik war nichts zu hören. Keine Antwort, keine Reaktion. Luigi klopfte nochmal und näherte sich mit seinem Gesicht der Scheibe um etwas sehen zu können. Das, was er sah erschreckte ihn. Der Fahrersitz war leer, der Beifahrersitz ebenfalls.

„Was ist denn das für ein Scheiß?", rief Luigi.

Er riss die Türe auf. Demons Song „Into the Nightmare" dröhnte ihm entgegen. Das Auto war leer.

Luigi riss die Hintertüre auf, aber auch die Rücksitzbank des mysteriösen Fahrzeuges war leer. Nun begann er an seinem Verstand zu zweifeln, beugte sich unter den Wagen um festzustellen ob sich dort jemand versteckt hatte. Aber im selben Moment stellte er sich die Frage wie das überhaupt funktionieren sollte. Wie sollte jemand aus dem Fahrzeug verschwinden können ohne auch nur eine Tür zu öffnen? Ein Schiebedach hatte das Auto nicht.

Entsetzt und mit offenem Mund stand Luigi bloß da und starrte in den leeren Innenraum, während Dämon fröhlich seinen Song weiterträllerte: „Come into the nightmare, this night will take your life tonight!"Er beschloss sich aus seiner Starre zu lösen und lief zu zurück zu seinem Wagen. Als er seine Türe aufriss traf ihn ein Blitz durch die Schädeldecke. Sein Beifahrersitz war ebenfalls leer. Amalia war verschwunden. Seine Gedanken wirbelten umher als hätte man sein Gehirn in einen Mixer gesteckt. Luigi hatte das Gefühl, dass sein Herz aus seiner Brust springen würde.

„Amalia, Amalia, wo bist du? Amalia!"

Seine Schreie hallten in der tiefe der Nacht wieder. Außer dem leisen Dröhnen von „Into the Nightmare" aus dem Verfolgerauto war nichts zu hören.

„Oh man, Scheiße!"

Luigi trat eine Delle in seine Türe. Es war ihm scheißegal. Er suchte sein Handy und versuchte vergeblich seine Freundin zu erreichen. Doch er hörte nicht mal den Klingelton von ihrem Handy. Danach rief Cosimo an.

„Komm schon Cosimo, geh ran. Geh endlich ran! Verdammt!"

Danach versuchte er es noch bei Lucia, die nach dem zweiten Versuch glücklicherweise abhob.

„Man Gigi, was ist denn? Warum nervst du? Ich wollte gerade duschen!"

„Amalia, Amalia...!"

Mehr als den Namen seiner Freundin brachte Luigi vorerst nicht raus.

„Amalia? Was ist denn mit ihr?"

„Amalia, sie ist....sie ist...".

„Man Luigi, hast du dir was reingeschmissen?"

„Sie ist weg. Sie ist einfach weg! Verdammte Scheiße. Gib mir Cosimo! Ich muss sofort mit ihm reden. Schnell!"

„Wie, sie ist weg?"

„Gib mir Cosimo!"

„Ja, ja, beruhige dich. Ich lauf schnell zu ihm hoch. Wo ist denn Amalia hin?"

„Ich weiß es nicht! Sie ist einfach verschwunden! Wie in Luft aufgelöst!"

Lucia lief die Treppe zu Cosimos Schlafzimmer rauf. Als sie die Türe öffnete, ließ sie einen lauten Schrei los und ihr Smartphone fiel zu Boden.

Luigi konnte gerade noch den Schrei hören als die Verbindung unterbrochen wurde. Ihm wurde sofort klar, dass etwas nicht stimmte. Völlig verzweifelt brach er in Tränen aus und fiel auf die Knie.

Lucia konnte es nicht fassen und schrie so laut bis ihre Stimme anfing zu versagen. Vor Schreck fiel sie zurück auf den Boden und landete dabei unsanft auf dem Hintern. Sie wollte aufstehen doch sie war wie paralysiert. Cosimo lag nackt auf seinem Bett unter einem weit geöffneten Fenster. Seine Brust war gerade gespalten worden und lag wie ein dickes, gerade geöffnetes Buch vor ihr.

Zwischen den Rippen, die deutlich zu sehen waren quollen seine Eingeweide heraus. Die Bettlaken waren blutdurchtränkt. Das Blut tropfte langsam von der Bettkante auf den Boden. Lucia versuchte aufzustehen, doch ihre Knie wurden bei jedem Versuch zu Pudding und sie stürzte immer wieder. So krabbelte sie zittrig und schluchzend die Treppe herunter. Vor der Türe hörte sie wieder Räder auf dem alten Kopfsteinpflaster der Altstadt Ugentos rollen. Genau vor der Haustüre blieben sie stehen und sie hörte nur noch das Wiehern der Pferde.

Ihr war völlig egal wer oder was das war. Sie hoffte nur inständig, dass es sich um eine helfende Hand handelte. Sie kauerte auf allen Vieren vor der Haustüre, als diese aufsprang. Vor ihr stand eine monströse, breitschultrige Gestalt, komplett in schwarz gekleidet. Der Fremde trug einen schwarzen Mantel mit hochgestellten Kragen und einen Zylinder. Sein Gesicht verbarg sich hinter einer, aus mehreren Lederfetzten zusammen genähten Maske. Als er seine Pferdepeitsche hob ließ Lucia noch einmal einen kurz anhaltenden Schrei los.

Luigis Schluchzen ließ allmählich nach. Er öffnete die Augen. Ihm war gar nicht aufgefallen wie schnell es neblig geworden war. Das Auto des Verfolgers war verschwunden, ohne das der Motor vorher eingeschaltet wurde. Doch das kümmerte ihn weniger.

Er stand auf und drehte sich im Kreis. Alles war verschwunden. Sein Fiat Punto, der Parkplatz und auch die Landschaft. Er stand in einem tiefen Nichts, eingehüllt im Nebel. Nur eine gepflasterte Straße führte an ihm vorbei, die definitiv vorher noch nicht da war. Das Einzige, was er jetzt noch wahrnahm war das Traben von Pferdehufen und das Knarren von Rädern, die langsam aber stetig immer näher kamen.

Der Kutscher.

Um genau zu wissen woher der Galopp der Pferde kam musste Luigi erst einmal realisieren, wo er sich überhaupt befand. Mit der Frage, wie er überhaupt an diesen Ort gekommen war, verschwendete er keine Zeit.

Er versuchte sich zu orientieren. Zum Beispiel wo oben und unten war. Alles sah gleich aus. Er befand sich im leeren Nichts. War das der Tod? Die Leere, die alle Toten erwarten würde?

Er konnte sich nicht daran erinnern wie er gestorben sein sollte. Mal ganz davon abgesehen, wenn er Pferde und Räder hören konnte, so leer konnte diese besagte Leere doch dann gar nicht sein.

Erschreckend schnell näherten sich die Geräusche der Pferdehufe und der Räder, die denen einer Kutsche oder eines Wagens glichen. Jetzt konnte er deutlich hören wie sie, auf einer Art Pflastersteine, galoppierten. Folglich befand er sich in der Nähe einer Straße. So musste es sein.

Je näher die Geräusche kamen desto beängstigender wurden sie. Die Entscheidung auf das von Pferden gezogene Gefährt zu warten oder einfach davon zu laufen fiel ihm dementsprechend leicht. Luigi nahm seine Beine in die Hand und begann so schnell zu laufen wie er nur konnte.

Natürlich war ihm bewusst, dass die Pferde weitaus schneller waren als er, dennoch gab er nicht auf. Die Pferde wieherten und er vernahm Peitschenhiebe, die auf die Tiere einschlugen. Eine männliche, tiefe Stimme, die Luigi etwas unmenschlich vorkam, konnte er auch hören.

Er bekam Seitenstechen, seine Knie fühlten sich wie Pudding an. Sein Herz drohte jeden Augenblick zu explodieren. Seine Angst vor dem Ungewissen erlangte eine neue Dimension. Luigi ertappte sich dabei, wie er darüber nachdachte sich jetzt in der Hölle zu befinden oder zumindest auf dem Weg dorthin zu sein.

Dieser Kutscher, der ihm auf den Fersen war, würde ihn ganz sicher schon bald in die Fänge des Satans befördern.

Als ihm die Luft zum Atmen allmählich ausblieb fragte er sich:

„Was habe ich nur falsch gemacht? Ich habe doch nie wirklich gesündigt, oder? Vielleicht hätte ich doch jeden Sonntag mit Mutter und Oma in die Kirche gehen sollen?“

Die Kutsche hatte ihn bald eingeholt. Vielleicht bildete er sich das auch nur ein, aber er konnte das Schnauben und das Atmen der Pferde in seinem Nacken spüren. Es würde nicht mehr lange dauern und der Kutscher würde ihn mit einem Peitschenhieb einfangen oder einfach nieder trampeln und überrollen. Doch im Anblick seines Endes erschien ihm ein kleines bisschen Hoffnung.

Der Nebel fing an sich zu lichten und er erkannte vor sich die Straße von Ugento nach Gallipoli. Er konnte den Parkplatz erkennen, auf dem er zuletzt angehalten hatte um seinen Verfolger zu stellen. War er in Sicherheit? Er sprang zur Seite und rollte sich über den Asphalt.

Einen Augenblick später spürte er wie die Kutsche an ihm vorbeirauschte.

Ohne seine Neugier zu stillen und sich nach der Kutsche umzudrehen mobilisierte er seine letzten Kraftreserven und hechtete zu seinem Fiat Punto, der ihm wie ein Lichtstrahl in absoluter Finsternis vorkam. Er hüpfte auf den Fahrersitz und startete den Motor.

Zu seiner Verwunderung sprang der Wagen gleich an. Luigi drückte das Gaspedal durch und raste davon.

Wieder in Richtung Gallipoli. Nach Hause. Jetzt erkannte er auch die Kutsche. Sie war komplett schwarz und überdimensional groß. Sie stand auf der Straße und machte keine Anstalten ihm zu folgen. Vermutlich hatte der Kutscher begriffen, dass es keinen Sinn machte Luigi zu verfolgen. Er war einfach zu langsam. Das jedenfalls hoffte Luigi.

Den Kutscher selbst konnte Luigi nur einen Augenblick lang erkennen, als er in den Rückspiegel seines Autos sah. Er war auch komplett schwarz, wie seine Kutsche.

Sein Gesicht konnte Luigi nicht erkennen, denn es wurde durch eine Maske verdeckt.

„Amalia! Verdammt, ich habe Amalia vergessen!"

Jetzt fiel ihm wieder seine Freundin ein. Aber zurück konnte er nicht mehr.

Wenn er jetzt sterben würde, bei dem Versuch sie doch noch zu retten, wäre ihr auch nicht geholfen. Tote sind in aller Regel schlechte Helfer.

Morgen würde er zur Polizei gehen und ihnen diese Geschichte, so verrückt sie auch klingen mochte. *

Jack trank gerade seinen letzten Schluck Whisky. Er hörte bereits die Schritte auf der Treppe hinter der Tür, die sich ihm langsam näherten.

Das musste der Dämon sein, der ihn für immer holen würde. Theoretisch hätte es jeder sein können, ein besoffener Freier oder irgendeine Nutte. Nein, er wusste, dass es der Dämon war. Er spürte es. Ein letzter Blick auf die Uhr. Ihm blieben nur noch wenige Sekunden auf dieser Welt. Die Schritte kamen näher, immer näher. Jack verschränkte die Arme auf dem Tisch, nachdem er seine Lebensgeschichte, die er vorher zu Papier gebracht hatte, in die Tischschublade geschoben hatte. Dann verschloss er die Augen, für immer.

Die Türe ging auf, die Zeit war abgelaufen. Der Dämon trat ein. Jack fiel auf den Boden, aber nicht weil man ihm den Stuhl weggezogen hatte, sondern weil der Stuhl einfach verschwand. Genauso wie der Schreibtisch, auf dem er eben noch seine Arme verschränkt hatte. Er traute sich nicht seine Augen aufzumachen, sondern hielt seine Arme schützend vor sein Gesicht und rollte sich wie ein Embryo auf dem Boden zusammen.

Jack verweilte einige Sekunden in dieser Stellung bis ihm auffiel, dass alle Geräusche um ihn herum verschwunden waren. Der Straßenlärm von draußen und die Stimme der Menschen in den Stockwerken unter ihm. Alles war still. Sogar die Anwesenheit des Dämons, die er gerade eben noch so stark gespürt hatte, dessen beängstigende Präsenz, sogar sie war verschwunden. Alles um ihn herum existierte plötzlich nicht mehr.

Jack fasste all seinen Mut zusammen und öffnete ganz langsam und vorsichtig ein Auge. Was er sah war das absolute Nichts, eine Leere, gehüllt in Nebel. Er rappelte sich auf und schaute sich um. Er lebte. Um sich dessen sicher zu sein, gab er sich selber eine Ohrfeige.

Er konnte sie spüren und er atmete. Seine Backe brannte nach dem Schlag. Nur wo er sich befand konnte er mit besten Willen nicht sagen. Hier zu sein war ihm auf jeden Fall lieber als bei dem Dämon. Er wusste aber auch, dass wohl genau eben dieser ihn an diesen Ort gebracht hatte.

Jack irrte umher bis er einen gepflasterten Weg erreichte. Er beschloss diesem rechts zu folgen und rief mehrmals „Hallo". Doch nichts und niemand erwiderte seine Rufe. Als er die Hoffnung fast aufgegeben hatte, setzte er sich auf den Boden und fing aus Verzweiflung und Erschöpfung an zu Weinen. Da geschah es, jemand erwiderte seine Rufe.

„Hallo! Hallo! Ich bin hier." Jack folgte der Stimme, bis ihm ein seltsamer Mann in einem Trenchcoat entgegen kam.

Dass der Fremde eine Waffe in den Händen hielt kümmerte Jack wenig. Er war vorerst froh überhaupt jemanden an diesem Ort getroffen zu haben.

„Hey, ich bin Jack. Wer sind sie?"

„Oh, hallo. Was für eine Freude jemanden an diesem Gott verlassenen Ort zu treffen. Ich laufe auf diesem Weg eine gefühlte Ewigkeit. Mein Name ist übrigens Richard."

„Schön sie zu sehen, Richard. Wie sind sie hier her gekommen und wo haben sie diese Pistole her?"

„Ach so, die. Ich bin Polizist. Ich habe mir die Waffe in den Mund gehalten und dann bin ich hier erschienen. Einfach so." Jack musste schmunzeln.

„Hast du denn abgedrückt?"

„Um ehrlich zu sein, dass weiß ich nicht. Ich glaube nicht, also ich kann mich nicht daran erinnern abgedrückt zu haben. Aber wenn ich nicht abgedrückt hätte, dann wäre ich jetzt wohl nicht hier, oder?"

Richards Augen verrieten Jack, dass dieser das Grauen wohl bereits hinter sich hatte. Der Schrecken lichtete sich in seinen Pupillen und eine Erkenntnis machte sich darin breit. Er hatte sich mit seiner Situation wohl abgefunden.

„Sehen sie doch mal nach wie viele Kugeln noch drin sind."

„Warum? Warum sollte ich das tun? Es ist doch eh egal. Ich bin hier und nur das zählt." Richard schaute mit gesenkten Schultern traurig zu Boden.

„Na, um herauszufinden ob sie abgedrückt haben oder nicht und ob wir noch am Leben sind oder doch schon tot sind."

„Was macht das für einen Unterschied? Ich habe die Hölle verdient. Ich habe drei Menschen getötet. Einen davon sogar erschossen."

„Traurige Sache und mit wie vielen Schüssen haben sie ihn erschossen?"

„Das weiß ich doch nicht mehr. Oh man, dass ist mir auch so verdammt egal. Hören sie, ich habe drei Menschen getötet, verstehen sie das?"

Richard fing an zu schluchzen und sackte auf seinen Knien zusammen.

„Oh man, dass ist ja was. Los Richard, reißen sie sich zusammen und die Waffe geben sie besser mir. Okay?"

Jack versuchte Richard wieder auf die Beine zu helfen. Plötzlich konnten sie eine weibliche Stimme vernehmen.

„Hallo, ist da jemand? Hallo! Ich habe euch doch gehört!"

Eine blonde, verstörte und komplett verwahrloste Frau kam auf sie zu.

Jack erkannte die Sprache sofort. Es war deutsch.

„Na toll, ein labiler Bulle und jetzt noch eine Cracknutte. Wird ja immer besser hier“, flüsterte Jack.

„Hallo, ich bin Caroline. Ich komme aus Berlin. Wer seid ihr und wo sind wir hier?“, fragte sie mit einem starken Akzent.

Luigi raste wie ein verrückter die Landstraße, Richtung Gallipoli entlang. Die Verkehrsregeln waren ihm völlig egal geworden und so raste er mit seinem Punto wie ein Irrer durch die Nacht. Es konnte ihm nicht schnell genug gehen.

Für gewöhnlich dauerte die Fahrt von Ugento nach Gallipoli etwa zwanzig Minuten und obwohl Luigi Vollgas gab, schien es so als ob er auf der Stelle blieb. Kein Licht weit und breit, kein Straßenschild mit der Aufschrift "Herzlich Willkommen", einfach nichts. Luigi wurde allmählich mulmig in der Magengegend. Er blickte nochmals auf seine Armbanduhr. Mittlerweile fuhr er seit einer dreiviertel Stunde.

Was ihn stutzig machte waren die vielen Bäume, die seinen Weg säumten. Im süditalienischen Apulien, in der er sich seiner Meinung nach immer noch befinden sollte, gab es eigentlich keine Bäume. Er hatte zumindest auf dieser Strecke jedenfalls noch nie welche gesehen. Erst Recht keine Tannenbäume, so wie er sie jetzt sah.

Beruhigend auf ihn wirkte die Straßenbeleuchtung, die mittlerweile seinen Weg etwas ausleuchtete. Vereinzelt sah er auch einige Menschen, die auf dem Gehweg ihres Weges gingen. Immer noch von den Bäumen irritiert und doch froh endlich wieder in der Zivilisation zu sein, fuhr Luigi in die nächste Ortschaft. Vielleicht stand er so neben sich, dass er die Strecke nicht richtig mitbekommen hatte und unbewusst ein paar Orte weiter gefahren war. Anders konnte er sich das alles nicht erklären. Er fuhr jetzt langsamer und seine Aufmerksamkeit galt den Menschen auf den Gehwegen.

Manche schienen zu merken, dass er sie anstarrte und winkten ihm fröhlich, mit breiten, lachenden Gesichtern zu. Einige Frauen winkten ihm sogar mit weißen Taschentüchern zu. Wie einem Seemann, der wieder in See stechen musste. Andere ignorierten ihn und unterhielten sich einfach weiter.

Was sie jedoch alle gemeinsam hatten und bei Luigi wieder für eine Gänsehaut sorgte war, dass sie alle im Stil der vierziger oder fünfziger Jahre gekleidet waren. Luigi kannte diese Art von Kleidung aus den alten Filmen.

Momentan lenkte er seine ganze Aufmerksamkeit auf seine Rücksitzbank. Sein Blick in den Rückspiegel verhieß nichts Gutes. Ein Mann und eine Frau saßen, wild knutschend hinter ihm auf der Rücksitzbank. Er schrie laut auf und verlor dabei fast die Kontrolle über seinen Wagen.

„Was zum Teufel...? Wie kommt ihr in meinen Wagen?“, schrie er voller Entsetzten.

„Fahren sie einfach weiter. Das hier hinten geht sie mal gar nichts an“, zischte ihn der Mann an, der gerade dabei war mit seiner Zunge den Mundinnenraum der Frau zu erkunden.

„Wie, das geht mich nichts an? Spinnen sie? Das hier ist mein Wagen.“

Doch die beiden, wild knutschenden ignorierten ihn. Luigi brachte seinen Wagen mit einer Vollbremsung zum Stehen. Doch auch das schien seine Mitfahrer nicht zu stören. Er stieg aus und riss die hintere Tür auf.

„Hey, aussteigen! Aussteigen habe ich gesagt!“

„Ja, ja. Ist ja schon gut. Komm Schatz, wir suchen uns ein anderes Taxi. Der Typ spinnt doch total.“

Auf seine Anweisung hin stieg die Frau aus. Auf Luigis Frage, wo sie sich denn überhaupt befanden, bekam er keine Antwort. Der Fremde schlang die Arme um die Taille seiner Herzdame, um dann in der Dunkelheit zu verschwinden.

„Hey, wartet doch! Wartet doch, bitte! Erklärt mir doch bitte wenigstens was hier los ist!“ Luigi eilte den beiden hinterher und packte den Mann am Arm. Der drehte sich ruckartig um und boxte Luigi in die Magengrube.

„Fasse mich nicht an, Kumpel“, bekam Luigi energisch zu hören. Nach Luft schnappend sank Luigi auf seine Knie und das seltsame Pärchen verschwand endgültig in der Dunkelheit.

Luigi schrie seinen Schmerz und seine Verzweiflung heraus. Tränen rannen über sein Gesicht. Einen kurzen Augenblick lang wünschte er sich nie geboren worden zu sein. Er hob seinen Kopf und musste zu seinem Entsetzen feststellen, dass sein Punto verschwunden war. Um ihn herum war wieder das bekannte Nichts. Wenn jemand die Absicht gehabt haben sollte, dass er seinen Verstand verlor und langsam wahnsinnig wurde, dann war ihm das gut gelungen.

Luigi schlug wie wild immer wieder mit der Faust auf den Boden. Solange, bis ihn seine Kräfte verließen.

Er ließ seinen Tränen freien Lauf, machte es sich auf dem Boden bequem und starrte in die Dunkelheit. So vergingen gefühlte Stunden.

Als Luigi aufwachte, hoffte er dass alles nur ein Traum war. Ein ganz böser Traum und ihm jetzt der Duft vom frisch gekochten Kaffee und gebackenen Leckereien aus der Küche seiner Mutter in die Nase kriechen würde. Doch das Wichtigste, Amalia läge neben ihm und würde ihn mit sanften Küssen wecken. Leider sah die Realität anders aus. Er öffnete die Augen und lag immer noch im Nichts der Dunkelheit.

Erneut kam ihm der Gedanke, dass er tot sei. Vielleicht war das ja die Lösung für alles. Er war einfach tot. Es gab kein Gut oder Böses mehr. Er hatte schon oft gehört, dass uns im Tod das schwarze Nichts erwartete.

Doch wie war er gestorben? Darauf fand er einfach keine Antwort. Er hatte aber immer noch das Gefühl, dass er hier nicht alleine war. Dieses Gefühl wurde durch das Wiehern eines Pferdes gestärkt und da waren auch wieder die Räder der Kutsche. Die Peitschenhiebe, die ganz deutlich zu hören waren. Der Kutscher musste ihn wieder entdeckt haben. Luigi sah ein, dass ein erneutes Davonlaufen keinen Sinn machte.

Und selbst wenn, wo sollte er hin? Nein, diesmal beschloss er sich seinem Verfolger zu stellen. Sollte er schon tot sein, was sollte dann noch passieren. Die Kutsche kam näher, bis sie schließlich neben Luigi stehen blieb.

Die Kutsche pechschwarz, aus elegantem Holz. Ebenso, wie das Fell Pferde, war der Kutscher komplett schwarz gekleidet. Auf seinem Gesicht, so hatte es den Anschein, waren mehrere Lederfetzen genäht. Nur der Mund und die Augen waren frei.

„Ah, endlich beweist du Mut. Ich dachte schon du bist umsonst hier erschienen", sprach der Kutscher mit einer sehr tiefen Stimme.

„Wo bin ich hier? Und Warum? Wo ist meine Freundin Amalia?" Luigi überschlug sich mit seinen Fragen, ohne darüber nachzudenken ob es Konsequenzen für ihn haben würde.

„Falls du es noch nicht bemerkt haben solltest, du bist nicht in der Position Fragen oder Forderungen zu stellen, kleiner Gigi. Steig ein, damit wir fahren können!"

„Gigi, das ist mein Spitzname. Woher kennst du ihn? Was soll der ganze Scheiß hier? Sag schon!" Der Kutscher verdrehte die Augen und stieß einen schweren Atem aus.

„Entweder du steigst ein und fährst mit, oder du bleibst hier und wirst sterben. Aber dann nicht an übernatürlichen Kräften, wie du dir das jetzt vielleicht vorstellst, sondern an Hunger und Durst."

„Sterben? Ich kann sterben? Das heißt ich bin gar nicht tot?"

„Nein, du Genie und jetzt steige ein, wenn du deine Amalia jemals wiedersehen willst."

„Amalia, sie lebt noch? Ist sie auch hier irgendwo?"

„Also dann, kleiner Gigi. War nett dich kennengelernt zu haben."

Gerade wollte der Kutscher mit der Peitsche ausholen und seine Fahrt ohne Luigi fortsetzen.

„Nein, nein! Halt! Ich komme ja mit!"

Die Tür der Kutsche ging von alleine auf. Luigi krabbelte, wenn auch skeptisch rein und ließ sich auf die weich gepolsterte Sitzbank fallen. Dann ging die Fahrt auch schon los.

Zu seiner Überraschung war es ein sehr angenehmes reisen und nicht so holprig, wie er erst annahm. Seltsam war, dass ihm das Innere der Kutsche wesentlich größer vorkam, als der äußere Anschein hergab. Völlig benebelt wagte er einen Blick aus dem Fenster. Dunkelheit, nichts als Dunkelheit. Er lehnte sich zurück und hatte das Gefühl in einem Wohnzimmer zu sitzen. Luigi freundete sich mit dem Gedanken an, dass das einer der normalsten Dinge war, die ihm in dieser Nacht widerfahren waren und versuchte sich zu entspannen. Nach einer Weile hielt die Kutsche an. Luigi konnte Stimmen hören. Es waren zwei Männer- und eine Frauenstimme.

„Hallo Jack, dein Taxi ist da."

„Mein Taxi? Was zum Teufel…? Willst du mich verarschen? Was für ein Clown bist du? Komm von deiner Kutsche runter, du Freak und erkläre mir was dieser Mist hier soll!", hörte Luigi einen Mann, erst ein bisschen lachhaft und dann aggressiv auf englisch rufen.

Er spähte zum Fenster raus und sah dort einen Mann im schwarzen Anzug stehen. Dazu trug er ein weißes Hemd, ohne Krawatte. Hinter ihm stand ein weiterer Mann, in einem beigen Trenchcoat mit einem geistesabwesenden Blick. Neben dem Typen mit dem Trenchcoat stand eine Frau, die ihren Mantel eng um sich gewickelt hatte. Ihr Blick wirkte noch verstörter als die des Mannes neben ihr. Der Mann im schwarzen Anzug war der Einzige den man als halbwegs normal bezeichnen konnte.

Luigi beunruhigte es etwas, dass dieser eine Waffe in der Hand hielt.

„Es ist gleichgültig was das hier ist. Das Wesentliche ist doch, wo wir hinfahren“, sprach der Kutscher mit seiner ruhigen tiefen Stimme.

„Lasse mich raten. Wir fahren in die Hölle?“

„Steige ein oder bleibe hier. Nochmal werde ich nicht herkommen.“

Jack machte eine Handbewegung durch sein Gesicht, so als ob er prüfen wollte wie gründlich seine Rasur am Morgen war und fing an zu lachen. Abrupt hörte sein Lachen auf und er schaute den Kutscher mit einem ernsten Blick an.

„Weißt du was? Fick dich!“

Jack zielte mit der Waffe auf den Kutscher und drückte ab. Luigi fiel ins Innere der Kutsche und hielt sich die Ohren zu. Sein Trommelfell schien geplatzt zu sein. Er hatte noch nie einen Schuss gehört, den Knall der damit verbunden war und das Zischen einer Patrone. Der Kutscher ließ nur ein dumpfes, kurzes Lachen ertönen.

„Dein Ernst?“

„Hm, man kann es ja mal versuchen,“ gab Jack schmunzelnd von sich.

„Ich bin unsterblich.“

„Läuft bei dir.“

Luigi rappelte sich, mit einem Pfeifen im Ohr wieder auf und starrte nochmals aus dem Fenster. Jack stemmte seine Arme in die Hüften und blickte genervt nach oben, in den nicht vorhandenen Himmel. In diese Leere, in der sie sich immer noch befanden.

„Na toll, noch ein unsterblicher Wichser“, murmelte Jack so laut, dass Luigi es hören konnte.

Das hieß, der Kutscher ist nicht der Einzige seiner Art und die beiden Begleiter von Jack waren nicht im Mindesten von der ganzen Situation beeindruckt. Es schien, dass sie solche Momente gewohnt waren, was Luigi umso mehr beunruhigte.

„Also Jack“, setzte der Kutscher fort. „Steig endlich ein oder bleibe hier. Aber dann für immer. Deine letzte Chance.“

„Also gut, wenn du mich schon so nett bittest.“

Der Mann mit der Waffe, namens Jack, ging auf die Kutsche zu um im Wagen Platz zu nehmen.

„Deine Freunde sind hier aber fehl am Platz.“

Der Kutscher holte mit seiner Peitsche aus, um dann mit einem Schlag den Mann und die Frau, die Jack begleiteten, zu enthaupten. Blut spritzte. Luigi erstarrte vor Entsetzen. Er hielt sich den Mund zu um nicht zu schreien.

Jack öffnete die Kutschentür und stieg ein. Er setzte sich neben Luigi, hielt sich seine Hände vor sein Gesicht. Dabei wippte er seinen Kopf hin und her. Luigi war sich sicher, dass Jack ein Mensch aus Fleisch und Blut war. Nur wusste er nicht ob er sich darüber freuen sollte. Jack machte nicht gerade einen sympathischen Eindruck und die Pistole, von der er auch bei Bedarf Gebrauch machte, erschwerte das Kennenlernen und ein freundliches Beisammensein. Luigi wischte sich die Tränen aus dem Gesicht und setzte sich in eine andere Ecke.

„Hi, ich bin Luigi. Ich komme aus....", wollte er gerade erzählen um die Situation ein bisschen zu entspannen.

„Pssst!", zischte Jack. „Es ist mir sowas von scheißegal wer du bist. Halte einfach deine Klappe. Ich bin schon gestraft genug."

Die Weiterfahrt dauerte eine ganze Weile, bis die Kutsche erneut zum Stehen kam und der Kutscher zu reden anfing.

„Monsieur De Fontainbleu, schön sie hier zu sehen. Ach Mr.Stretcher, sie sind auch hier. Eine freudige Überraschung. Bitte steigen sie beide ein, damit wir unsere Fahrt gemeinsam fortsetztten können."

Luigi blickte aus dem Fenster. Auch Jack sprang auf und drückte seinen Kopf neben Luigis raus.

„Ah super. Neben dir Weichei haben wir jetzt auch noch zwei weitere Vollspaßten. Einen Cowboy und einen Ritter. Sehr schön. Falls noch so einer dazu kommt, können wir YMCA singen. Vielleicht sollte ich mir mit dieser Knarre einfach das Gesicht wegballern."